警官の道

呉 勝浩／下村敦史／長浦 京
中山七里／葉真中 顕／深町秋生／柚月裕子

角川文庫
23939

CONTENTS

上級国民
葉真中顕

葉真中　顕（はまなか　あき）

1976年東京都生まれ。2013年『ロスト・ケア』で第16回日本ミステリー文学大賞新人賞受賞。19年『凍てつく太陽』で第21回大藪春彦賞と第72回日本推理作家協会賞（長編および連作短編集部門）をW受賞。22年『灼熱』で第7回渡辺淳一文学賞受賞。著書に『絶叫』『コクーン』『Blue《ブルー》』『W県警の悲劇』『ロング・アフタヌーン』などがある。

涙雨か。

エントランスを出ると、雨が降っていた。渡会賢介《わたらいけんすけ》は、庇《ひさし》の内側から空を見上げる。厚い雲に覆われた、薄暗い夕暮れ。降り注ぐ雨粒の軌跡がうっすらと見える。

昼からずっと曇っていたものの、来たときはまだ降っていなかった。

通夜振る舞いもそこそこに辞してきたので、渡会がホールの中にいたのはせいぜい一〇分くらいだ。空はちょうどその間に我慢の限界を迎え、泣き出したのだろう。天気予報によれば、葬儀のある明日は大雨になるという。

大手葬儀社が運営する葬儀場。故人の遺体がしばらく警察病院に安置されていたため、死亡から数日経って行われた通夜だった。ホールの最前列に座っていた遺族たちはみな、硬い表情をしていた。

明日の葬儀の後、茶毘《だび》に付される予定の故人は、交通事故で命を落とした。信号がないため特に正式な名称のない交差点で。角を出たところで、走って来た自動車に撥《は》ねられた。

道幅が狭く、ガードレールがなく、角のぎりぎりにマンションがあり見通しが悪い交差点だった。それでいながら、並行して走る県道の裏道として使われるためか、交通量は少なくない。現場を訪れたとき、渡会もなるほどここなら事故が起きても不思議ではないと妙な納得をした。

ただし、あの事故は本来「事故」と称すべきものではないだろう。

渡会はポケットから電子タバコを取りだして口にくわえた。

不送致──事故は最終的にそう処理された。故人を轢《ひ》き殺してしまった運転手は、起訴どころか逮捕もされなかった。人が死んでいる人身事故にも拘《かか》わらず、そうではない物損事故として処理され、刑事事件化されなかったからだ。

これは、稀《まれ》ではあるものの、ないことではない。故意の殺人と違い、人身事故の犯罪性はきわめて曖昧《あいまい》だ。刑事事件化したケースでも、加害者が裁判にかけられ有罪判決を受けるのは全体の二割を切る。大半は不起訴になるのだ。さらに特殊な事情があれば、今回のように、事件にさえならないこともある。

何でもかんでも事件にすればいいってものじゃない。加害者はもちろん、被害者にとっても。けれど……。

渡会は電子タバコを口から離し、大きく息をついた。

そのとき、声をかけられた。

「あの」

振り向くと、喪服に身を包んだ小柄な女性が立っていた。知っている相手だった。しかし、こんなところで声をかけられるなどとは、夢にも思わなかった。

なぜ、ここに？

「あのときの探偵さん、ですよね？」

彼女は以前会ったときに渡会が名乗った嘘の身分を口にした。

不意討ちを食らったかのように、とっさに、反応できなかった。

「雰囲気、全然違いますね。そういうきっちりした格好の方が似合いますよ」

あのときは髪を下ろし、眼鏡を外していた。服装もカジュアルで、変装というほどではないが、ぱっと見の印象はずいぶん違うはずだ。

「今日、来るんじゃないかなって思ってたんです。探偵さん、本当はすごくいい人で、自分のやっていること、後ろめたく思ってるんじゃないですか。だからせめて故人に手を合わせに来るんじゃないかなって」

図星だ。渡会が探偵だということ以外はすべて当たっている。今日参列したのは後ろめたさからだ。口ぶりからして、渡会が来ると見越して待っていたようだ。

彼女は思い出したように、ふふ、と小さく笑い声を漏らした。

「私、つくづく思いましたよ。上級国民はいいなあって」

*

あの日も、雨が降っていた。前の晩から、断続的に。

朝、出勤すると直属の上司である課長の水上《みずかみ》が、待ち構えていたかのように声をかけてきた。

「渡会、ちょっと付き合ってくれ」

ああ、何かがあったたな。それも、まあまあ面倒な何かが――

この時点でそれはわかった。勤務時間が安定している職場ではないが、大抵の場合、水上が出勤してくるのは渡会より遅い。きっと彼は先に上に呼び出されていたのだ。

フロアの隅の小さな会議室に通され、テーブルを挟む。

「とりあえず、今やってる調査を止めて、俺と一緒にこの家族を洗って欲しい」

言いながら、水上はメモ用紙を一枚、テーブルに置いた。そこには県内の住所と、そこに住む家族らしき者たちの名前が記載されている。

N県S市上町《かみちょう》1―22―5
佐々木《ささき》修太《しゅうた》、35歳
美穂《みほ》、29歳
龍斗《りゅうと》、9歳

虎彦《とらひこ》、8歳
聖羅《せいら》、5歳

夫と妻と子供が三人の五人家族か。S市は渡会が生まれ育った地元でもある。

「地元だから、俺に？」

「まあな。おまえこの佐々木修太って男と歳も近いだろ。地縁のつながりから情報が入ってくることもあるかもしれんからな」

「S市は三〇万都市ですよ。そうそう都合よく知り合いに当たりませんよ」

佐々木というのは比較的ありふれた名字だ。知り合いにもいるが、修太という名には心当たりはない。上町というのは同じ市でも渡会の実家の反対側だ。行ったこともない。知り合いを辿《たど》ってつながる確率も大して高くはないだろう。

「わかってるさ。もちろんおまえの普段の仕事を見込んで頼んでいる。今回は極秘の案件でな。人員は俺とおまえの二人だけで、時間もない、やれる範囲でいい」

二人だけ？　つまりそれほど、関わる人員を絞りたいということだ。

「期限《ケツ》が決まっているんですか？」

「ああ。月曜の朝までに、こいつらのことを調べられるだけ調べて欲しい」

月曜？　今、金曜の朝だから丸三日しかない。かなり急な話だ。

「どういうことです？　こいつら何者ですか？　アカですか、シロですか？」

アカといえばかつては共産主義者のことだったが、最近はざっくり社会活動家全般を指すようになっている。シロは宗教関係者。かつてある宗教団体が白装束に身を固め道を占拠し「電磁波攻撃を受けている」などと意味不明の主張をして全国を騒がせたことがあったが、それに由来しているらしい。

どちらもこの職場だけで使われているローカルな隠語だ。

N県警本部警備部警備一課。されど正式名称ではなく「公安」と呼ばれることが多い。渡会も水上も、ここに所属する公安刑事である。

「こいつらはアカでもシロでもないんだ――」

水上は仕事の内容を詳しく話しはじめた。

それからおよそ一時間後、渡会は一人、公用車に乗り、S市に向かっていた。

途中、郊外の路肩で天然の駐車場のようになっている空き地が目についた。渡会は衝動的にそこで一旦《いったん》、車を停めた。

少し迷ったが、幸い雨足はだいぶ弱まっているし、わざわざ雨合羽を着てまでやることでもない。傘も持たず、そのまま、外に出る。車から少し離れ、辺りに人がいないことを確認してから息を吸い込み、地面に向かって叫んだ。

「馬っ鹿じゃねえのか！」

ほんの少しだけ胸がすいた気がした。軽く深呼吸してから公用車に戻る。公用車の中は盗聴されている……か、どうかはわからないが、水上ならそのくらい平気でやるので、そのつもりでいる。

まあ、聞かれたところで、水上自身も内心、馬鹿馬鹿しいと思っているはずだ。どうってことはないだろうが、たとえ小さくとも弱みは握られたくない。

渡会は再び、車を走らせ始めた。

公安を担う部署は、各都道府県の警察本部に置かれているが、規模や組織内での位置はまちまちだ。

たとえば「公安部」が部として独立しているのは、首都東京を護《まも》る警視庁だけだ。それ以外の道府県本部では、公安は警備部の一部門として設置されている。大阪や神奈川など大都市では公安一課、公安二課など、公安を専門とする課が設けられているが、そうではない中小規模の県警本部では、公安の看板はかかげず、大抵、警備一課が警備部の総務と公安を兼任している。N県警も御多分に漏れない。渡会はじめ、警備一課の課員たちは、総務としての事務仕事と並行して、公安刑事としての任務をこなしている。

公共の安全と書いて、公安。

一般的に警察は事件が発生したあと事後的に捜査に乗り出すものだが、公安は違う。社会秩序の維持が任務であり、それを揺るがすような事件が起きたら負けなのだ。具体的には、テロや暴動といった政治犯罪だ。それらを未然に防ぐために行うのは、主に監視と情報収集。県内の政治団体、社会活動家、宗教団体などを日夜調べ続けている。

監視の対象はほぼ固定しており、課員に担当が割り振られている。が、稀に突発的に特定の対象の調査を命じられることがある。今回はそのケースなのだが……。

車は県道に入った。途端に交通量が増える。S市を含む一帯を横断するこの道は県の動脈の一つと言っていいだろう。

隣の市との境となっている橋を越えて、S市に入ると前方右手に、ショッピングモールとペデストリアンデッキが見えてきた。

車からは見えないがデッキの向こうにはJRのS駅がある。この県道から駅を挟んで反対側に広がる住宅街が、渡会の実家のある町だ。駅の開業に合わせて造成された新興住宅地で、渡会が五歳の頃、父親がマイホームを買い、渡会は引っ越して来た。小中高はもちろん、大学も電車で通えるところだったため、警察学校の寮に入るまでのおよそ一七年を、実家で過ごした。この辺りは渡会にとって地元と言っていい。

あのショッピングモールの最上階は、市の生涯学習センターになっており、学生時代はそこで学習支援のボランティアをやっていた。経済的に余裕がなくて塾に通えない子供たちに無料で勉強を教える活動だ。

主に中学生を教えていたが、恵まれない家庭の子が多かった。そんな子たちに、ただ勉強を教えるだけではなく、どんな境遇に生まれていても自分の努力次第で人生を切り拓《ひら》けるのだと、励ました。「夢を持て」とか「努力は裏切らない」とか、熱血教師然としたことをよく口にし、自分でも少し暑苦しいかと思っていたが、子供たちには慕われていたと思う。中学生くらいだと案外、熱血も響くのだ。その経験から教員になることも真剣に考えたが、結局は警察官になった。正義感――と言うと口幅ったいが、正しいことをしたいという気持ちが幼い頃から強かった。ボランティアをやっていたのもその思いからだ。

ただし実際に警察官になってみると、特に公安刑事としての仕事をするようになってからは、自分のやっていることが自分の正義感に適《かな》うのか疑問に思うことが多くなってしまったけれど。

車はさらに県道を進んでゆき、市の北側へ入る。賑《にぎ》やかな駅前から閑静な郊外を経て窓の外を流れる景色も変わってゆく。住宅の他に、空き地や工場がよく目につくようになる。

この辺りになると、地元の市とはいえ渡会の生活圏の外だ。大手製造業の下請け工場が並ぶ工場地帯で、特別用事があるような場所ではない。通り過ぎたことはあっても、中に入ったことはなかった。

上町はそうした市北部の一角にあった。

景色も雰囲気も、実家のある南側とはやはり違っている。古い工場と住宅ばかりで店の類《たぐい》はコンビニと弁当屋くらいしかない。町全体に色味が少ない。

駅と繁華街がある市の南側と比べて、工場地帯の北側は寂れている。

もっとずっと前、昭和の高度経済成長期からバブルにかけての時期は、この辺りも活気があったという。しかし平成以降の不況の煽《あお》りをもろに受けて衰退していった。

いや、渡会の地元の南側だって衰退はしている。S駅の駅前が一番賑やかだったのは、渡会の家が引っ越してすぐの今から三〇年前だ。大手のデパートが駅前に二つもあったのだ。今はそのどちらも撤退してしまい、片方はショッピングモールに、もう片方は雑居ビルに改装された。ショッピングモールはいつもそこそこ賑わっているが、かつてデパートで売っていたような高価格帯の商品を扱う店はない。駅の周りにあった商店の類も大きなスーパーを除いてほとんど店を閉め、代わりに一〇〇円ショップが二つもできた。

S市に限らず県のどこでも、もっといえば日本中どこでも同じかもしれないが、バブル崩壊後の不況は市全体に暗い影を落としている。

ただその衰退の中でも再開発や新たな産業の勃興《ぼっこう》で持ちこたえているところと、そうではないところではずいぶん差がある。

かれこれ一〇年、いや一五年ほど前だろうか、渡会が大学生くらいの頃から「選択と集中」なる考え方がもてはやされるようになり、同時に「格差」という言葉をやたらと耳にするようになった。

日本全体で言えば、東京とその他はまるで違う国のようだし、都道府県それぞれの中にも、さらに小さな自治体一つ一つにも、その土地ならではの格差がある。S市ではそれがこの〝南高北低〟の状況をつくりだしている。

渡会は角を曲がり、県道から路地へと入ってゆく。

事前に場所を確認していた上町2丁目のコインパーキングには一台分だけ空きがあった。そこに車を入れた。

雨は上がっていたが、まだ曇っておりいつまた降り出すかわからない。一応、ショルダーバッグに折りたたみ傘を入れてゆく。

調査対象の佐々木家は上町1丁目だが、まっすぐそちらには向かわず、反対の上町3丁目に向かった。しばらく路地を歩き、ある交差点の前で足を止める。

信号のない交差点だ。

昨夜《ゆうべ》、ここで交通事故があった。

午後一一時頃、九〇歳の男性が、撥ねられたのだ。

すでに県警の交通鑑識班は捜査を終えているのだろう。人気《ひとけ》はなかった。

被害者の男性は搬送先の病院で死亡。撥ねた車は走り去ったが、事故からおよそ二時間後の午前一時頃、運転していた加害者が自宅の最寄りの警察署に出頭してきた。

加害者は、事故を起こしたときは電柱にでも接触したと思いそのまま走り去ってしまった、家に帰って確認したら思った以上に車体が凹《へこ》んでおり、電柱の方も破損してしまったかもしれないと思い、確認のために出頭したと供述しているという。

渡会は事故のあった交差点に立ってみる。なるほど角のマンションが目隠しになり見通しが悪い。

一応、写真を撮っておく。捜査用に支給されているスマートフォンは、写真を撮るときにシャッター音が鳴らない。

と、はす向かいの一軒家から、人が出てきた。初老の女性だ。あの家の住人だろう。買い物にでも行くのか手に布のトートバッグをさげていた。

彼女もこちらに気づいたようだ。

不審者と思われてもいけないので、渡会は声をかけた。

「すみません、このお家《うち》の方ですよね。私、保険会社の者なんですが、昨夜ここで事故があったのご存じですか」

「え、ああ、保険屋さんなの」

女性は少し安堵《あんど》した様子だ。警察と名乗ってもよかったが、できるだけ身分は隠しておきたい。

「知ってるも何も、うちの目の前でしょ。昨日の夜、表から悲鳴が聞こえて見に行ったら、佐々木のお爺さんが倒れてて、お嫁さんがすごく慌ててて。一緒に救急車とパトカーを呼んだのよ。轢き逃げで……お爺さん、亡くなったんでしょう？　ひどいわよねえ。私もそこのところで夜遅くまでお巡りさんにいろいろ訊《き》かれたのよ」

「居合わせたんですね」

「そうなの。でも事故の瞬間を見たわけじゃないんだけどね」

期せずして間接的な事故の証人に巡り会った。所轄が調書を取っているなら、それは水上が取り寄せるだろう。しかし多少でも参考になる話が出てくるかもしれないと思い、少し訊いてみることにした。

「あの、被害者の方……たしか佐々木嘉一《よしかず》さんというのですよね、お知り合いなんですか」

渡会が調査する佐々木家は、この事故の被害者、佐々木嘉一と同居していた事故の遺族たちだった。

「ええ、まあ、そうねえ。そんなによく知ってるわけじゃないんですよ。でも、ご近所でしょ。昔からこの辺りに住んでる人はみんな顔なじみだから」

「そうなんですか。昨夜はその佐々木さんの家の、お嫁さんが一緒にいたんですね」

だとしたら、メモに名前があった佐々木美穂のはずだ。

「そうそう。お爺さんが、そこの通りのスナックで飲んでて、お嫁さんが迎えに行った帰りだったらしいの。お爺さんが角を出ようとしたとき、車が走ってきて、撥ねられちゃったって。お嫁さん、夜道は危ないから迎えに行ったのにこんなことになって、そこの角の見通しが悪いのもわかっていたのに、不注意だったたって、ずいぶん悔やんでたわ」

「そうですね。目の前でそんなことがあれば、ショックだったでしょうね。そのお嫁さん、お名前はなんというんです」

手帳を出していかにも事故の調査をしている体《ティ》で確認する。

「美穂さんよ、美穂さん。私も名前は昨日初めて知ったんだけどね。本当にお気の毒だわ」

やはりそうだ。時間がない中、最初から自然な形で顔見知りから話を聞けるのは幸先がいい。

「お嫁さんっていうことは、被害者の佐々木さんは息子さん夫婦と暮らしていたんですか」

「いえ、お孫さんなのよ」

「へえ、お孫さん」

実は知っていたことだが、今知ったような顔で相づちを打った。

「あそこの家、ちょっと複雑でね。もともと娘さんがいたの。事情はよく知らないんだけど娘さんは結婚しないで男の子を産んだんだけど、そのすぐあと亡くなってしまってね。佐々木さんがそのお孫さんを育てたのよ」

そこまで詳しい事情は知らなかった。

佐々木修太は、幼い頃に母親を亡くし祖父の佐々木嘉一に育てられたということか。

聞けるならもう少し聞いてみようと、水を向ける。

「その娘さんというのは、どうして亡くなったんです？」

「うーん、詳しくは知らないけれどね。病気だったみたい。私、小学校と中学校一緒だったんだけど、向こうは二つ学年下だったから、話したこともないのよね。ただ、今で言う不登校？　学校、休みがちなんて話は聞いたことあったから、昔から身体、弱かったのかもしれないわねえ。よく知らないけど」

「そうですか。では昨夜一緒にいた美穂さんというのは、佐々木さんのお孫さんと結婚した方なんですね」

「そうそう。そういうこと」

「そのお孫さんの名前はご存じです？」

「いえ……、聞いたことないわねえ。ほら、お嫁さんの名前だって知らなかったし、みんなひっくるめて『佐々木さん』よ」

女性は修太の下の名前までは知らないようだ。特別親しくもない知り合いならそんなものだろう。

「ともあれ、佐々木嘉一さんは、そのお孫さんのご夫婦と暮らしていたんですね」

「ええ、そのはずよ。あと、お孫さんの子供、だからお爺さんからしたら曾孫《ひまご》が、三人くらい？　いたんじゃなかったかな。佐々木さんとこの子、ああ、だからそのお孫さんね、子供の頃はずいぶん荒れてたみたいだけど、今じゃずいぶん立派になったと思うわ」

「荒れてたというのは、つまり不良だったということですか？」

「そうなの。暴走族？　みたいなのに入っていてねえ、よくない噂も聞いたわ。そんなに詳しく知ってるわけじゃないんだけどね。まあ、佐々木さんからしてね、若い頃はずいぶん強面《こわもて》だったらしいから、血は争えないってやつかもしれないけどねえ」

「嘉一さんも、若い頃は不良だったんですか」

「そうそう。ああでも、不良って言っても、あのお爺さんの頃は、今の不良とは違うわよ。ほらこの辺りは昔からあまり柄がよくないでしょう。その中で佐々木さんは顔役だったらしいの。大工さんでね、私が子供の時分は、みんな佐々木さんのこと『棟梁《とうりょう》』って呼んでたわ――」

ありがたいことに、女性は話し好きのようでこちらが訊くまでもなく、佐々木家のことを教えてくれた。

『棟梁』こと佐々木嘉一は、気難しい頑固者だったが、娘が生まれてからは丸くなったとの評判だった。しかしその娘は三〇前に病死。嘉一は彼女が残した孫、つまり修太を育てあげた。修太は思春期になるとグレはじめて、中高時代には暴走族に加入していた。しかし社会に出たあとは大工の修業を始め、嘉一が引退すると後を継いだらしい。

その数年後に修太は結婚。それと同時に、自宅を建て替えた。女性は直接、修太の仕事ぶりを知っているわけではないが、きっと上手《うま》くやっているのだろうとのことだった。

その直後、嘉一の妻が亡くなるが、そのときすでに最初の子が産まれており、曾孫の顔を見ることができたようだ。

女性はその葬式に参列したが、このとき初めて嫁の美穂の姿を見た。まだ子供みたいに若い子が、赤ん坊を抱いているのが印象に残った。しかし遺族として参列者への挨拶《あいさつ》などを気丈にこなしており、きっとしっかりしたお嫁さんなのだろうと思ったという。

昨夜もあんな事故が起きてしまったけれど、遅くなった嘉一を迎えにゆくなど、きっと円満にやっていたよいお嫁さんだったのだろう――という意味のことを言い「本当にお気の毒だわ」と繰り返していた。

偶然、聞けた話としては十分だろう。

佐々木家の面々の詳しい人となりまではよくわからなかったが、佐々木嘉一が孫の一家と同居していた事情は概《おおむ》ねわかった。

渡会は、その場を辞し、1丁目にある佐々木家へと向かった。途中、ぱらぱらと雨が降り出したので、折りたたみ傘を広げた。

しばらく路地を進み、途中一度右折した先に、その家はあった。事故のあった交差点から直線距離で五〇〇メートルほどだろうか。

一階部分をまるまる駐車場にした三階建ての四角い建物で、青地に白抜きで『佐々木工務店』と書いた看板を掲げている。事務所兼住宅なのだろう。先ほどの女性は、嘉一の後を継いだ修太が、結婚と同時に建て替えたと言っていたが、なるほど周りの民家に比べるとまだ新しい。

まだ昼日中だが、曇っているからだろう、三階部分の窓から灯《あか》りが漏れている。おそらく二階が事務所、三階が住居なのだろう。さすがに物音や人の声は、外まで漏れてこない。

周りに人気はないが、長く立ち止まるのは不自然だ。家の前をゆっくりと通り過ぎつつ、スマートフォンを見る振りをしながら写真を撮る。

それから一旦、コインパーキングに向かい、車で戻ってきた。

佐々木家のある路地の少し離れた場所に車を停める。おあつらえ向きに工場があり、建物の壁際に車を停めていても景色に馴染《なじ》み不自然ではない。

夕方くらいまではここで人の出入りを確認するつもりだった。

渡会はスマートフォンで水上に電話をかけた。彼は県警で情報収集を行っている。

ワンコールですぐにつながった。

「対象者《マルタイ》の家の前まで来てます。たまたまなんですが、近隣住民から話を聞けたので報告します――」

〈おう〉

かいつまんで先ほど女性から聞いたことを伝えた。

〈なるほどな。顔役の大工と、元暴走族か。結婚も早いし、不良一家って感じか〉

「どうですかね。そもそもこの辺り、市の北側はあまり上品じゃないので。普通の範《はん》疇《ちゅう》かもしれません」

言いながら、思い出す。先ほどの女性もこの辺は柄が悪いと言っていた。スラムというほどではないが、S市内の犯罪発生率は南より北の方がはっきりと高い。経済格差はどうしても治安のよし悪しに直結してしまう。

渡会が学生時代にやっていた学習支援ボランティアも、会場は南のS駅前のショッピングモールでありながら、通ってくる子の大半は市の北の町の子だった。バス代を節約するために、自転車で何キロも走ってくる子も珍しくなかった。彼らはよく「地元の学校は荒れていて怖い」という意味のことを言っていた。わざわざ遠くまで勉強を教わりに来るような「真面目な」子たちは余計にそう思うのだろう。この辺りはそういう土地柄だ。ボランティアで教えていたときも、北の町の子たちには少しでもいい学校に進学して悪い環境を抜け出して欲しいと思ったものだった。

〈そうか。こっちもちょうど今さっき、事故の詳しい調書を確認した。おまえがそっちで聞いた話と概ね同じだ。ただ、被疑者《マルヒ》が出頭時に受けた呼気検査では〇・五出てた〉

呼気中のアルコール濃度が一リットル中、〇・五ミリグラム。一発免許取消になる水準だ。しかも、出頭してきたのは事故の二時間後だから、事故を起こした時点ではもっと濃度は高かったはずだ。加害者は泥酔した状態で人を撥ねて殺した可能性が高い。

「酔っ払い運転だったんですか？」

スマートフォンから水上の含み笑いが聞こえた。

〈ところが、被疑者《マルヒ》は運転中はしらふで出頭する前に飲んできたって言うんだな。警察に出頭なんて初めてで、緊張するので景気づけに飲んできた、と。弁護士同伴で、タクシーで来たらしい〉

「なんすか、それ」

その弁護士の入れ知恵だろうか。酷《ひど》い言い逃れ方だ。思わず嘆息する。

〈まあ。俺たちがそこに憤っても詮無《せんな》い。犬は犬らしく、獲物を追うだけだ。佐々木修太が若い頃、グレてたってなら、逮捕なり、補導なりされてるかもしれん。ちょっとこ

っちで洗ってみるわ。そっちも引き続き頼む〉

「了解です」

内心、舌打ちをしつつ電話を切る。

犬は犬らしく――水上なりの自嘲《じちょう》だろうが、モチベーションは上がらない。水上自身もそうだろう。

シートのリクライニングを少し倒し、もたれかかって視線を佐々木家の方に戻した。

一応、監視だが気分は休憩だ。昨日、家族が事故死したばかりでそうそう出かけることもないだろう。遺体は少なくとも週明けまでは警察病院に安置される予定なので、葬儀の打ち合わせなどもまだできないはずだ。

いっそ居眠りしてしまおうとも思ったが、眠気が襲ってこず、ただひたすらぼんやりと『佐々木工務店』の看板が出た建物を眺めていた。

なんとなく空腹を覚え時刻を確認したのが、午後一時三三分。もうそんな時間かと、助手席のシートに置いたビニール袋を漁《あさ》る。来る途中、コンビニで買っておいたサンドイッチを出してぱくつく。

すると、だ。

建物の脇についている外階段に人影が見えた。女だ。建物から出て来たようだ。目測で身長一五〇センチくらい。髪は肩にかかるほどの長さで、この距離からはよくわからない、少し茶色がかっているだろうか。

顔写真を入手できていないので確実ではないが、たぶん佐々木美穂だ。水色のワンピースに、ピンク色のハンドバッグ。服装は遠目にも洒落《しゃれ》た感じがする。

渡会の感覚では、よそ行きだ。

佐々木美穂は一階の駐車場スペースへ向かうと、そこに停めてあった青いミニバンに乗り込んだ。あとから誰が来るわけでもなく、佐々木美穂一人が乗るミニバンは発進した。

何処へ行くんだ？

車で買い出しだろうか。この辺りは小さなスーパーが一軒と、コンビニが数軒しかない。S駅の近辺までいけば大型スーパーがあり、品揃えもそちらの方がいいだろう。

バンは、渡会の車が停まっている場所と反対方向に走ってゆく。おそらく、佐々木美穂はこちらの車に気づいていない。

念のため、尾けてみるか……。

渡会は視界の奥までミニバンが進むのを待ってから、車を出した。ある程度の車間距離をとれば車両での尾行はほとんど気づかれない。

ミニバンは路地から県道に出た。渡会が午前中走って来た道を逆に進む。

S駅の方に向かうのだろうという予想は当たることは当たった。が、最終的にミニバンが辿り着いた場所は予想していなかった場所だった。

佐々木美穂が運転する車は、駅の手前で角を曲がり、繁華街へと入ってゆき、やがて駐車場付きの建物に吸い込まれていった。その建物は駐車場の入口にビニールの暖簾《のれん》を垂らした、ラブホテルだった。

＊

「うちのお祖父《じい》ちゃんを轢いた、谷田部洋《やたべひろし》さん。ああいう人を上級国民って言うんですよね」

その女——あの日、渡会が尾行した佐々木美穂は笑い顔のまま言った。

渡会は視線を外し、電子タバコをしまった。何を言いたいのか知らないが、付き合う義理はない。肩にかけていたバッグから折りたたみ傘を出そうとした。

すると引き留めるように佐々木美穂が強い語調で言った。

「あの谷田部さんって、今の県知事、中村《なかむら》さんでしたっけ？　あの人の甥《おい》っ子なんですよね」

思わず手を止め、佐々木美穂の方を振り向いてしまった。すると彼女は、あは、と喜色の声をあげた。

「やっぱりそうなんだ」

カマをかけられたのか。

渡会は動揺を悟られないよう、表情筋に力を込めて平静を装う。

「中村知事は今健康不安を抱えているけど、子供がいないので民間企業に勤めている甥っ子を後継者にするって新聞記事もあったけど、それが谷田部さんのことですよね」

「何の話だ？」

どうにか誤魔化そうとするが、佐々木美穂は鼻で笑う。

「とぼけないでくださいよ。ほら谷田部ってまあまあ珍しい名字じゃないですか。だからググってみたんですよ。そしたら谷田部建設って会社が見つかって、そこの社長が知事の義理の弟さんだってこともわかりました。で、今度は知事のことをググったら、甥っ子を後継者にするって記事が見つかったんで、これがあの谷田部って人なんじゃないかなあって。そう考えると辻褄《つじつま》合うんですよね。知事の選挙、来年なんですよね。だから、何がなんでも事件にしたくなかったんだろうって思ったんです。探偵さんは、そのために、私を……いや、私だけじゃないですよね。たぶん、修太くんのことも、調べたんですよね」

そのとおりだった。

あの日、佐々木嘉一を轢き殺した加害者、谷田部洋は、来年の任期切れに伴い引退を決めた中村知事の後継者として立候補する予定の人物だ。

現在四期目で初当選から一五年を数える現職の中村知事は元は法務省の官僚。その出自を活かし、「安心安全、犯罪ゼロ」をスローガンに県内の治安改善を最優先政策の一つに掲げていた。

それはすなわち警察の権限と予算の拡大に尽力してくれているということであり、県警にとってはこれ以上ないほどありがたい知事だった。

現実に犯罪ゼロが達成されることなどはもちろんないが、中村知事の初当選から今日までで県内の防犯カメラの設置台数は一〇〇倍以上も増え、これまで多くの事件がこれらのカメラのお陰で解決に至っている。自転車泥棒やひったくりなど軽犯罪の抑止にもつながっているようだ。強権的との批判を受けてはいるものの、県警としては未来永劫《えいごう》、中村県政が続いて欲しいところである。

ところが、この中村知事が病を得た。マスコミは「健康不安」と報じているが、実際のところはリンパ腫《しゅ》、つまり癌だ。今年の初めに余命三年半の宣告を受けた。来年の第四期の任期切れまでは職を全うし引退することを決めた。

後継者に谷田部洋を指名したのは他ならぬ中村知事だった。実子のいない彼は甥を我が子のように可愛がっているという。

谷田部洋は東京の名門私大を卒業後、父親が経営する谷田部建設に勤めている。知事の後援会や与党の県議との関係もきわめて良好で、県警幹部とも何度か食事会をしており、知事になった暁には従来の治安維持重視の、もっとはっきり言えば警察優遇の県政を引き継ぐという申し合わせができているらしい。

そんな谷田部洋が人身事故を起こした。

渡会には詳しい経緯までは知らされていないが、おそらくは弁護士を伴い谷田部洋が出頭してきた時点で、中村知事から県警に申し入れがあったはずだ。

谷田部が酔っ払い運転をしていたのは間違いないだろう。おそらく速度超過《スピード違反》もしていた。人を撥ねた自覚もあったのだろう。酔いで大きくなっていた気と、わずかに残った正気の恐怖、その相乗効果で逃げてしまった。帰宅後、親か、もしかしたら中村知事に直接報告し相談したに違いない。

中村知事なら、被害者の生死に拘わらず、下手に逃げようとするより早めに出頭した方がましだと判断するはずだ。実際、被害者は死んでしまっていた。轢き逃げ事件として本格的な捜査が始まり、逮捕されていれば、どう足掻《あが》いても谷田部には前科がついていた。マスコミも必ず嗅《か》ぎつけただろうし、知事選への立候補は泡と消えたはずだ。

しかしきちんと出頭して交通事故として処理されるなら、たとえ人が死んでいても状況次第で刑事事件にならない可能性があるからだ。

中村知事はそれに賭けた。弁護士を手配した上で県警本部長に事情を話し、何とか事件化せずに収められないか相談したのだろう。

大部分は渡会の想像だが、そう外してはいないはずだ。

日本は一応、法治国家だ。いくら権力者が望んだからといって、すべての事件を好きにもみ消せるわけではない。それなりの体裁をとらなければならない。

死亡事故を事件にしないために必要な条件は二つある。

一つは、加害者が交通法規を遵守しており、かつ重過失がないこと。酒に酔いスピード違反をした上での事故ならその時点でアウトだ。しかしスピードについては、証拠がない。そして酒は帰宅後に飲んだと言い張った。普通ならそんな言い分はまず通らないのだが、通った。知事の威光によって。

そしてもう一つが、被害者──今回は死亡しているので、その遺族──に処罰感情がないことだ。示談が成立しているだけでなく、加害者を裁かないで欲しいという趣旨の嘆願書が必須《ひっす》となる。

渡会たちが佐々木嘉一の遺族を調べることになったのは、この嘆願書をとるためだ。直接の交渉に当たるのは弁護士だし、当然、それなりの金も積む。しかし、被害者が死亡している場合だと、いくら金を渡しても遺族の処罰感情が収まらないことも珍しくない。

そうなったとき、交渉の材料となりそうな事実を事前に探しておく──それが、あの朝、水上から告げられた任務だった。

タイムリミットが月曜だったのは、それが事故の処理を保留できる限界だったからだ。その時点までに交渉が成立しなければ、警察としても谷田部洋を刑事事件の加害者として送検しなければならなくなる。重過失がなかったことを理由に不起訴処分にすることはたぶん可能だが、この段階まできたら、もう丸くは収まらない。

知事にとっても警察にとっても、嘆願書をとって事件化せずに処理できるのが一番ありがたい。それで公安にお鉢が回ってきたわけだ。

警察の私物化以外の何物でもない。

それにしても、この女……。

渡会は内心では舌を巻いていた。カマをかけたことといい、恐ろしく勘がいいようだ。

そんな渡会を見透かすように、佐々木美穂は苦笑する。

「ねえ、探偵さん、私のことたぶん舐《な》めてましたよね。身内が死んだ翌日でもあんなことしている馬鹿女だって」

*

その県道沿いのラブホテル『ルージュ』は、S駅前から徒歩で六分ほどの場所に建っていた。徒歩でも車でもアクセスしやすい、繁華街の中。お手本のような立地条件だろうことは、経営の素人の渡会にも何となくわかった。六階建てで三〇以上の部屋があり、S駅周辺では最も大きなラブホテルであり、シティホテル然とした瀟洒《しょうしゃ》な外観は街の景色によく馴染んでいる。正面入口に〈女子会プラン〉と書かれた広告のパネルが掲げられており、なるほど、昨今のラブホテルはいかがわしいだけの場所ではないのかと妙な感心をした。

照明が控え目で、外との光量差でずいぶん暗く感じるロビーの一角に間仕切りがあり、空室待ちの客のための待機ブースが四つ用意されていた。ブースにはヘッドフォン付きの小さめの液晶テレビが備え付けられており、これで時間を潰《つぶ》せるようになっている。

渡会はそのブースの一つでソファに身を委《ゆだ》ね、ぼんやりテレビを眺めていた。

何となくつけたチャンネルでやっていた途中から観ても概ねどういう話かわかる鮫《さめ》が暴れるパニック映画が終わり、そのあとに始まった葬儀社の個性的な面々が運び込まれた死体にまつわる事件を解決する二時間ドラマも最後の解決編を迎え、探偵役の葬儀社の社長が見破った犯人のアリバイトリックについて熱弁を振るうシーンを観ながら、でもこれ、間接証拠しかないから否認されたらのちのち公判維持できなくなるよな、などと益体《やくたい》もないことを考えていたところで、スマートフォンが震えた。

画面を見るとショートメッセージが届いていた。

〈今、おりてきました〉

フロントからだ。

時刻を確認すると、午後四時五〇分だった。

およそ三時間前、渡会は佐々木美穂の後を追ってこのホテルに入った。駐車場からロビーに上がると、佐々木美穂が小太りの男と一緒に奥のエレベーターに乗り込むところだった。一瞬だが、二人が手を握っているのが見えた。

佐々木美穂は一人でここまで来た。つまりこのロビーで待ち合わせていたのだ。密会だ。あの男が夫の佐々木修太ということはまずないだろう。

渡会はフロントに向かい、手帳を見せて身分を明かし、今の二人が出てくるまでロビーのブースで待機させて欲しいと「協力」を依頼した。風営法上の許可を得て営業しているラブホテルは、この手の警察からの要求には従順に従うし、余計な詮索もしない。フロントの渡会はテレビを切り、ヘッドフォンを外すとブースからロビーを窺《うかが》った。

前に佐々木美穂とあの小太りの男が並んでいる。鍵《かぎ》を返しているようだ。スマートフォンで二人の様子を撮影する。こういうときは、写真より動画を撮る方がいい。

やがて二人は手を振ると、別々に歩き出した。佐々木美穂は駐車場のある裏口へ、男は正面のエントランスへ向かう。

素性の分からぬ男の方を尾けることにした。渡会は三〇秒ほど待ってから、男を追ってエントランスから外に出た。

男はS駅から在来線に乗ると五駅先で降りた。

すでにS市の外に出ており、二つ隣のI市に入っている。そのさらに隣は県庁や県警本部があるN市で、ここI市はそのベッドタウンとして知られている。

男は尾行に気づく様子もなく、駅前のコンビニでビールと弁当を買うと、駅から三分ほどのところにある戸建て住宅に入っていった。ここが男の住まいなのだろう。

白と茶のサイディングが施された、なかなか立派な家だ。庭付きの敷地の門扉に表札には〈森〉とある。庭は半分ほどが庇付きの駐車場で、残りは芝生。よく見ると芝生は不揃いで手入れを怠っていることが窺えるが、遠目にはほとんどわからない。駐車場には車はなく、端の方に荷台にチャイルドシートをつけた自転車と三輪車が停めてあった。三輪車の横に、ゴムボールや砂遊びの道具が入ったプラスチックのケースが置いてあった。

どうやらあの男にも妻子があるようだ。ただし、先ほど男は弁当を買っていた。車がないことも考えると、今、妻は家にいないのかもしれない。どこかへ行っているだけか、別居でもしているのか。まあ、その辺りも含めて確かめてみるか。

門扉に鍵はないようなので、開けて敷地に入り、家の玄関のインターフォンを鳴らした。

〈はい〉と、男の返事が返ってきた。

「御免ください。お世話になってます。山田《やまだ》貴金属の者ですが、奥様ご在宅でしょうか」

その場で思いついたでまかせで名乗った。

〈いませんよ〉

「いつお戻りになりますかね」

〈いや、今、里帰り出産中なんでしばらくいませんので〉

そういうことか。思わず口元が緩むのを自覚した。

「なるほど。だからご主人、別の女性と会ってらしたんですね」

〈え、な、何を……〉

構わずたたみかける。

「ねえ、さっきS駅の近くにある『ルージュ』ってホテルで会ってましたよね。小柄な可愛らしい女性と」

〈あ、あんた、な、何なんですか？〉

わかりやすく狼狽《ろうばい》し、声が震えている。こういう相手は与《くみ》しやすい。

「いきなりすみませんね、私、実は調査会社の者でしてね」再びでまかせを口にした。「玄関でいいので、お話しできませんか？　森さん、あなたに迷惑がかかるようなことじゃありませんので。お願いしますよ」

〈ちょっと、待ってて〉

プッとインターフォンが切れる音がしたあと、しばらくするとドアが開き、男――森が、不安げな顔を覗《のぞ》かせた。

「――だから、最初は出来心だったんだけど、だんだん同情したっていうか、応援したいと思うようになって、今はそういう気持ちで会ってるんです」

内心のあきれを抑え、渡会は「なるほど」と、相づちを打った。

渡会は、自分がやっているのは、森ではなく今日会っていた女性の身辺調査だとして、話を聞いた。まあ、これは嘘ではない。

森もこちらを完全に信頼したわけではないようだが「あなたに迷惑はかけない」と何

度も繰り返すと幾分安心した様子で話し始めた。

森と佐々木美穂の馴れ初めは、妊娠した妻が子供と一緒に実家に帰ったのをきっかけに、本人曰《いわ》く「出来心」で登録した出会い系アプリだったという。

初めはときどき一緒にご飯を食べる異性の友達ができればいいと思っていたが、彼女とは初対面から意気投合し自然な流れで恋愛関係になった――、などと言っているが、この辺りはだいぶ自分に都合よく話を整えていそうだ。今日のようにホテルで逢《あ》い引きしてやることをやったら別々に帰る関係は一般的な「恋愛」のイメージとは距離がある。

家の様子や身なりからしても、森の暮らしぶりは悪くなさそうだ。小金持ち男の火遊び。最初から浮気相手、ないしは愛人を物色するために出会い系に登録したのだろう。

ただ、話を聞くうちにわかったのは、この森という男はすっかり佐々木美穂に騙《だま》されているということだった。

佐々木美穂は森と会うときはセイラという名を名乗っていた。聖羅は、娘の名だ。出会い系で偽名を使うことは珍しくないと思うが、よく娘の名を使うものだと思う。その上、彼女は自分はシングルマザーだと話していたという。

DV夫から逃げて、まだ小さな一人息子と暮らしている。生活は苦しいけれど、バイトをいくつも掛け持ちして少しずつ貯金をしている。昔、高校を中退してしまったことを後悔しており、高卒認定試験を受けて高卒と同等の資格を得たい、もし可能ならそのあと大学受験もしてみたい、仕事の合間を縫って勉強しており、子育てをしながらどこまでできるかわからないが、できる限りやってみようと思っている——らしい。

森はそんなセイラこと佐々木美穂に「同情」し「応援」したいと思っているようだが、実際のところ、彼女は夫と離婚していないし、子どもも三人いる。高卒認定試験やら大学受験やらは、おそらく出鱈目《でたらめ》だろう。

もちろん、そんなことを教えてやる義理もない。むしろ「あんた優しいんだな」などと煽《おだ》てて、より気持ちよく喋《しゃべ》らせてやる。

「優しいあんたのことだから、応援したいってのは、気持ちだけの話じゃなくて、金のやりとりもあるんだろ」

「ああ、うん。そりゃあ、まあ……」

森はやや言い淀《よど》む。多少なりとも、やましさがあるのか。この男がやっていることは、援助交際、最近ならパパ活というやつか。誰にでもわかりやすい言葉で言うなら買春だ。

「いいんじゃないか。好きな女を助けたいと思うのは自然なことだ。お互いウィンウィンってやつだろ。誰を傷付けているわけじゃなし」

「そ、そうだよな。俺もそう思ってるんだよ」

森はわずかに安堵したようだが、すぐに怪訝《けげん》そうな顔つきになった。

「あの、そちらが調べてるのは、彼女、何か金銭のトラブルでも……」

渡会は大げさに苦笑して顔の前で手を振る。

「心配するな。詳しくは話せないが、あんたが想像しているような悪いことにはならない。あんた、本当に優しいな」

「そうかな」

森の表情が緩んだ。

やましさを感じているやつの口を開かせるコツは、そいつのやっていることを認めてやることだ。ときに取り繕わんばかりに自分からあれこれ話すようになる。森はまさにそのタイプだった。

「セイラはさ、苦労しているがんばり屋だから、幸せになって欲しいんだ——」

渡会は失笑を堪えながら話を聞いた。誰を傷付けているわけじゃない、とは言ってやったが、この男の妻が知れば傷つくだろう。森自身も、金で女を買っている自覚があり、そこにやましさがあるはずだ。だからこそこうしてべらべら喋る。自分は悪くない、むしろいいことをしているのだと、自己弁護するがごとく。

人に言えぬようなことをしてもなお「いい人間」でありたいのかと滑稽《こっけい》に思えるが、人間とは誰しもそんなものかもしれない。

森は佐々木美穂と会う度に五万円を払っているらしい。N県の風俗店の相場と比べても高い。その上、個人のやりとりなので、その額は丸々佐々木美穂の懐に入っているはずだ。

恋愛と呼べぬ売買春だとしても森の方には恋愛感情自体はあるようだ。が、佐々木美穂にしてみれば、きっと純粋な小遣い稼ぎなのだろう。夫に内緒のへそくりか、ホストにでも嵌《は》まっているのか、案外、森にしている作り話に一抹の事実が混ざっていて、夫からDVを受けていて離婚するための資金を貯めているのかもしれない。

あれこれ想像はできるが現時点で彼女の事情は窺いしれないし、大した意味もない。重要なのは、これが万が一のときには「交渉」の材料になり得る、佐々木美穂の秘密だということだ。

「今日はもともと会う約束があったのか？」

「え？　ああ、そうだよ。ただ、今朝、急なバイトが入って都合が悪くなったってメッセージがきたんだ。でも、俺、もう今日はセイラに会う気でいたから、そんなんでドタキャンされるのどうしても嫌で、いつもの倍を渡したんだよ。自分でもどうかと思ったけど、まあ、俺にもそんだけの情が湧いてて、その分大きくセイラが夢に近づけるならいいかなって」

その情なるものの正体は性欲だろ――内心あきれかえっていたが、腑《ふ》に落ちた。

昨夜の事故があり、佐々木美穂はさすがに今日は会うことはできないと断りのメッセージを送った。しかし、倍払うと返信が来て、会うことにしたのだろう。

なかなかの収穫だ。

ろくでもない仕事と思っていても、価値ある情報を得ると気分がよくなる。

俺も大概、犬になってるな――渡会は仕事の手応《てごた》えと自嘲を同時に覚えていた。

＊

「ですよね？　私のこと舐めてましたよね。まあ、それが普通だとは思いますよ。あなたが守ろうとしていた谷田部さんみたいな上級国民とは正反対の、さしずめ下級国民ですものね。柄の悪い土地に住んでて、子供ばかり三人もつくって、身体まで売ってるんですからね。実際、そうなんですよ。私、親からして貧乏で憂さ晴らしに子供を殴るような最低の毒親でしたし。私も高校途中で辞めちゃったし、修太くんと付き合いはじめたのだって、あの人が地元じゃ有名なヤンキーだからです。周りは丸くなったなんて言っているけど、そうでもないですよ。私や子供のことだって、ナチュラルにぶっし。結局自分の親と似た人と結婚しちゃった。付き合ってたときも簡単に子供なんてできないから大丈夫だって、いつも避妊しないで無理矢理エッチして、案の定、子供ができちゃったから結婚したんですよ。私ね、高校中退しなかったら、修太くんと付き合わなかったら、せめてエッチのとき毎回ちゃんと避妊してたら、今頃どうなってたろうって、毎日考えてるんです。馬鹿でしょ？」

佐々木美穂の声は淡々としつつも、異様な迫力を帯びていた。

これは自虐なのだろう。

渡会はあの日、森から聞いた話を思い出していた。

佐々木美穂がセイラとして森に語った身の上に、一抹の事実が混ざっていることを想像したが、事実、そうだったようだ。

佐々木美穂は夫の修太からDVを受けている。高校を中退したことを後悔もしている。高卒認定試験を受けて、いずれは大学に行きたいというのは、案外、本当に彼女が望んでいることかもしれない。

「まあ、こんな私のこと、普通、舐めますよね。私だけじゃなくて、修太くんのことも、死んだお祖父ちゃんのことだって舐めてますよね。だから、人が死んでいたってお金さえ払えば、黙らせられると思っていたんでしょ」

ずいぶん悪意を感じる言い方だが、そのとおりではある。谷田部洋は――おそらくはバックにいる中村知事が――嘆願書の引き替えとして三〇〇〇万円もの見舞金を用意した。これは、一般的な死亡事故の慰謝料よりも高い。

「でも、黙りそうになかった。だから、今度は脅すことにしたんですよね？」

佐々木美穂は小首をかしげて微笑んだ。

これもそのとおりだ。だが、それが何だというのだ。

「もう全部終わったことだろ。あんただって納得したはずだ」

つい、そんな言葉が口をついた。こちらだってやりたくてやった仕事ではない。この女なりに忸怩《じくじ》たるものがあるのかもしれないが、いちいち恨み言を言われたくない。

すると佐々木美穂は不敵な笑みを浮かべた。

「納得ねえ……でも探偵さん、あのとき嘘を吐きましたよね。だって本当は探偵なんかじゃないんですから。そうでしょ？　あなたは警察官ですよね？」

顔が強張るのを自覚した。

谷田部洋が知事の甥だと気づいたのとは違い、渡会が警察官だということは、検索《ググ》し《っ》て《て》推測できるような情報ではない。

「私ね、警察官のあなたが、探偵だって嘘までついて、私のことを脅してきたから、谷田部さんってよっぽどの権力者、上級国民なんだろうなと思ったんですよ」

俺が起点だった？

いや、だからどうしてだ？　どうして俺が警察官だとわかったんだ？

＊

――佐々木美穂に接触して説得してくれ。

水上からそう指示されたのは、事故の三日後、日曜日の午前中のことだった。遺族から嘆願書をとるための交渉の期限は翌日にせまっていた。

弁護士は、見舞金三〇〇〇万を提示し、一度は話がまとまりかけたものの、途中から先方が難色を示しはじめた。弁護士とやりとりをしているのは、世帯主の佐々木修太で、彼自身は金が欲しいようなのだが、曰く「妻が『お祖父ちゃんを殺した人には罰を受けて欲しい』とかなり強く言っている」とのことだった。

となれば、その妻を「説得」しようということになる。そのための材料は、調査を始め早々に渡会が手に入れていた。

ざっくばらんに言えば、佐々木美穂を脅せということだ。

「いや、いくら何でも、そこまで俺らがやる義理はないでしょ」

さすがに反発を覚えた。被害者遺族を監視し、交渉するための材料を集めるだけでいいと聞いていた。佐々木美穂が売春をしているという大ネタも摑《つか》んだ。もう十分すぎるほど働いている。証拠となる写真と動画も、コピーして渡しているという。あとは向こうで好きに脅迫でもなんでもしたらいい。

「人がいないんだとよ。表で交渉している弁護士先生とは別に、裏からこっそり佐々木美穂に接触する人間がいない。なんせ日がないし、こちらも警察《カイシャ》が動いているってことは、最低限の人間にしか知らせたくないしな」

言い分はわからなくもない。次期知事候補のため、警察が死亡事故を不問にしようとしているなど、決して外に漏らしてはならないことだ。谷田部洋本人とその弁護士、中村知事、県警本部長、警備部長、そして実際に動いている水上と渡会、七人しか知らず、警備一課の他の面々にも知らさぬよう、固く口止めがされている。

「それにしても何でもない市民を公安《俺たち》が脅したら、それこそ知事のための秘密警察じゃないですか」

言うと、水上は苦笑した。

「文句を言いたくなるのもわかるが、ネタを集めた時点でもう十分俺たちは知事のための秘密警察に成り下がっているさ。いや、そもそも公安てのは、本質的に秘密警察と変わらんのじゃないか。ともあれ、毒を食らわば皿までだ。仕事と思って、やってくれ。頼む」

　上司に頭を下げられ、結局、渡会は佐々木美穂を脅すことになった。

　渡会はとりあえずS市まで向かい、S駅近くのコインパーキングに停めた公用車の中から佐々木美穂に電話をかけた。彼女の携帯電話の番号は水上がすでに入手してあった。

「佐々木美穂さんだね？」

　電話がつながるやいなや、尋ねた。

〈そうですけど……〉

　声色から驚いているのがわかった。こちらは捜査用のスマートフォンに登録してある使い捨てのIP電話の番号からかけている。見知らぬ番号からかかってきた電話でいきなりこんなふうに訊かれたら誰だって動揺するだろう。それでいい。精神的に優位に立てる。

「あなたにとって大切な話がある。今日中にS駅の近辺で会えないか。何、時間はとらせない。危ない日にも遭わない」

一拍遅れて〈何なんですか？〉と訝《いぶか》しむ声が聞こえた。この反応も、当然だ。

「金曜日、二時頃から五時頃まで、県道沿いのラブホテル『ルージュ』。あなたは売春をしている」

一息に言った。スピーカー越しにも息を呑《の》む音が聞こえた。

〈何を……〉

「あなたにとっても、悪い話じゃない。あなたの家は今、木曜日の夜に起きた事故の件で弁護士と話し合いをしているよな。それでごねるのをやめてくれたら、あなたの秘密は守られる」

数秒の沈黙ののち、佐々木美穂は答えた。

〈わかりました。ちょうど今なら家を出れるので、三〇分くらいあとでいいですか〉

「話が早くて助かるよ」

この電話のやりとりからきっかり三〇分後、渡会はS駅前のカラオケボックスの一室で、佐々木美穂と向かい合っていた。人に聞かれたくない話をするのに、こういう場所はうってつけだ。

髪を下ろし、服もいつものスーツではなく、開襟シャツに着替え、眼鏡も外した。と、っぽい装いだ。

スマートフォンで撮影した動画を見せながら、テーブルの上に封筒を差し出した。

「電話でも話したとおりだ。例の事故の件でごねるのを止めてくれたら、あなたの秘密は守られる。さらに特別に報酬も用意してある。とりあえずここに前金で五〇万ある、これはこのまま持って帰ってくれ。嘆願書が提出されたらあと五〇万をあなたが指定する口座に振り込む」

この一〇〇万は見舞金とは別に交渉用に提供されたものだ。

事情はどうであれ、この女は売春する程度には金を欲しがっている。見舞金が三〇〇〇万入っても自由にはならないのだろう。むしろこうして、ポケットマネーをもらえた方がありがたいのではないか。

佐々木美穂は少し考えるそぶりをしたあと、顔を上げてこちらを見た。

「あなたは探偵さんか何かですか？　あの車を運転していた人に雇われている」

「まあ、そんなところだ」

普通はそう思うだろう。否定せず頷《うなず》いた。

佐々木美穂は視線を動かさず、しばらくじっとこちらを見つめたあと、口を開いた。

「……家に帰ったら夫に言います。私、嘆願書を出してもいいって」

実際に、翌、月曜日、佐々木修太から嘆願書が提出された。谷田部洋は不送致となり、彼の起こした死亡事故は闇に葬られた。渡会はその日のうちに約束の五〇万を振り込んだ。

これでこのくだらない任務は全部終了した……はずだった。

＊

佐々木美穂は悪戯《いたずら》っぽい表情でこちらを見つめている。

渡会は混乱を顔に出さないだけで精一杯だった。

まさか、またカマをかけられているのか？　いや、そもそも、渡会が警察官だと疑う根拠さえないはずだ。

「でもね、あなたがやったこと、無駄だったんですよ。私にとっては修太くんに内緒の臨時収入が一〇〇万もあってラッキーだったけど」

「無駄？」

鸚鵡《おうむ》返しに尋ねていた。

「そもそも、私、ごねてなんかいませんでしたから。お金で解決するのに何の文句も言ってません。あれ、そういうことにしたら、見舞金が高くなるかもしれないって思った修太くんが、言ってみただけですから。すぐ折れたのも、あまりごねてお金もらえなかったら、元も子もないからです。最初からそうするつもりだったんですよ。私は何も言ってません」

それはこちらの想定にもあったことだ。見舞金をつり上げるためのブラフじゃないかと。それでも、嘆願書がとれれば何ら問題はなかった。

「それにね、私が売春してることも秘密でも何でもないですから。修太くんも知ってました。てか、修太くんにやらされてたんです。ほら、そういうカップルたくさんいるでしょ？」

夫から売春を強要されていたのか。

驚くことは驚いたが、これも想像できないほどのことではなかった。

妻や恋人に身体を売らせる男は、たくさんと言っていいかはわからないが、いることはいる。

地元の市だからこそ渡会は、北側の町ならそういう家庭があってもおかしくないと、妙なリアリティも感じてしまった。

「うちの家族、倫理観とかぶっ壊れてるんですよ。修太くんだけじゃなくて、私も、死んだお祖父ちゃんもね。お祖父ちゃんなんて、修太くんより酷かったです。修太くんのお母さん、病気で死んじゃったんですけど、その病気って何だと思います？」

佐々木修太の母親のことは事故現場の前に住む女性に聞いたが、病名までは知らなかった。何も答えずにいると、佐々木美穂は続けた。

「梅毒ですよ。もう三〇年以上前とは言え、びびりますよね。お祖父ちゃん、自分の娘に身体売らせてたんですって。修太くんに父親がいないのは、誰かわからないから。気づいたら妊娠してて、堕《お》ろせる期間も過ぎてしまってて、それで、お祖父ちゃんが、だったら跡取りにしようって、育てることにしたって。滅茶苦茶《めちゃくちゃ》だと思いませんか。跡取りったって、まともな教育なんてしませんからね。酒乱で修太くん小さい頃は毎日のように、お祖父ちゃんに殴られて育ったって。大人になるまでに死ななかったのが奇跡だって言ってました。死んだお祖母《ばあ》ちゃんも若い頃からお祖父ちゃんに殴られまくっていたそうです。そんなんだから、そりゃグレますよね。私が修太くんに惹《ひ》かれたの、境遇が似てたからってのもあるんです」

深刻な話をあっけらかんと話す。

町の顔役で『棟梁』と呼ばれていたという佐々木嘉一の実相を垣間《かいま》見《み》た気がした。

「私が嫁に入った頃は、お祖父ちゃん、歳も歳だし、もう修太くんやお祖母ちゃんを殴ったりはしてませんでしたけど、酒癖は悪いままでしたよ。毎晩のように飲んだくれて、その度、いちいち迎えに行くのは私で、本当に面倒くさかったし、一緒に歩いていると隙あらば私の胸やお尻《しり》さわろうとするの、スケベ心だけは健在で、超キモイって思ってました。修太くんもいつも、いつかあの爺《じじ》いをぶっ殺してやりたいって、言ってました。だから、あの夜、あの道にすごい勢いで車が走ってきたときはチャンスって思ったんですよね。私も結構ストレス溜《た》まってて……押しちゃえって」

「え」と思わず声が出た。

押した？　つまりこの女が殺したってことか。

佐々木美穂は「にんまり」と音がしそうな笑顔になっていた。

「修太くんも知ってますよ。よくやったって言われました。だから、谷田部さんが逃げてくれたことも、あなたたちが事件にせずもみ消そうとしてくれたことも、全部ありがたかったんです。しかも三〇〇〇万もお金がもらえて、修太くん大喜びしてました」

さすがにこれは想像していなかった。

いや、本当なのか。わからない。こちらを驚かせるためにふかしているだけかもしれない。ただ、確実なのは、仮に本当だとしても、警察はあの事故の再調査など、絶対に行わないということだ。

「私たち、そういう人間なんですよ。だからね、今日のお通夜でも上級国民はいいなあって思いました」

佐々木美穂はホールの入口に視線をやった。

そこには〈谷田部家通夜会場〉と揮毫《きごう》してある紙が掲げられていた。

「遺族の人たち、みんな谷田部さんの死を悲しんでいたじゃないですか。谷田部さんって、自分がしたことを後悔して自殺したんですよね？　すごいですよ。私もちょっとだけ罪悪感はありましたけど、死のうなんて思いませんもん。上級国民は、真っ当な感覚を持ってるんですね」

不送致となった谷田部洋は、しかしその翌週、死亡した。自身が事故を起こしたあの交差点で、車に撥ねられて。深夜、車が来るのを見計らって飛び出した、自殺だった。

彼を撥ねたドライバーには一切の過失はなく、不送致になった。

遺書はなかったが、事情を知っている者ならば動機は明白だった。死亡事故を起こしておきながら、伯父《おじ》の権力によって不問にされ、あまつさえその伯父の後を継ぎ知事になることに良心の呵責《かしやく》を覚えたのだろう。

伯父の中村知事はショックで体調を崩し、入院してしまった。今日の通夜にも参列できていない。

佐々木美穂は泣き笑いのような顔つきで続ける。

「私ね、私や修太くんも、上級国民の家に生まれていたら、もっとまともになっていたかなって、ときどき思いますよ。私、中学校くらいまでは、将来は自分の親みたいな大人にはならないぞって思っていたんです。一生懸命勉強して、大学でも行けば人生かわるかなって。塾になんか行けなかったけれど、S駅のショッピングモールの生涯学習センターでやってた学習支援の教室に通ってました。大学生がボランティアで勉強を教えてくれるやつです。毎日、放課後、自転車漕いで通いましたよ」

まさか……。

渡会は息を呑み込んだ。

「その教室で教えてくれた大学生が、熱血教師ぶった人で、ずいぶん励ましてくれたんです。どんな家庭の子でも頑張れば、自分の人生をいい方向に切り拓けるって。私、それを真に受けて一生懸命勉強したんですよ。お陰で第一志望の高校に受かりました」

もう一五年も前のことだ。あの学習支援に通っていた生徒、全員の名前と顔はさすがに覚えていない。けれど市の北の町から通っていた子で「ミホ」と呼ばれていた子がいた気はする。

佐々木美穂は空を見上げて視線を逸《そ》らした。

「でも、駄目でした。親が学費を払ってくれなくなって高校辞めることになって、何だか私も気持ちが折れちゃって。地元には悪い仲間いっぱいいますからね。ずるずるそっちに引きずられていきましたよ。先輩の紹介で修太くんと付き合うようになって。やっぱ下級国民の子は下級国民になるんですよ。でもね、私は自分が選べる範囲では一番ましな道を選んだつもりなんです。修太くんは、チンピラだけど稼ぎますからね。売春するのだって慣れちゃえば全然平気。今は結構いい暮らししてるんです。今回のことで大金も手に入りましたしね。子供たちは高校くらいはやれるんじゃないかな。修太くんは子供をぶつけど可愛がってもいるから、娘には身体売らせたりしないと思います。きっと私たちの子は、私たちより少しだけましな下級国民になりますよ」

佐々木美穂はゆっくりと顔をこちらに向ける。視線が合った。

「ちょうど私が十三のとき、例の大学生も四年生で卒業する年を迎えていました。警察官になるんだって言っていました。正しいことをしたいって言ってました。今思い返すと、あの人も私からしたら上級国民なんですよね。努力すれば報われるって信じられて、正しいことをしたいなんて、思えるんだから。努力が報われなかったり、正しくなんていられない環境があるなんて、想像もできなかったんですよ、たぶん」

最初から、知っていたのか……。

渡会は忘れてしまっていたけれど、佐々木美穂は覚えていた。自分を励ました大学生の顔を。

「今なら少しは私の気持ちわかりますか？」

そう言うと、佐々木美穂は庇の外に出た。

いつの間にか雨足が強くなっていた。土砂降りと言っていいほどに。ざあざあという雨音が、突然、うるさく耳に聞こえ始めた。

佐々木美穂は傘も差さず、進んでゆく。

「お、おい」

渡会が発した声は雨音に掻き消されてしまった。

ただその場に立ち尽くし、雨の中に消えてゆく彼女の背中を見送ることしかできなかった。

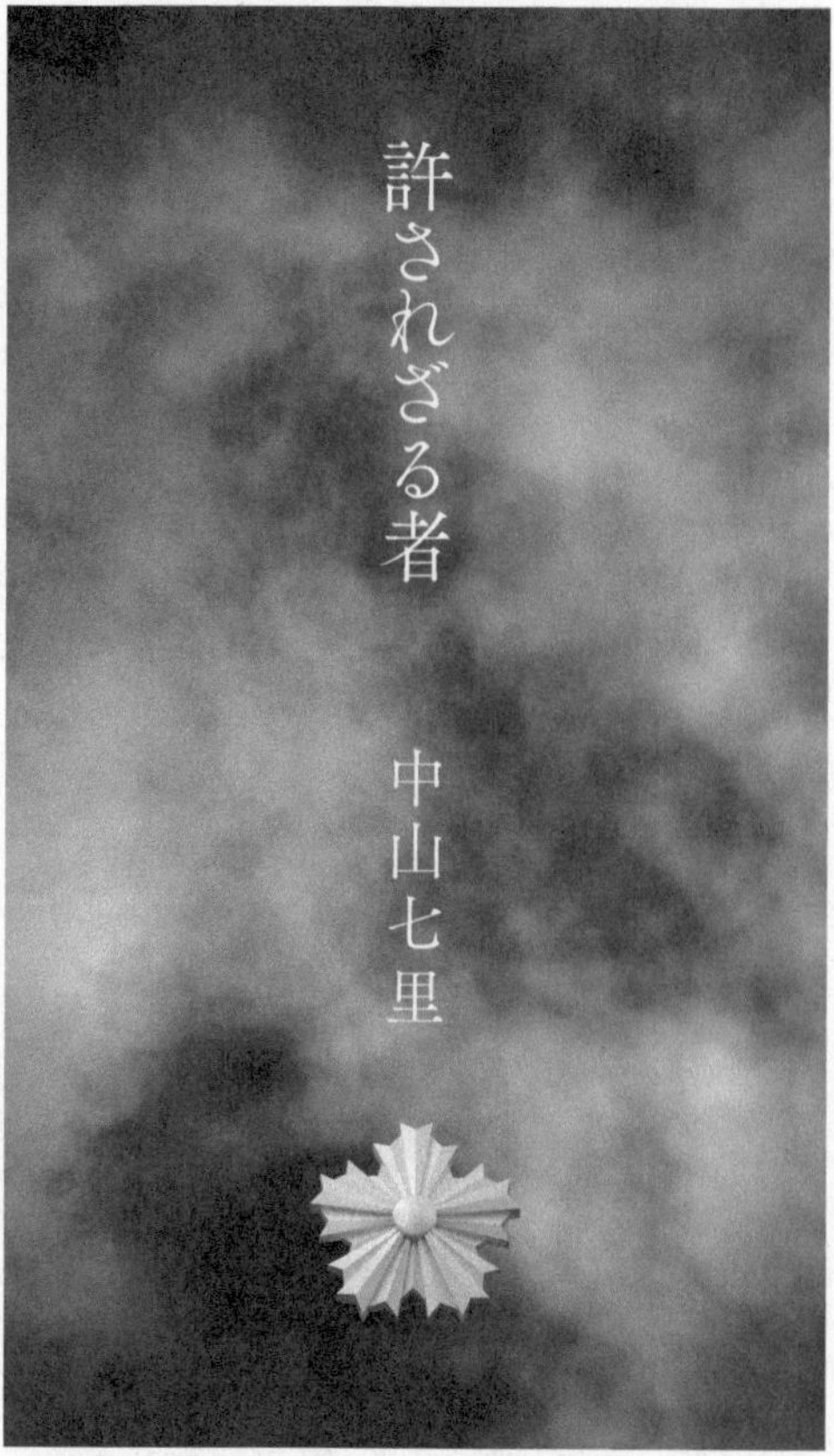
許されざる者
中山七里

中山七里（なかやま　しちり）

1961年岐阜県生まれ。2009年『さよならドビュッシー』で第8回『このミステリーがすごい！』大賞を受賞し、デビュー。同作は映画化もされベストセラーに。本作は、『切り裂きジャックの告白』『七色の毒』『ハーメルンの誘拐魔』『ドクター・デスの遺産』『カインの傲慢』『ラスプーチンの庭』に登場する刑事犬養隼人シリーズの新作である。著書に「岬洋介」シリーズ、「御子柴礼司」シリーズ、『連続殺人鬼カエル男』『笑え、シャイロック』『夜がどれほど暗くても』『護られなかった者たちへ』など多数。

1

有名人の死はそれだけでトピックスになるが、これが国際的なイベントに絡めば国威を左右しかねないスキャンダルに発展する。演出家光浦伽音《みつうらかのん》の事件が、ちょうどそんな具合だった。

七月二十三日午前八時二分、八王子《はちおうじ》市廿里町《とどりまち》の森の中で男の死体が見つかった。発見したのは森林総合研究所多摩《たま》森林科学園の職員で、通勤途中の道端から死体の足が覗《のぞ》いているのを見て110番通報してきた。駆けつけた署員は死体の顔を見て驚いた。警官は芸能に少なからず興味を持っており光浦伽音の顔もネットニュースでよく見かけたからだ。

続いて機動捜査隊と高尾《たかお》署強行犯係が臨場し、庶務担当管理官の判断によって事件認定された。この時、臨場した捜査員全員が被害者の身元を知り、事件が特別なものになることを予想した。

専従班の一員として臨場した捜査一課の犬養隼人《いぬかいはやと》もまた同様の感触を抱いていた。ただの演出家というだけならともかく、光浦伽音は東京オリンピック閉会式演出チームの一員だったのだ。

「光浦伽音終焉《しゅうえん》の地が、よもやこんな森の中とはな」

先に検視を済ませた御厨《みくりや》が手持ち無沙汰《ぶさた》に話し掛けてくる。

「御厨検視官も被害者をご存じでしたか」

「ゼロ年代のドラマや邦画に浸った人間で光浦伽音の名前を知らないヤツはいないだろう。その光浦がオリンピックの仕事を手掛けると聞いて、正直複雑な心境だった」

「俺はあまり熱心なファンじゃなくて」

「反骨精神を売り物にしていた演出家がいつのまにか体制側に組み込まれていたのと、お互い年を食ったというショックとの両方だ。しかし、まさか彼の検視をする羽目になるとは思いもよらなかった」

御厨が個人的な話をするのは珍しく、犬養は意外な感を受ける。誰でもドラマは観るだろうが、現在の御厨とゼロ年代カルチャーはなかなか結びつかない。

「光浦もそうだが、今回のオリンピックは本当に呪われていると思う」

ふと御厨が洩《も》らした呟《つぶや》きには同意せざるを得ない。何しろ大会エンブレムの剽窃《ひょうせつ》疑惑に始まり、JOC会長の贈賄罪起訴、組織委員会会長の舌禍に伴う辞任、開会式の企画・演出チームの解任、開会式音楽制作チームの一人がイジメの加害者であった過去を暴露されて辞任、この上に光浦の殺人事件が加わるのだから、とにかく祟《たた》られているとしか言いようがない。

　いや、祟られているとしたら東京オリンピックだけではない。新型コロナウイルスによるパンデミックで世界中が祟られている。

「そう言えば高千穂《たかちほ》くんの姿が見えないな。彼女はどうした」

　祟りは捜査一課にも及んでいた。

「高千穂は二週間の自宅待機ですよ」

「二週間。ああ、そういうことか」

「ええ。PCR検査で陽性反応が出ました」

　自宅待機の報告は、犬養も昨日知らされたばかりだ。何でも同期の連中と呑《の》み会に出掛けたところ、参加者の一人から感染させられたらしい。四回目の緊急事態宣言が発出されている中、公僕ともあろう者が何事かと刑事部長は烈火のごとく怒った。二週間の自宅待機で済んだのはむしろ温情と言っていいだろう。

「大変だな。麻生《あそう》班は慢性の人手不足だと班長がぼやいていた。他所《よそ》から補充でもあるのか」

　人手不足はどの班でも事情は一緒だ。従って当分の間、犬養は割り振られた捜査を単独で行わなければならない。

「それで検視の結果は」

「見た通りだ。後頭部の一撃で頭蓋骨陥没《とうがいこつかんぼつ》。直接の死因は脳挫傷《ざしょう》だが、本人はあまり苦しまずに死ねたはずだ。直腸内温度から死亡推定時刻は昨夜《ゆうべ》の午後十時から深夜零時にかけて。解剖して胃の内容物の消化具合を測れば、もっと範囲は狭められるだろう」

「争った形跡はありませんか」

「ない。外傷は後頭部の一ヵ所のみだ。鑑識に尋ねてもいいが、現場にも争った跡は全くない。血痕《けっこん》さえ見当たらないから、殺害は別の場所で行われ、ここまで運ばれてきたとみるのが妥当だ」

「でしょうね」

犬養は鑑識から預かった光浦の運転免許証を眺める。死体の所持品は運転免許証を含めたカード類と六万七千円の現金のみで、携帯端末は見当たらなかった。住所は六本木《ろっぽんぎ》になっているので御厨の指摘通り殺害されてここまで運ばれたか、または自分で遠出したかのどちらかになる。いずれにしても死体を担いで運んだとは考え難《にく》く、道路には運搬に用いた車両のタイヤ痕が残っているはずだった。

「裂傷を見る限り凶器は鈍器で、深さから相当に重いと思われる。犯人は大量の返り血を浴びている可能性がある。犯人特定に繋《つな》がる要因になるかもな」

被害者の血痕とタイヤ痕。その二つは確かに決め手となるに違いない。

有名人が殺害されたとなれば嫌でもマスコミや世間の耳目を集めることになるが、有名人だからこそ他人との接触には何らかの記録が残る。物的証拠さえ揃えば事件解決もさほど遠くあるまい。

だが、それはただの希望的観測でしかなかった。

光浦伽音が死体で発見されたニュースは、その日の正午を待たずに各メディアで報じられた。オリンピック開会式当日に発生した最大級の悲劇は日本全土を席巻《せっけん》し、まだ碌《ろく》に捜査も進まないうちに光浦の死をオリンピックに絡めた陰謀論までが出てきた。

『オリンピック開催を妨害しようとする連中の犯行に違いない』

『いや、一度解任された演出チームの誰かが腹いせに起こした事件じゃないのか』

『かつてこれだけ呪われた五輪があっただろうか』

『大抵の陰謀論は眉唾《まゆつば》ものなんだけど、この件だけは例外だよな。光浦伽音が人の恨みを買うなんてあるはずないし』

陰謀論自体はどれもこれも一笑に付されるものだったが、光浦についての人物評に関しては衆目の一致するところだった。

ゼロ年代は日本のカルチャーにとって一つの転換期だったと言えよう。長引く経済不況で文化の発信者は大企業から個人へと移行し、ネットの普及と相俟《あいま》って新しいコミュニティが次々に誕生した。マスからニッチへと注目が移り、派手な宣伝に頼らない才能にスポットが向けられたのだ。

光浦伽音もそうした才能の一人だった。一世を風靡《ふうび》した小劇団〈コンスタンティン・テロ〉の主宰兼演出家として名を馳《は》せ、劇団解散後は脚本家も兼任して現在に至る。後輩の面倒見がいいので周囲の評判はよく、業界で彼の悪口はあまり聞かないという。四十四歳、独身。離婚歴一回。

もっともこうした情報はネットを検索すれば容易に入手できる類《たぐい》のものであり、殺害動機を探るには関係者に会うしかない。犬養が最初に訪れたのは光浦の事務所だった。

「今はとても質問にお答えできる状況にありません」

会うなりマネージャーの鈴谷《すずたに》という男はそう言った。だが犬養の観察するところ、質問に答える余裕ではなく捜査に協力する気が希薄なだけのようだ。

「ご承知かもしれませんが光浦は閉会式の演出を担当しています。その人物がいきなりいなくなってしまった。後に残された者の大変さが刑事さんに想像つきますか」

「しかし、まだプログラムが作られていないなんて訳ではないでしょう。まともに考えたらリハーサルもとっくに終わっているはずです」

「それはそうですが、閉会式で不測の事態が生じた際に対処できるのは彼しかいない」

「さっきから聞いていれば仕事の話ばかりですが、光浦さんの仇《かたき》を取ってやろうという気持ちはないんですか」

さすがに鈴谷は気まずそうに目を逸《そ》らした。

「まず光浦さんの昨日のスケジュールを教えてください」

「朝九時から休憩を挟んで夕方六時まで閉会式のリハーサルでした。本番同様にオケとメンバーを揃えて最終調整に入っていました」

「夕方六時以降の予定は入ってなかったんですか」

「開会式前夜ですからね。閉会式担当チームは大事を取って早く切り上げました。午後六時以降、光浦のスケジュールは入っていません」

「光浦さんの死体は高尾で発見されました。光浦さんに何か関連のある場所でしょうか」

「高尾……いや、わたしは存じません。プライベートにはマネージャーといえども不可侵という申し合わせがありますから」

十代二十代のアイドルならいざ知らず、本人は四十半ばのいい大人だ。生活の全てを管理する訳にもいかないだろうから、鈴谷の話は常識の範疇《はんちゅう》だ。

「光浦さんを恨んだり憎んだりしていた人物に心当たりはありませんか」

「それこそ存じませんね」

鈴谷は言下に否定する。

「この道二十五年のベテランにも拘《かか》わらず変に偉ぶることもなく、若い連中には兄のように慕われていました。あのですね、刑事さん。いまから四年も前の話ですが、光浦が政府広報のイメージキャラクターに選ばれたことをご存じですか」

うっすらとした記憶はあるが、はっきりと内容までは憶《おぼ》えていない。

「イジメ撲滅キャンペーンに担ぎ出されたんですよ。周囲からも慕われている人望の厚さが起用の理由でした」

「人望が厚いから他人から恨まれたり憎まれたりは有り得ないというんですね」

「彼のポジションに嫉妬を覚える者はいるでしょうけど、殺すほどの動機にはなり得ないと思います」

鈴谷はいったん言葉を切ってから深く嘆息した。

「光浦のマネージャーになって五年になりますが、アーティストにありがちな唯我独尊的なところがなく、マネージメントしやすいタレントでした。今回、東京オリンピックに関われたことで更に上のステージに行けると期待していたんですが……無念です。無念極まりない」

「芸能界の仲間ではなく、大会関係者から疎んじられた可能性はありませんか」

「有り得ません。今日が開会式ですよ。今、光浦を失えば内部の混乱はもちろん、外部からも要らぬ雑音が入ってくるのは目に見えている。オリンピックを無事に終えたい委員の中でそんな馬鹿なことを考える者はいないでしょう」

そうとも限らない、と犬養は密《ひそ》かに思う。私怨《しえん》が公益を凌駕することなどいくらでも存在する。過去のオリンピックに纏《まつ》わる贈賄事件がその好例ではないか。

「いずれにしても光浦を殺した犯人はとんでもない不心得者に違いありません。どんな理由があったにせよ、この時期に大会関係者、しかも閉会式の演出チームの一人を失うのが国難に近いことを全く理解していない」

一人の演出家の死を国難とまで言い切る神経は理解できなかったものの、鈴谷の喪失感はこちらにも伝わってくる。

かけがえのない人間などそうそういるものではない。政治家にせよタレントにせよ、たった一人の空いた席には大抵別の者がすぐ落ち着くようにできている。更に言えば、不在で混迷する世界や組織は単に未成熟というだけの話ではないのか。

「捜査には協力を惜しみません。光浦を殺した犯人に天罰を与えてやりたい。しかしですね、現状は演出チームの後任人事はもちろん、予定していた新作映画の製作も続行するかキャンセルするかを早急に協議しなきゃいけません。本当に時間的余裕がないんですよ」

最後は半泣きの体だったが、鈴谷の置かれた立場には同情の余地があった。

光浦の自宅は地上四十階建てタワーレジデンスの一室だった。事件で様々な家に出入りする犬養も、この手の高級マンションに足を踏み入れるのは初めてだ。

部屋のドアは開けっ放しとなり、既に鑑識係数人が遺留品を漁《あさ》っている。

「特に目ぼしいものはまだ見つかりませんね」

鑑識係の一人が目聡《めざと》く犬養に話し掛けてきた。

「小綺麗《こぎれい》にはしてますが、要は典型的な独り者の部屋です。本人以外の毛髪も採取しましたが、どうやら不特定多数の女性のもののようです」

有名な演出家で独身なら、不特定多数の女性が出入りしていたとしても何の不思議もない。

「争った形跡はありますか」

「ありませんね。少なくともここが犯行現場ではないと思いますよ」

「パソコンやスマホの類は」

「それもありませんね。スマホは本人の死体から抜き取られたのかもしれませんな」

その点は犬養も同意だった。光浦のスマートフォンに犯人を特定する情報が入っていたために盗《と》られた可能性が否定できない。

「何か見つかったら、報告を上げる前に一報入れますよ」

「申し訳ないですね」

「いやあ、この事件の専従を任された犬養さんたちの方がずっと大変でしょう」

犬養は苦笑で返すしかない。

次に向かったのは中央区《ちゆうおう》晴海《はるみ》のアイランドトリトンスクエアにあるオリンピック・パラリンピック組織委員会本部だ。マネージャーの鈴谷も二十四時間光浦についている訳ではない。組織委員会での光浦を知るには、やはり同じ演出チームに訊《き》き込みをするしかない。

セレモニー室に通され、道内《どうない》と名乗る女性と面会させられた。

「道内さんはセレモニー室の責任者なんですか」

「いえ、責任者ではないのですが、今回の窓口になっています」

彼女の口ぶりから、当初から定められたものではなく急遽《きゆうきよ》押し付けられた担当であるのが窺《うかが》い知れた。

「演出チームを統括されているんですか」

「統括は別にいますが、開会式直前ということもあり不在です」

どこまで本当かは分からない。いずれにしても開会式直前、刑事と面談するような暇はないということだろう。犬養は道内を相手にするしかない。

「一度、企画・演出チームは解任されましたが光浦さんは新規に採用されたメンバーなんですか」

「いいえ。光浦さんは閉会式の演出チームなので当初から固定されたメンバーです」

「光浦伽音さんは何者かに殺害されました」

犬養は殊更に声を低くして言う。いくら本番直前で慌しい中とはいえ、門前払いをされていい用件ではない。

「警察は一刻も早く犯人を逮捕するべく捜査しています。是非ご協力いただきたいです」

「もちろん心得ています。既に事務局には光浦さんの件で対応しきれないほどの電話やメールを頂戴《ちょうだい》しています」

道内の顔つきが矢庭に険しくなる。事件に呼応して内外から雑音が入っているのは本当なのだろう。

「選《よ》りに選って開会式当日の訃報ですからね。委員会からも五輪開催反対派の仕業ではないかという声が上がっています」

「実際、どうなんですか。五輪開催について反対派の団体なり人間なりがメンバーを狙う可能性はあるんですか」

「それは当人たちに訊いてください」

道内の答えは素っ気ない。

「連日のようにデモをはじめとした反対運動が続けられています。コロナ禍での開催に医療従事者から苦言を呈されているのも重々承知しています。それにも拘わらずチームが仕事を続けているのは報酬以前に、東京オリンピックを成功させるという使命感があるからです。その使命感を嘲笑《あざわら》い、委員やメンバーを貶《おとし》めたい、抹殺したいという人の気持ちをわたしは到底理解することができません」

それまで事務的な対応に終始していた道内が初めて見せた憤怒《ふんぬ》だった。

「仮にそうした反対派の誰かの仕業にしても、どうして光浦さんなのかも理解できません。セレモニー室設立当初から積極的にアイデアを出し、メンバーの人選も的確でした。ともすれば広告代理店の横やりで空中分解しそうになったチームを一度ならず修復してくれました」

「なくてはならない人材だったからこそ狙われたという見方もできます」

「演出チームのメンバーは公表されていましたが、それぞれの役割やポジションについては内部にしか分からないようになっていました」

つまり内部では憎む対象とはなり得ず、外部からは標的になる要素が見つからないという主旨だ。

「殺害動機をオリンピック開催の是非に求める気持ちも分からないではありませんが、実質時間の無駄かと存じます。わたしが知る限り、光浦さんが殺されなければならない理由は存在しません」

組織委員会に乗り込んだものの、結局は道内から聴取しただけで辞去する羽目になった。国家事業であるオリンピックは想像以上に外殻が硬い。演出チームの一人一人に訊いたとしても、おそらくは箝口令《かんこうれい》が敷かれているに相違ない。

しかし、まだ光明は残っている。一つは光浦が所有していた自家用車だ。光浦の愛車は黒のレンジローバーだが、前日二十二日の夕方に月極《つきぎめ》駐車場から消えている。レンジローバーに設置されたドライブレコーダーを再生すれば犯人に辿《たど》り着く可能性が高い。

ところがレンジローバーは意外に早く発見された。廿里町の死体発見現場から三十キロほど離れた住宅街の一角に路上駐車されていたのだ。

ドアは開錠されスマートキーもコンソールボックスに投げ込まれたままだった。まるで盗んでくれと言わんばかりの放置ぶりだが、肝心要《かなめ》のドライブレコーダーは取り外されていた。運が悪いのかそれとも犯人が周到なのか、死体発見現場からクルマが駐《と》められていた場所を結ぶ県道にNシステムは設置されておらず、運転者を特定するまでには至らない。

『ブレーキとアクセルのペダルからは死体発見現場と同じ土が採取されました』

電話してきた鑑識係の声はどこか弁解じみていた。

『ステアリングとキー、それと車内に残っていた指紋はいずれも被害者のものでした。本人以外の毛髪が採取されましたが、自宅に女を引っ張り込むくらいなので、当然助手席に乗せていると考えられます』

犯人の遺留物はあまり期待するなという意味だ。

『尚《なお》、車内には被害者の血痕もありました』

死体発見現場付近から採取されたタイヤ痕は光浦のレンジローバーと見事に一致した。

つまり、こういう仮説が成り立つ。犯人は光浦を殺害した後、彼のレンジローバーで死体を運ぶ。廿里町の森に死体を遺棄し、三十キロ離れた住宅街でクルマを乗り捨てる。単純な犯行だが、被害者のクルマを使用するので証拠が残りにくい。犯人の毛髪なり体液なりが残っていれば話は別だが、鑑識係の口ぶりからは期待薄と思われる。唯一、レンジローバーのタイヤから採取した土で光浦の足取りを絞り込む方法もないではないが、こちらは分析に相当な時間を要するだろう。高尾近辺の土壌がどこまで分類されているかは、鑑識あるいは科捜研頼みだ。

残るは光浦の親族から話を訊くことだが、生憎《あいにく》彼の両親は既に他界している。たった一人の肉親である兄は遠く九州《きゅうしゅう》に在住し、本人とは数年に一度会うだけという。

『最後に話したのは二年前の正月ですよ。何しろ有名人になってから行き来はほとんどなくなっちまって。第一、本人の離婚ですら、知ったのはニュースからでしたよ』

実兄の口ぶりからは疎遠さが感じられた。男きょうだいというのはそういうものかと犬養は受け取る。

もはや肉親ではないが、一縷《いちる》の望みを託して別れた元妻とも連絡を試みた。彼女はモデルをしていたが離婚後は渡米、ニューヨークで多忙な毎日を送っている。国際電話で連絡してみると、既に光浦の死をニュースで知ったのだと言う。

『オリンピック関連でこちらにも報じられましたよ。もう、びっくりしちゃって』

「最近、連絡はされましたか」

『全然。幸い子どももできなかったでしょ。わたしたちが別れた原因、知ってますか』

「生憎と」

『光浦の浮気。性格がいいのは上半身だけでね。最後はもう修羅場。お互い収入は独立していたから未練なんてこれっぽちもなかった。別れてからは、ずっと音沙汰《おとさた》なし』

「でもオリンピックのセレモニーに関係していたんですよ。それなりに本人からの報告があったのではありませんか」

『なかった。たとえ本人から教えられても「あっ、そう」で終わっていたと思う。ホントにね、他人の子ども程度の興味しかないのよ』

自らも二回の離婚歴がある犬養は彼女の言葉に頷《うなず》いてしまう。娘の沙耶香《さやか》はかけがえのない存在だが、別れた妻にはさほどの執着もない。子どもは血を分けた分身だが、妻は別れてしまえばただの他人でしかない。

『最近の光浦については何も知らないけど、一緒に暮らしていた時の人物評価はさっきのひと言に尽きる。上半身は紳士、下半身はロクデナシ。彼が殺されるとしたら十中八九女絡みでしょうね』

国際電話を終えた犬養は空振り三振の体で受話器を置く。公私ともに鑑取りをしたものの収穫は皆無に近い。わずかに得られたのは、光浦が女にだらしなかったという情報だが、だからと言って痴話喧嘩《げんか》の挙句に殺害されたというのはいささか短絡に過ぎるのではないか。

「短絡に過ぎるというのは俺も同じ意見だ」

報告を受けた麻生は不機嫌さを隠そうともしなかった。マスコミ報道からこっち、有形無形の圧力が掛かっているのは想像に難くない。

「だがどんな可能性でも潰《つぶ》していかなきゃならん」

麻生の指示で、光浦の女遍歴が調べられた。鈴谷やかつての映画製作スタッフから相手の存在を聞き取った上で自宅マンションに出入りしている女性を洗い出したのだ。だが、その一人一人のアリバイについて裏付け捜査を進めたものの、全員がシロと断定された。

ここに至って捜査は暗礁に乗り上げてしまった。

2

数々の障壁を乗り越えて二十三日午後八時に東京オリンピックは開催された。開会式以前は開催中止を叫んでいた者の大半は、いざ競技が始まってみると選手への応援に声を出すようになった。

ただし組織委員会への風当たりは依然として強い。光浦が殺害されたという衝撃的なニュースと相俟って、組織委員会の体制そのものに疑念を抱く者が一向に減らない。

こういう場合、大抵の組織・団体は自浄作用を発揮するより先に非難の矛先を他に向けようとする。オリンピック組織委員会もその例外ではなく、連日のごとく捜査本部に揺さぶりをかけてきた。麻生によれば文書ではなく口頭での「問い合わせ」だったらしい。

『まだ容疑者さえ浮かんでいないのでしょうか』

『有益な手掛かりは発見できたのでしょうか』

『警視庁は世界に誇れるニッポンの警察と考えております』

『可能であればオリンピック期間中、最悪でも閉会式までに犯人が逮捕できれば、警視庁の面目躍如と言えるのではないでしょうか』

幾度となく役所の対応を見てきた犬養も、これほど慇懃《いんぎん》無礼という言葉が相応《ふさわ》しい

「問い合わせ」はないだろうと思った。無論、組織委員会の背後には当然政府の存在があり、これは迂回《うかい》のかたちを取った圧力に他ならない。

上からの圧力は下部にいくに従って増していく。警視庁に伸《の》し掛かった圧力は、麻生に到着する頃には最大となっていた。

「鑑識はまだ何も摑《つか》んでいないのか」

どこか気怠《けだる》げな口調は、麻生が散々刑事部長もしくは捜査一課長から責め立てられたことを物語っていた。

「待つしかないでしょう」

犬養が慰めにもならない言葉を掛けると、麻生はこちらを睨《にら》み据えた。

「高みの見物のつもりか」

「俺の階級で、何が高みの見物ですか」

「お前さえよけりゃ、いつでも中間管理職に推薦してやるぞ」

もうしばらくは勘弁してほしいと思ったが、口には出さずにいた。

「俺が昇任試験に合格するのを待ってたら、いつまで経っても光浦殺しは解決できませんよ」

「先方の区切ってきたタイムリミットは八月八日だ。そんなに待てるか」

「しかし班長」

「分かっている。徒《いたずら》に捜査を急いでも碌なことにならん。後になって誤認逮捕が判明するより捜査の遅れで非難を受けた方がまだましだ。今更言わせるな」

上から圧力が掛かっても最低限の判断力は保持しているようなので安心した。

「光浦の自室とレンジローバーの中に残されていた毛髪と体液が知人女性たちのそれに一致するかどうか分析中と聞いています。彼女たち以外の遺留品があればいいんですが、とにかく女友だちの数が多くて鑑識は難儀しているそうです」

「光浦が手掛けたドラマなら俺だって観たことがある。恋愛ものも刑事ものも洩れなく自由主義をぶち込む作風だったが、本人の下半身が現実でも好きモノだったという訳か」

鑑識作業が長引くのを被害者の女癖のせいにするのは大人げないが、この男の口から皮肉が出ている分にはまだ大丈夫と思える。皮肉ではなく、犬養に愚痴をこぼし始めたらいよいよ危険信号だ。

「高尾署からも新しい報告はきていない」

現場周辺の地取りは高尾署に任せてあるが、死体を遺棄したとみられるのが深夜帯であり、その時刻の人通りはすっかり絶えているため、未《いま》だに不審者や不審なクルマを見たという目撃情報は皆無だった。

「何しろ森の中ですからね。防犯カメラもなければ人家もない。死体を棄てるにはうってつけの場所ですよ」

「犯人に土地鑑がなければ、うってつけの場所にも選ばれなかった」

「多摩森林科学園に足を運んだ人間なら全員が対象になってしまいますよ」

麻生はまたも犬養を睨んでくる。

「せめて光浦の足取りに見当さえつけば突破口も見えてくるんだが」

「足取りについては一つ思いついたことがあります。死体が発見されたのは八王子の高尾ですが、ここは相模原《さがみはら》市と隣接しています」

「それがどうした」

「光浦は相模原市出身です。高校までを同市で過ごし、大学進学を機に上京、以降は東京を根城にして劇団での活動を始めています」

「光浦は実家に向かったというのか」

「両親はとうに他界して、たった一人の兄弟は九州に移転。生まれ育った家はとっくに引き払われています」

「じゃあ行っても意味がない。両親の墓参りならともかく」

「家族がいなくても高校までのクラスメイトは何人か残っているでしょう」

「クラスメイト、か」

麻生の思案顔を余所《よそ》に、光浦がクラスメイトの誰かに会いに行った可能性は僅少《きんしょう》だと、犬養は断じていた。己の現在と未来の栄誉が懸かっている晴れ舞台を前に、いったいどうしてクラスメイトに会う必要があるのか。実の兄とすら疎遠にしていた有名人が今更どんな理由で旧友に会おうというのか。

その時、ふと思いついた。

急いで件《くだん》の鑑識係に連絡する。

『どうかしましたか、犬養さん』

「光浦の自宅に卒業アルバムとかはありましたか。高校でも中学でも構いません」

『卒アルはありませんでしたね。ただ、古い写真はありましたね。日付から考えて被害者が中学二年の頃のものです』

「どんな写真ですか」

『すぐ持っていきますよ』

数分後、鑑識係が持参したのはそろそろ退色し始めたL版サイズの写真だった。

「校外で撮った写真だな」

犬養の肩越しに写真を眺めた麻生が呟く。写真には五人の少年たちが肩を並べて写っている。全員が私服なので校外で撮影したのだろう。場所はどこかの公園、全員がTシャツ姿だ。

三十年も前の写真なのに誰が光浦なのかは即座に分かる。五人の真ん中でリーダー然として収まっているのが本人に間違いない。

夏の日の、気の置けない友だちとのワンショット。写真にタイトルをつけるとしたら、そんな具合だろう。

「一九九一年か。この頃はまだケータイが珍しくて写メの習慣もなかったから写真プリントがほとんどだったよな」

犬養にも覚えがある。まだその頃は携帯電話自体が物珍しく、今ほど多機能でもなかった。写真はフィルムが全盛期で誰も写真をデータで残すことなど考えもしなかった。まさか古いテクノロジーが今になって役に立つとは。光浦が過去の写真を全て携帯端末に収めていたり、この写真にはお目にかかれなかった。

犬養は改めて写真を食い入るように見つめる。五人ともごく自然に笑っているが、中に一人だけ違和感を放つ少年がいた。

俳優養成所上がりの犬養には違和感の正体が分かる。ともすれば見過ごしがちの、しかしおぞましさを秘めた一場面。

「この写真に収まっている元少年たちの話が聞きたいですね」

「光浦の出身校は知れている。学校に保管してある卒業アルバムと照合すれば、全員の氏名と連絡先くらいすぐに判明するだろう。ただし自分で探すことはできん。あくまでも他人任せだ」

「何故ですか。関係者宅回りだったら俺一人でも」

喋《しゃべ》りかけて、途中であっと思った。

「やっと思い出したか。緊急事態宣言下で警視庁も安易に出張捜査ができなくなっている」

緊急事態宣言の主たる内容は不要不急の外出を避け県境を跨《また》がないことだが、その対象は公務員である警察官も例外ではない。従来であれば他府県に出張っていた案件も、当該期間中は各道府県警の協力を仰いで出張捜査を回避せよとの通達が下りているのだ。

「事件を早期解決しろというのはオリンピック組織委員会、要は政府からの要請じゃないですか。そんなもの不要不急には該当しないでしょう」

「不要不急かどうかは刑事部長が決定することだが、あの部長がそう簡単に通達に逆らう判断をすると思うか」

現刑事部長はキャリア組で、在任期間中は検挙率を上げるよりも失態や減点を回避するように心掛けているフシがある。

「しかし班長。開会式には全国から大勢の警察官が警備に派遣されているんですよ。矛盾してやしませんか」

警視庁では各国要人などが出席する中、不測の事態に備えて厳重な警備を行う必要があるとして、警視総監をトップとする最高警備本部を立ち上げた。都内には全国の警察からおよそ一万二千人の応援部隊が派遣されており、メインスタジアムの国立競技場や選手村だけでなく他の競技会場なども含めて厳戒態勢を敷いている。それに留《とど》まらず開催期間中、警察は過去最大規模のおよそ六万人の態勢で警戒警備に臨む方針だった。

「オリンピック開催は国家的事業だから不要不急にはならんさ」

「国家事業だから各道府県警から一万二千人の応援部隊を受け容《い》れる。ところが通常の犯罪捜査では俺一人が相模原署に出張るのも許可できないって、どう考えても変でしょう」

「いつもいつも通達が理路整然だなんて思うな」

麻生は渋面を作って言う。

「当のオリンピック・パラリンピックだって理路整然として開催される訳じゃない。コロナ禍で感染が危険視される中、当初の『復興五輪』のスローガンなんざ槍《やり》投げよろしく放り投げて、それでも無理を通そうとしている」

「オリンピックじゃなくて警視庁の話をしているんです」

「上の指示には従う。それが宮仕えの鉄則ってもんだ」

それを言う麻生が納得しているようには到底見えなかった。


念のために出張捜査の申し出をしたが、案の定却下された。部長からはリモートで済ませられるものは極力リモートで済ませろと釘《くぎ》を刺された。

仕方なく犬養は相模原署に写真と卒業アルバムの照合を依頼する。先方が警視庁の事情を知ってか積極的に協力してくれたのは有り難かった。

照合作業とそれに続く当該者の確定は翌日に終了した。加えて各人の連絡先も判明したので、後は本人に聴取するだけとなった。

写真に収まっていた光浦以外のメンバーは次の四人だ。
・馬場《ばば》利勝《としかつ》
・軒上《のきがみ》理市《りいち》

・鳥居《とりい》浩志《ひろし》
・朽木《くちき》正純《まさずみ》

四人のうち犬養が違和感を抱いたのは朽木だった。他の四人が無邪気そうに笑っているのに、光浦と肩を組んでいる朽木だけがぎこちない笑みを浮かべていたのだ。

これは強制された表情だと思った。

まず口角が引き上げられているのに目尻《めじり》に皺《しわ》が寄っていない。次に口角の引き上げられ方が左右非対称になっている。この二つはいずれも意図的に表情を作ろうとすると現れる特徴だ。

楽しくもないのに無理に笑わされ、親しくもないのに肩を組まれる。撮影時に朽木がいったい何を思っていたのか。

犬養は早速各人に連絡を入れた。

●馬場利勝
『光浦伽音くんとの写真ですか。ええ、憶えていますよ。他にいたのは理市と浩志と正純でしょ。一時期はこの五人ばかりで遊んでました。いやあ、懐かしいなあ』

「五人とも良好な関係でしたか」

『良好じゃなかったら丸三年も続きませんよ。僕にとってはかけがえのない仲間との一生の思い出ですしね』

「かけがえのない仲間、ですか」

『ええ、社会性や規律はあの五人組の中で培われたと言っても過言じゃありません』

「皆さん、仲がよかったんですね」

『ええ、とても』

「光浦さんが殺害されたニュースはご存じですよね」

『世の無常を感じますよ』

電話の向こうから溜息《ためいき》が洩れた。

『同級生の中じゃ一番の出世頭で、言ってみればヒーローでしたからね。それがあんなかたちで死んじまうなんて。クラスメイトの何人かと話したんですけど、みんな大ショックですよ』

●軒上理市

『伽音くんを含めた五人で撮った写真ですか？　みんなTシャツ？　どこかの公園で？
……ああ、思い出しました。夏休みになると、よくその五人でつるんでたんですよ。あの頃は伽音くんがこんなに有名人になるなんて夢にも思わず、一緒に悪さをしたものですよ』
「悪さというのは不良行為も含めてですか」
『もう時効だから言っちゃいますけど本屋やゲームショップで万引きしてましたね。中学生って一番馬鹿な時期じゃないですか。ゲーム感覚でやってましたけど、今思い出すと恥ずかしい限りです』

「光浦さんも万引きに参加していたのですか」

『伽音くんは当時リーダー格で、もっぱら指示・命令役でしたね』

「光浦さん一人に他の四人が従っていたかたちですか」

返事が一瞬遅れた。

『そういうんでもないです。主従関係じゃなくて、ただ伽音くんがいつも言い出しっぺみたいなかたちで』

「朽木正純さんのイジメについてもですか」

軒上は沈黙する。

いきなり当該者に質問をぶつけるような愚は犯さない。実は四人に電話をする前、他のクラスメイトから五人組に関する噂を収集したのだ。

光浦を中心とした五人組の中で行われていたのは日常的なイジメだった。クラスで目立たなかった朽木を標的にして精神的にも肉体的にも虐待し続けていたらしい。光浦たちのグループは排他的で仲間を増やそうとしなかったため、卒業を迎えて自然消滅するまでは閉じたコミュニティとして作用していたということだった。

「あなたたち四人が朽木さんを虐げていたのは他のクラスメイトも証言しています。万引きも光浦さんが命じて朽木さんにさせていたようですね」

『だったらどうだって言うんですか』

軒上は急に開き直ってみせた。

『万引きもイジメも、もう三十年前の話で時効です。警察はそんな大昔の軽犯罪を追っているんですか』

軒上は大昔と言うが被害を受けた側にとっても大昔とは限らない。そもそも万引きやイジメは軽犯罪ではない。

「誤解なさらぬように。わたしは証言を集めているだけです。既に割れている事実なので、隠そうとすればするほど心証が悪くなるのは当然なのですがね」

やがて軒上は不貞腐《ふてくさ》れながら、ぽつりぽつりと当時の状況を語り始めた。

●鳥居浩志

『朽木はですね、クラスで目立たない上に苛《いじ》められやすい要素があったんですよ』

イジメに加担した事実をいったん認めてしまうと、鳥居は素直に告白した。

『小学生の時分に彼の父親が自殺して、それからは生活保護だったんですよ。昔っから気弱で口答えも反抗もしないしで絶好の対象にされました』

自身の努力では解決できない事情で他人をいたぶる。彼らの証言を冷静に聞くにはかなりの自制心が必要だった。これが電話で助かった。もし鳥居が目の前にいたら、こちらの顔が強張《こわば》ったかもしれない。

「無抵抗だから好き勝手にしたということですか」

『そんなきつい言い方しなくてもいいじゃないですか。俺たちが構ってやらなきゃ、あいつと遊んでくれるヤツなんて一人もいなかったんだから。イジメと言っても軽く小突くくらいで、暴力とは程遠いものでしたよ』

「最も多く手を出したのは誰でしたか」

『そりゃあ何事にも言い出しっぺの伽音でしたよ。伽音の家も結構複雑だったんで、その憂さを朽木で晴らしていた感じですね。要するにガス抜きみたいなものですよ』

「ひどい話だ」

『そうですかね。確かに現時点でみれば非難される行為かもしれませんけど、今から三十年前は取り立てて騒ぐような問題じゃなかった。第一、率先して苛めていた伽音は劇団を立ち上げてから多くの名作を世に送り出してきた。刑事さんだって知らない訳はないでしょう。〈コンスタンティン・テロ〉がサブカルの代名詞だった時代もあったんだ』

「それがイジメと、どう関係するんですか」

『伽音はもう充分に償ったという意味ですよ。そりゃガキの時分にやったことは褒められたモンじゃないけど、ドラマや映画をヒットさせることで世の中に貢献しているじゃないですか。伽音の作品で元気づけられた人間は何人もいる。映画が売れて会社も劇場も儲《もう》かった。経済効果はトータルで何十億円もあったはずです。その貢献度を考えたら、過去のイジメなんて帳消しになる上にお釣りがくるでしょ』

四人目の朽木正純は電話で捕まらなかったが、クラスメイトたちの証言によって光浦に怨恨を抱く容疑者として浮上した。

捜査本部から要請を受けた相模原署は自宅にいた朽木を任意で引っ張ってきてくれた。ただし取り調べは相変わらずリモートで行われる。犬養は遠く離れた場所からモニター越しに質問するしかない。

最初にその方法を聞いた時には正気かと思った。大して重要ではない会議ならいざ知らず、容疑者の口から真実を引き出すのに対面ができないとは。もしコロナ禍が続き、こうしたリモートでの捜査が通常になってしまうかと想像するとぞっとする。

『どうして僕が警察に呼ばれなきゃいけないのか理解できないんですけど』

モニター画面に現れた朽木は生気のない顔をしていた。モニターのカラーバランスや照明のせいではないことは、背後に立つ警官の肌の色で分かる。短髪で頬肉が削《そ》げ落ちているので余計に病弱に映る。

「すみません。光浦伽音さん殺害に関してお訊きしたいことがあります」

『わざわざ相模原に住んでいる元クラスメイトを訪ねてきたのは、僕が伽音からイジメ被害に遭っていたのを知ったからでしょう』

「ええ、その通りです」

『僕が彼を殺したと疑っているんですね』

「可能性の一つではあります。あなたは母親と二人暮らしで、母親以外にアリバイを証言してくれる人がいない」

『母親の証言は認められないんですか』

「認められないことはありませんが客観的に信用し辛《づら》く、法廷ではあまり効力を持ちません」

『伽音の住まいは六本木と聞きました。どうして伽音が相模原くんだりまでクルマを運転して僕に会わなきゃいけないんですか。もう三十年も連絡がなかった相手なんですよ』

犬養が続けようとした次の瞬間、突然朽木を押し退けて別の顔が映った。白髪交じりの老婦人だった。

『この子の母親で真希子《まきこ》といいます』

朽木は任意出頭に応じたものの、母親が同行すると言って聞かなかった。朽木が病弱であるのを考慮して帯同を認めたのはやむを得なかったとして、事情聴取に割り込んでくるのは想定外だった。

『黙って聞いていれば、さっきから正純を犯人と決めつけているような言い方をして。何か証拠でもあるんですか』

「証拠はありませんし、息子さんを犯人扱いした覚えはありません。あくまでも可能性の一つと言っただけです」

『イジメの事実を知っているみたいですけど、ウチの子が当時どんな目に遭ったかご存じですか。あの伽音という人は正純の心に一生消えない傷を負わせました。それでも正純は耐えて耐えて耐え抜いてきました。わたしと話し合って決めたんです。苛めた相手がいくら憎くても仕返しは考えないようにしよう。どんなにひどいことをされても、負けずに生きていこうと。正純は決めたことを守りました。病気のせいで望んだような生活は送れなかったけど、決して他人を傷つけるような真似はしませんでした。伽音さんが有名人になっても、過去のイジメを暴露して貶《おとし》めることもしませんでした。本当に優しい子なんです。そんな子が人殺しなんてするはずないじゃないですか』

「ええ、わたしもそう思います」

犬養の返事に真希子はきょとんとしていた。

「正純さんは光浦さんを殺していません。いや、殺せなかったと言った方が正しいですかね。実は正純さんの通院歴から既往症が分かりました。正純さんは先月から頸椎《けいつい》椎間板ヘルニアに罹《かか》ったのでしたね」

頸椎椎間板ヘルニアは椎間板の一部が正しい位置からずれて飛び出てしまう病気だ。飛び出た椎間板が近くにある神経を圧迫すると首の後ろや肩、腕に痛みや痺《しび》れが発現する。神経圧迫の程度が強くなると運動機能に障害が生じ、手の動きが悪くなったり力が入らなくなったりする。

「一時よりは症状が緩和したようですが今でも神経圧迫が続き、全く手足が動かなくなる時さえある。近々手術も予定されているようですね。かかりつけの病院で確認しました。そんな症状の正純さんが重量のある鈍器で光浦さんを殴殺するなんて無理な話なのですよ」

『ああ、ありがとうございます。わたしはてっきり』

「光浦さんを殺害したのはお母さん、あなたですね」

画面の中で真希子は硬直した。

『いったい何を言って』

「あなた、光浦さんを殺害してから彼のクルマで死体を高尾の森に運びましたよね」

『わたし、伽音さんのクルマなんて知りませんよ。乗ってもいません』

「実は相模原署の捜査員がお迎えに上がった際、土間に落ちていた毛髪数本を拝借しました。あの家にはあなたと正純さんしか住んでいないから、落ちていた毛髪はお二人のものということになります。そのうち長い髪はあなたのものだと思いますが、先ほど簡易鑑定した結果、光浦さんのクルマから採取された毛髪の一本がそれと一致しました。乗ってもいない彼のクルマに、どうしてあなたの髪の毛が落ちているんですか」

真希子はすっかり顔色を変えていた。

「光浦さんは後頭部を殴られた際、かなりの出血をしています。犯人は至近距離から暴行を加えているので返り血を浴びている可能性が高い。さてお母さん。あなたの髪、肌、装身具を調べて光浦さんの血痕が検出されたら、どんな抗弁をするつもりですか」

真希子はしばらくこちらを見ていたが、やがて視線を落として震え始めた。

『あの夜、いきなり家に伽音さんが押しかけてきて正純に迫ったんです。中学時代にしたイジメについて謝罪したいって。三十年も経って何を今更と思いました。謝罪したいと言いながらとても強引な口ぶりで、正純はもう遅いから帰ってくれと言ったんです。そうしたら伽音さんが急に逆上して正純の胸倉を摑んで脅し始めたんです。わたし無我夢中で止めようとして……気が付いたら、近くにあった置時計で伽音さんを殴っていました。無我夢中だったけど、心のどこかで息子が受けた数々の仕打ちを思い出したのかもしれません。伽音さんは今では有名人です。わたしが何を言っても世間は伽音さんの味方をして、わたしや正純を悪しざまに言うに決まってます。折角母子二人で静かに暮らしているというのに。わたしたちは今の暮らしを護《まも》るために、伽音さんの死体を遠くに捨ててしまおうと考えました。以前出掛けた多摩森林科学園を思い出し、彼のクルマで運んで捨てました』

3

供述を終えると真希子はその場で逮捕された。オリンピック開催期間中に犯人を逮捕するという使命が達成できた瞬間だった。

それでもリモートでの尋問は金輪際お断りだと考えていた時、モニター画面に正純の顔が映った。

『刑事さん。ちょっといいですか』

「いいも何も、あなたにも犯人隠匿の容疑がある。これから取り調べを受けてもらいます」

『オフクロの供述じゃあ細かい部分は説明しきれていない。実際、謝罪したいと言い出した時の伽音は鬼気迫る形相だったんです』

謝罪したいという申し出と鬼気迫る形相が、どうにも一致しない。

『オリンピックの始まる直前、開会式音楽制作チームの一人がイジメの加害者だった過去を暴露されて辞任に追い込まれたでしょう。彼が辞任しても世間やマスコミは決して許さなかった。オリンピックなんて国家事業でミソをつけてしまったら、今後彼に大きな仕事はこないでしょう。イジメ加害者という烙印《らくいん》が一生ついて回り、行く先々で石を投げられる。社会的に抹殺される』

「光浦さんは自分が同じ轍《てつ》を踏むのではないかと恐れたんですね」

『でしょうね。本人がはっきり口にしましたから。僕は謝罪を受け付けなかったんです。その上で帰ってくれと言ったら……後はオフクロの供述した通りです』

正純は悪びれもせず淡々と話す。真希子に殺された光浦に対する同情の欠片《かけら》も感じられない。

『ずいぶん虫のいい話だと思います。最近まで僕を苛めた事実さえ忘れていたのに。伽音が僕に何をしたか知ってますか。教室でクラスメイトが見ている中で裸にさせられました。男子便所の便器の中に顔を突っ込まれました。四人の靴の裏を無理やり舐《な》めさせられました。階段から突き落とされた回数は数えきれません。万引きを強要されもしました。全部、僕が臆病《おくびょう》で抵抗できないのをいいことに』

正純は虚《うつ》ろに笑っていた。

『ずいぶん傷つきました。卒業してヤツらとは別れましたけど、何かの拍子にふっと思い出して胸が塞《ふさ》ぐ、死にたくなる。ところが苛めた本人はいい気なものですよ。謝ったら許してもらえると思い込んでいる。第一、伽音は本当に謝ろうとしていたんじゃないですよ。僕が謝罪を受け容れたという言葉が欲しくて、僕に謝罪したという事実で世間とあいつ自身に免罪符を見せたかっただけです。昔苛められていた相手に突然来られた相手の気持ちなんてこれっぽっちも考えてやしない。でも、いくらドラマや映画で名作を演出して、いくら世の中に貢献したところで、ひどい仕打ちを受けた者は決して忘れもしないし許しもしない。僕は伽音に詫《わ》びてほしいなんて一度も思ったことありませんよ』

「では、光浦さんはどうすればよかったんですか」

『別に何もしなくてもよかった。一生、十字架を背負って生きてほしかった。一生、僕に恨まれ続けてはしかった。ただそれだけです』

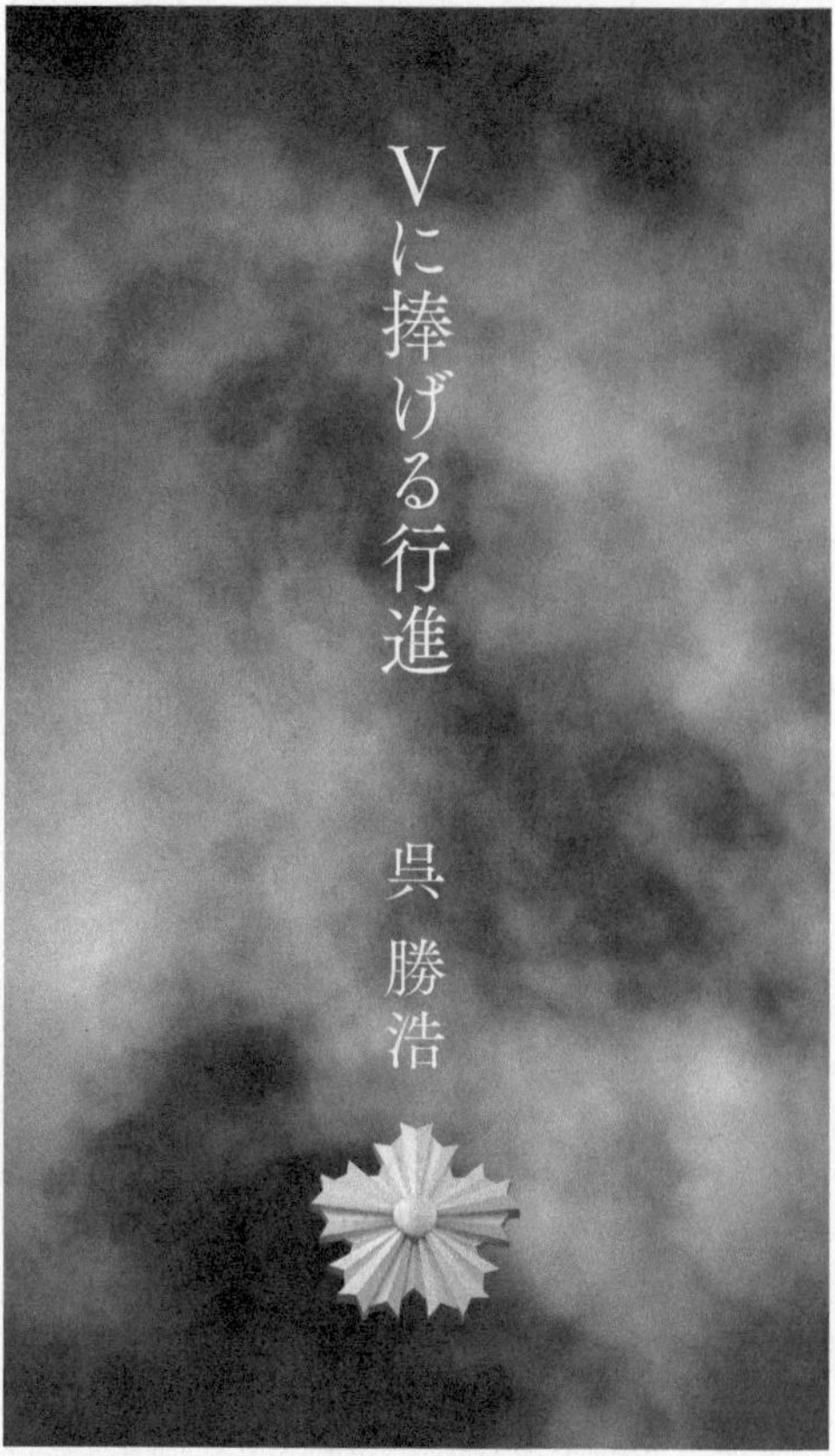
Vに捧げる行進
呉 勝浩

呉 勝浩（ご かつひろ）

1981年青森県生まれ。大阪芸術大学映像学科卒業。2015年『道徳の時間』で第61回江戸川乱歩賞を受賞し、デビュー。18年『白い衝動』で第20回大藪春彦賞、20年『スワン』で第41回吉川英治文学新人賞と第73回日本推理作家協会賞（長編および連作短編集部門）を受賞。著書に『ライオン・ブルー』『マトリョーシカ・ブラッド』『バッドビート』『おれたちの歌をうたえ』『素敵な圧迫』などがある。

1

アメーバのような、蜘蛛《くも》の巣のような、皮膚の下を走る血管のような。どれもしっくりこなくて首をかしげる。モルオが人通りの絶えたアーケード商店街を自転車で警邏《けいら》するとき、そんな物思いに囚《とら》われるようになったのはここ半年くらいの話だ。四月のどこか。つまり猛威をふるう新型コロナウイルスが、巷《ちまた》のトレンドワードを席巻《せっけん》し尽くしたあとである。

管区のアーケード商店街は細く長くうねっていて、いくつも枝道がのび、それがまたべつの商店街に合流するといった具合だったから、アメーバでも蜘蛛の巣でも血管でも的を射ていなくはないのだが、アメーバにせよ蜘蛛の巣にせよ血管にせよ、何かしら生命をイメージさせるところがあって、するとこの時刻、くすんだ蛍光灯に静まりかえったこの通りのたとえとしてふさわしいのか、捨てきれない引っかかりを覚えるのだった。

「困るのよ」

組んだ腕の右手で頬杖《ほおづえ》をつき、パーマの女性が吐息をもらした。そのとなりに立って、はあ、とモルオは返した。マスクのせいで気の抜けた返事はもやっと消えた。交番を出たときよりも空が明るさを増しているのはアーケードの下に立ってもわかったが、とはいえまだまだ人が行き交うには早かった。細胞は蠢《うごめ》かず、獲物は糸に絡まらず、血液は流れない。

深夜の商店街に呼びだされる用件は騒ぐ酔っ払い、騒ぐ若者たち、あとはせいぜい犬も食わない夫婦喧嘩《げんか》と相場が決まっていた。強盗に狙われるほど裕福な店は稀《まれ》で、事故が起こる交通量でもない。最近はコロナのおかげで騒ぐ連中もめっきり減った。だからほかの理由で、それも明け方近くに、こうして自転車を漕《こ》ぐのはめずらしかった。ものの三日で二度目となると、ちょっとした珍事といえる。

「あなたこれ、どう思う？」

パーマの女性は自分が経営する美容室のシャッターへ、ため息まじりの視線を送っていた。ならんでいっしょにおなじ物を見ながらモルオは、「困りますよね」と相づちを打った。打ってからズレた返答な気がしたが、取り繕うのもバツが悪くて、そのままシャッターを眺めた。

絵が描かれている。たぶん絵だ。直接スプレーを吹きつけた、絵のような何か。

「ストリートアートっていうんでしょ？　グラフィティだとかペインティングだとか」

「警察的には器物損壊、あるいは建造物損壊罪ですけども」

わたし的にもそうよ、とパーマの女性は黒いサージカルマスク越しに嘆いた。スターな芸術家でもないかぎり、こんなのただの落書きじゃない。

たしかに、とモルオは納得した。たしかに絵より、落書きという言葉がぴったりくる。黄色い、大きな丸が描かれている。コンパスを使ったようにきれいな丸だ。そしてその真円の上に、赤い二本の線が、激烈と呼びたくなるいきおいで焼きついている。線は、おなじ一点から左右に分かれていた。まるでVサインだった。左側の線は円の外へほんの少し、そして右側は大きく突き破るようにはみ出している。何か、そこに猛《たけ》るものが感じられ、だからマークとか記号とかいうよりも絵なのだし、しかし絵というよりも乱暴な、つまり落書きなのだった。

しかし何に、なぜ猛っているのかは、さっぱり見当がつかない。

雀の鳴き声が近づいて遠ざかった。我にかえったモルオは「どうしましょう」と女性に訊《き》いた。被害届、だしますか。

そうねえ、と、女性は頬杖のままシャッターの絵に見入っていた。犯人、捕まるかしら。はい、きっと捕まると思います。これ、洗うだけでもウン万円よ。こんなご時世だから業者も割増だとかいいかねないし。ねえこれ、あなたのほうできれいにしてくれないの？　え、いや、それはちょっと……。

しどろもどろになりつつ、モルオはスマホのカメラで落書きを撮った。横で女性がほんと警察って冷たいわと愚痴った。ただでさえさびれつつあった商店街、そのうえ自粛自粛のご時世で人出は最悪、生きていくぶんの売り上げだってままならない。きっと世界中でおなじような嘆きがつぶやかれているにちがいなかった。

「いっそこれ、消さずにもっと色付けして、お洒落《しゃれ》でカラフルでハッピーな感じにしたら注目を集めたりしないかしら」

「どうでしょう。下りたシャッターを見にくる人は増えるかもしれませんが」

ほんとね、お店を開けられないんじゃなんの足しにもならないわ――何度目になるか知れないため息がマスクの中でくぐもった。そのあいだもふたりは、じっと落書きを眺めつづけた。


最初の被害はパン屋だった。先週の金曜日のやっぱり明け方、商店街の南の端へモルオは呼びだされた。仕込みのために暗いうちから出勤した店主のおじさんはシャッターに描かれた落書きに怒り心頭、それをぶつけるのに若い交番巡査はちょうど手ごろな存在だった。これも仕事と割りきってモルオは罵倒《ばとう》に付き合った。美容室のものと、まったくおなじ落書きだった。黄色の丸に赤いV。左の線の突端が少しだけ、右の線は大きく円を突き破っているのもいっしょである。

パン屋の店主は何年か前にも落書き被害に遭ったのだと憤った。そのときは意味不明の四文字造語が、しかも書き損じでぐちゃぐちゃになっていた。犯人は見つからず、自腹の洗浄にはパーマの女性がいったとおり安くないお金がかかった。けしからん。イカれたガキどもの仕業に決まってる。他人の生活や苦労を何も想像できないくそガキだ。

だいたい警察も甘い。あのときの担当はひどい怠け者で……そんなお説教に恐縮しながら、モルオと店主はふたりならんでVの落書きを、ずうっと眺めたのだった。

「おかしなものでね、あれを前にすると、なぜか目が離せなくなるんだよ」

〈へえ、まるでラ・トゥールねえ〉

小鳩《こばと》の、その名前にふさわしい軽やかな話しぶりが耳に心地よかった。モルオが通話をスピーカーにしないのは彼女の声を近くで感じたいからだ。

ラ・トゥールは十七世紀ごろの画家だという。卒業旅行でフランスをめぐったおり、たわむれに足を運んだ美術館で『聖誕』という油絵に出会った。心をハンマーでぶん殴られ、しばらく身動きができなかった――。フランス旅行の思い出話は暗記するほど聞かされているが、いつも楽しげに語るからモルオはそれが好きだった。

しかし立派な美術館に飾られた名画とシャッターの落書きをならべるのはさすがに失礼ではなかろうか。

〈芸術ってそういうものじゃない？　評価なんて千差万別、偉い先生が何をいおうと関係ない。野っぱらの石ころだって素敵な題名をつけたら急に感動的に見えたりするし、立派な額縁が逆に白々しいこともある〉

「でもシャッターの落書きは犯罪だからね」

〈それはそのとおり。もし我が家の壁にそんなものが描かれたらハーゲンダッツを三個食べるまで怒りがしずまらないと思う〉

高いのか、安いのか。

〈でも犯人は見つかるんでしょ？〉

町の治安を担う者として「そうだね」とベッドで寝返りを打ちながら、本心では、どうだろうとモルオは疑っていた。

けっきょく美容室のパーマの女性はぶつくさ文句をいいながら被害届を書いた。パン屋の主人もすでにそうしている。建前上、警察は捜査に乗りださねばならないが、とはいえ建前は建前なので刑事が必死に聞き込みをするなんてことはなく、せいぜいモルオたち交番勤務の人間が警邏の回数を増やしたり近所の人になんとなく話を聞いてまわったりする程度だ。

期待があるとしたら商店街に設置された防犯カメラの映像で、事実、これには犯人の姿が映っていた。やってくるところからスプレーを吹きつけ去っていくまでぜんぶ。

が、役に立つかといえば微妙だった。犯人は南から現れ北のほうへ去っている。ちょうどカメラの向きのとおりに。つまり後ろ姿しか捉《とら》えられていないのだ。黒ずくめの上下、身長は低め。ダボっとしたパーカのせいで体型はわかりづらい。落書きのとき、ほんの少し横顔と口もとがちらりと見えるが、フードをかぶっているため男か女かも怪しい。自信をもっていえるのはお年寄りじゃないことくらいである。

むしろ印象に残ったのは、少しの躊躇《ちゅうちょ》も感じられないその描きっぷりのほうだった。

〈うーん、謎の落書きかあ。そそられるなあ。モルくん写真くれないし、わたし見に行

こうかな、洗われちゃう前に〉

「変なやる気ださないでよ。こっちはいまアレなんだしさ」

まあねえ、と緊迫感のない応答である。

〈スペシウムコロナって、おもしろいネーミングだと思うけどね〉

十月の末から今月の頭にかけて、モルオの住む町では新型コロナの集団感染が連続で発生していた。町は電車の高架線路を挟んで商店街のある東側と、商業ビルが建つ西側のエリアにざっくりと分かれていて、初め、ビル街の会社で集団感染が確認された。次に商店街側の小学校と老人ホームでつづけざまに大量の陽性者がでた。合計で百人とも二百人ともいわれている。そうこうしているうちに全国でも第三波と称される感染増が報じられ、まるで寒波が運んできたように噂が出まわりだした。町の集団感染で隔離や入院になった者たちが戻ってこない――。もしかするとみんなばたばた死んでいるんじゃないか。それを行政は隠している。なぜならこの町に蔓延《まんえん》するウイルスはこれまでにない殺傷能力をもつ進化形、スペシウムコロナなのだから。

笑い話にもならない噂は中学校あたりが発信源といわれている。ＳＮＳで広まり、いつしかみんなが冗談半分にスペシウムコロナの名を口にしはじめた。たぶん不安をやわらげる意味もあったのだろう。冗談でも飛ばさなきゃやってられない。そんな思いはモルオだってもっている。

「じっさいは集団感染の、ほとんどの人が無事に退院しているらしいけど」

〈そりゃあそうでしょう。ほんとにウイルスがスペシウムな進化を遂げているならもっと大々的に報じてもらわなきゃ困るし、あなたがのうのうと働けている時点でだいたいそれなりの事態ってことはあきらかだもの〉

たしかにのうのうと働けるのは大切だった。それは小鳩にもいえた。彼女はモルオが寝転ぶ独身寮から三駅離れた町で暮らす歯科衛生士だ。郊外の住宅地をコピペしたような地域で、感染者は少ない。それゆえか、いったん感染したとわかるや厳しい目が向けられるのだとか。

医者や看護師ほどではないにせよ、センシティブな職業である。彼女はモルオと会う回数をどんどん減らし、町の集団感染が起こってからは電話オンリーになっている。周囲の目もあるのだと小鳩はいう。第一波のとき東京へ遊びに行った友人がいた。ジムのインストラクターで、噂になって客からクレームが頻出した。その彼女は出勤停止になり、そのまま長期休職にさせられた。べつに陽性が確認されたわけでもないのに。

〈気の毒すぎて頭にくる。仮に陽性だったとしても、ウイルスなんて目に見えないものにどこでどう侵入されたかなんて、けっきょくは運じゃない？　なのに犯罪者みたいに扱われてさ。無事に回復したって白い目を向けられる。その人の家族とかもまとめてね。モルくんも油断したら血祭りにされるよ。無症状スペシウムコロナ保菌者は出ていけって〉

なんとも恐ろしい想像だ。いや、現実か。

〈ま、わたしとしては成るように成れの精神で温泉めぐりに出かけたいとこだけど〉

「いいね。湯河原《ゆがわら》で一泊してから箱根《はこね》におかわりして」

細胞レベルでのぼせたら滅菌効果があるんじゃない？　たとえ相手がスペシウムでも……。

他愛ない会話をしながら、しばらく会っていない小鳩の顔を思い描き、モルオはちょっと切なくなった。

2

その男はスーパーの便所を出たところで店員に咎《とが》められ、もみ合いになったさい拳《こぶし》で相手を殴ってしまった。出向いたモルオは鼻血の痕《あと》がエプロンに残る店員から事情を聞いた。男は常連で、このところ連続で物品の持ちだしをはたらいていた。彼が腹に抱えていたのは備品のトイレットペーパーふたロールだ。

「殴ったんじゃねえ、ぶつかったんだ。過失でもねえ、事故なんだ」

過失なんて言葉、よく知ってるなと、モルオの先輩にあたる副島《そえじま》がいった。男は交番のパイプ椅子にふんぞりかえってうそぶいた。馬鹿にすんじゃねえ、おれは司法試験だって受けたことがあるんだぞ。

こういってはなんだが、見るからにうらぶれた恰好《かっこう》だった。よれよれのズボン、引っかき傷から繊維が飛びだしている薄いジャンパー。髪は薄く、目には黄疸《おうだん》が見てとれる。何世紀前の話だい、と副島がからかうように訊いた。うるせいやい、と男が唾《つば》を飛ばした。四十過ぎの副島より、ふた回りは上だろう。モルオは郷里の父を思い出した。すっかり猫背が板につき、痛風に悩まされている彼とはしばらく連絡を取っていない。

「名前を教えてくれよ、おとっつぁん」

「やかましいんだ、おめえらは。ふざけんじゃねえよ、人権侵害だよ、こんなのは」

「じゃあお近づきのしるしに名乗り合うってのはどうかな。おれは副島ってんだけど」

「勝手に話を進めんじゃねえ！　いいか、だいたいてめえ、そんなふうに顔隠して自己紹介たあ失礼にもほどがあらあ。おれと話がしてえなら、まずその汚ねえ面《きた》をだしやがれってんだ」

当然、副島もモルオもマスクをしている。

「警察もうるさくいわれてんだよ。おれたちだけじゃなく、ほんとはあんたにもマスクをつけてほしいんだが」

「ねえよそんなもん、バカヤロウ」

「だからほら、こっちで用意してんだよ」

副島の目配せを受け、横からモルオが未使用の白い使い捨てマスクを差しだした。

「おうおうおう。それをおれに無理やりつけようって魂胆か。やれるもんならやってみやがれ。おれはぜったいつけないぞ。ちくしょう、徹底抗戦してやるからな」

何がちくしょうなのかわからない。あきらかに酒が入っている。店側はきつく注意してくれたらそれでいいという態度だったが、名前と住所くらいは聞きださないわけにもいかない。ついには政権批判におよぶ男の興奮を副島が呆《あき》れ半分になだめすかし、その傍らでモルオは、日誌にこの茶番をどう記せばいいか頭を悩ます。

夜、パトカーで警邏に出た。自転車は副島が嫌がる。落書きのときもそうだった。現場が車で行きにくい商店街だと知って、おまえひとりで大丈夫だろ、といわれてしまった。おれは季節の変わり目はいつも偏頭痛がひどいんだ。いかにも適当な口実だったが文句は控えた。警察における先輩後輩の序列は絶対なのだ。

パトカーを西側のビル街へ走らせる。午後九時を過ぎればオフィスに灯《あか》りは見当たらなくなる。道沿いに軒を連ねる飲食店の営業はだいたい終電までで、最近は時間帯に関係なく全体的にくすんでいる。ファミレスが十時に閉まるようになったのは先々月か。夜を明かせる店はもともと数えるほどしかなかったが、それも集団感染で淘汰《とうた》された。スペシウムコロナの噂が広まって以降、アルコール消毒だと笑ってジョッキをかたむける不埒《ふらち》は許されなくなった。

警邏で町をめぐると、どうしても暗い世相の話題になる。いち警官として、医療にも科学にも経済にも貢献することはできないが、町の不況を憂うのは仕事の一環ともいえた。

「木下《きのした》んとこの焼き鳥屋が休業してから、バス停が急に暗くなったよなあ」

「次の時短要請があったら佐々岡《ささおか》さんも休むといってました」

「ほんとか？　ま、このご時世にシガーバーじゃな」

ただでさえ喫煙禁止の風潮は強く、煙草を吸わせる居酒屋を取り締まってくれという通報、クレームは増えている。自分では煙草も葉巻もやらず、むしろ毛嫌いしているモルオだが、それでも何か、息苦しさを感じないでもない。

「常連さんも顔を見せなくなって打つ手なしだそうで」

「遠藤《えんどう》のばあさんも？　盆栽と、週に一度の葉巻が生き甲斐《がい》のはずだけどな」

前に家を訪ね、挨拶《あいさつ》を交わしたことがある。愛想のいい笑顔とおなじくらい、ささやかな庭の壁ぎわに置かれた小ぶりな盆栽たちが印象に残っている。

「高齢者は、とくに気をつけなきゃっていいますからね」

「まあ、あのばあさん簡単に死なないんだよ。ごくつぶしの孫を年金で食わしてっから」

「お孫さん、おれは顔も見たことないです。ずっと引きこもりって話ですよね」

「昔は近所から冷たい目で見られてたんだが、いまやリア充のほうが嫌われる世の中になっちまったなあ」

新しく槍玉《やりだま》にあがりはじめたのはパーティやアウトドアだけじゃない。マスクをつけずに歩いている者を見かけたという通報が今日だけでも三件。以前と変わらずスキンシップを求めてくる夫をどうにかしてくれという相談、駅の改札で体温検査をしないのは業務上の怠慢ではなかろうかというご注進。

「気持ちはわかりますけど、法律がなくちゃどうしようもないですもんね、おれたち」

「まったくだ。警察に文句垂れる暇があるなら新聞かテレビに電話しろって話だぜ。まだしも国が動く確率が上がるんだからよ」

「けど、ほんとにマスク不着用が罰金とかになって、世の中は納得するんでしょうか」

さあなあ、と副島は頭の後ろで手を組んだ。「まあでも、ちょっとはわかりやすくなるんじゃねえか？　おれが思うに、コロナのあれこれで苛《いら》つくのはよ、何もかもぜんぶはっきりしねえからなんだ。いつまで我慢すりゃいいのか、致死率はどんくらいか、正味の話、どの程度びびるべきなのか。対策も、あっちを立てたらこっちが立たずみたいなのばっかだろ？　ああすりゃいいとかこうすりゃいいとか、経済と人命を比べてどっちを優先すんだとか、そんなの素人に決めきれるわけがねえ。かといって専門家の意見もまちまちだから始末に負えねえ。どうせみんな死ぬんなら簡単だが、じっさいは死んだり死ななかったりするわけだろ？　うつったりうつらなかったり、症状が出たり出なかったり」

モルオはカーブに沿ってハンドルを切る。開いた窓から冷たい風が吹き込んでくる。サイドウインドウの奥に、高くそびえる白い塔が目に入る。ここからもっと北、商店街を抜けた先の駅の近くに市庁舎とならび立つ時計塔だ。いま市長は、そこに感染危険度の赤信号をイルミネーションで灯《とも》すという、どこかの自治体とそっくりなアイディアを議会にかけているらしい。

「そのうち飲酒検問みたいにＰＣＲ検査をするようになるんじゃねえか」

「息を吐いてくださいって？」

「すぐに識別できるようになってよ、陽性が出たらこちらへどうぞって」

「病院へ直行ですか」

「強制収容所さ」

「三食付きで、手当てもしてもらえるなら悪くないかもですね」

「おい、何笑ってんだおまえ。そんな生やさしいもんなわけねえだろ」

「え？　本気の収容所ですか」

「当たり前だボケ。こんなふうにみんなで自粛しようって呼びかけ合ってるさなかによ、感染なんてあり得ねえんだ。どうせろくにマスクもつけてないに決まってる。そんな奴、他人の命を軽んじてるくそ野郎以外の何者でもないんだよ」

モルオは黙った。フロントガラスの向こうの信号機へ目をやった。びゅんびゅんと、全開にした窓から風が吹いてくる。パトカーの警邏中は窓を開ける。マスクもつける。それは警察というより副島の方針だ。

「昼間の酔っ払い」副島がうめく。「危うくぶっ殺すとこだったぜ」

冗談の気配はない。腰のホルスターには回転式拳銃《けんじゅう》が差さっている。通り抜けるまぎわ、上空の信号機が青から黄色へ。

午前三時、交番で事務処理をしていると無線に呼ばれた。副島は二階の宿直室でいびきをかいていた。どうしようかと逡巡《しゅんじゅん》したが、モルオはひとりで出動することにした。もちろん規則違反だが、副島を起こす手間と自転車に乗りたくない言い訳を聞くのが億劫《おっくう》だった。いちおう声をかけるがむにゃむにゃと反応があるのみだ。枕もとにメモを置き、モルオは交番をあとにした。

ひと気はなかった。高架線路のほうへ漕ぎだす。すっかり暗い。十一月も半ばが近づき、昼はまだ暖かな日もあるが、肌がしびれるほど冷たい夜が増えている。今夜はまだマシだった。休業した焼き鳥屋とバス停のそばを過ぎ、高架をくぐって商店街へ向かう。青白い蛍光灯に照らされた無人のアーケードを行く。大人がふたり両手を広げればいっぱいになりそうな幅しかない。花屋、総菜屋、鍼灸院《しんきゅういん》……。店名を主張するささやかな看板、のんびりとした店構え。当然だがどこも閉まっている。高い天井に、ペダルの音がキコキコ響く。

モルオが進入したのは商店街のちょうど真ん中くらいのところだった。ここから南に下れば例のパン屋がある。モルオは北へ上がった。ほどなく美容室が見えてきた。閉じたシャッターに、Vの落書きが、あのときのまま残っていた。

分かれ道に出くわした。三叉路《さんさろ》の一方は北へ、もう一方は東のほうへ折れる道だ。東へ行くとべつの商店街に合流する。

モルオは北へ進んだ。通報者によると、この先のリサイクルショップの前で怪しい黒ずくめの人影を見たという。立小便のたぐいかもしれないが、モルオの頭によぎったのは例の落書き犯だった。

　まもなく問題のリサイクルショップに着くというタイミングで物陰から人影がいきおいよく駆けだしてきて、モルオは思わず自転車のブレーキを絞って体勢を崩しかけた。

「お巡りさん、あっちです！」眼鏡に黒髪の若い男性だった。歳は大学生くらいか。

「あっちの公園のほうに」

「えっと、通報された方ですか」

「はい、そうです。あっちへ逃げました、あっち」

　白い肌が紅潮し、興奮に目を剥《む》いている。握り締めたスマホから悲鳴が聞こえそうだ。

　恰好は？　男です、男で、フードをかぶって、黒いパーカとスウェットのパンツで。顔を見たんですね？　いや、暗くて……でも男でした。ロゴもなんにもない無地のパーカで、バッシュみたいなごつい靴で、カラースプレーを持っていて——。

　副島を置いてきたことを後悔した。考えてみれば当たり前だが、通報者が待っているというケースが頭から抜けていた。ここに彼を置き去りにして、もしも戻ってきた不審者に暴行でもされたら始末書では済まなくなる。

「商店街を抜けたところのコンビニで待っていてくれますか？」

　苦肉の策に青年は、いいから早く！　逃げられますよ！　と唾を飛ばす。

　そこでモルオは気づいた。青年のジャケットとチノパンに、デザインとは思えない真っ青なペンキがこびりついている。

「これはですね」モルオの視線に、青年が素早く唇を動かした。「あいつにかけられたんです。通報したのがばれて、とつぜんばーっと」

その拍子にあいつのバッシュにもペンキがかかったはずです。わかりました、ぜったいコンビニを出ないでください——。モルオは近くに自転車を駐《と》め、一抹の不安を抱えつつ公園のほうへ向かった。通報がばれたのではなく、青年が不審者に声をかけたのだろう。でなければ通話中に異変が聞こえたはずで、それが本部からモルオに伝わっていないはずがない。今度こそ好奇心を殺して立ち読みにでも専念してくれればいいが。

目的の公園は子どもが駆けまわったり遊具があったりというタイプでなく、緑あふれる庭園といった風情の場所だ。商店街から外れ、ハンドライトでアスファルトの地面を照らすと、なるほど、青いペンキの跡が付いていた。平坦《へいたん》な道はすぐに石畳に変わった。背丈の低い街路樹に挟まれた小径《こみち》がつづく。耳を澄ますが風の音すらしない。空に月がかかっている。

そこを抜けた先が公園のメインスペースだった。芝生と花壇の周りを遊歩道があっちへこっちへめぐっている。道のそこここに埋め込まれたライトはまぶしいほどで、逆に足もとが見えにくく、モルオはペンキを確認するのに目を細めねばならなかった。

数歩進んで、モルオはいっそう腰をかがめた。遊歩道のカーブの出口に、青いペンキまみれのバッシュが置いてあったのだ。

「わっ！」

左目に痛みを感じ、とっさに顔をかばった。植え込みの陰から何かを吹きつけられた。噴射物の正体は予測できた。カラースプレーだ。

よせ！　とモルオは叫んだ。右手を前へ突きだして腰を引き、衝撃に備えた。殴られる、蹴《け》られる、組みつかれる。視界が定かでない以上、怒鳴るぐらいしか牽制《けんせい》のしようがなかった。

背中に感触があった。軽く押されるような感触だった。シューっという音。モルオはふり返って手をのばした。空を切った。ライトがあるとはいえさすがに暗く、かろうじて開けた右目だけでは状況の把握すらままならなかった。そこにいたって、モルオは慌てて腰に手を当てた。奪《と》られていない。拳銃のグリップに触れ、心の底から安堵《あんど》した。

「動くな、警察だ！　警察を呼べ！」

犯人を止めるため、何より近くにいるかもしれない誰かに向けて声を張った。目をこすっていた左手で警棒を抜く。強く握る。警棒と拳銃だけは死守しなくては。

「しょすて」

「えっ？」

「まちえでよ」

投げかけられた言葉に、モルオはふいをつかれた気持ちになった。直後、タタタと足音が遠ざかった。しばらく神経を尖《とが》らせたが相手の気配は消え失《う》せていた。力が抜け、膝《ひざ》に手を当てて身体を支えた。ようやく呼吸が、ぜーはーと波を打った。警官になって十年、こんな目に遭うのは初めてだった。

あらためて目もとをぬぐう。手の甲に黄色の塗料が付いた。肌に違和感は残ったが深刻な状態ではなさそうだった。マスクをしていたおかげもあるのか。バッシュを探すが見当たらない。無線で状況を報《しら》せながらあらためて辺りを見わたす。無人の公園を照らす遊歩道のライト。だが夜は暗い。

商店街へ戻って応援を待った。怒られるポイントが多すぎて吐きそうだった。冬のボーナス。いや、その程度で済めば御の字か。リサイクルショップの前で青いペンキが水たまりをつくっていた。モルオはシャッターのほうへ目をやった。中央にでかでかと見慣れた落書き。黄色い円に、赤くたぎったV。だが今回は、それで終わっていなかった。

手だ。無数の、青と緑色の不気味な手が、四方八方からVの円へのびている。さまざまな形をした手の指たちは、どれも円まで一定の距離を余していて、それがVの円を囲うもうひとつの円になっていた。Vの円に触れたくて精いっぱいのばしていることが不思議と伝わってくる筆致だった。張りつめた血管と筋線維が見えるかのようだ。それぞれの手は肘《ひじ》より先が描かれていて、その発端がぐるりとみっつめの外円をつくっている。ペンキだった。Vの円はいつものスプレーだが、手はぜんぶペンキ。地面に転がっている青の缶のほか、緑色のペンキを犯人は持っていたのだろう。

モルオはじっと絵を眺めた。無意識に、手の数を数えた。十二本。うち一本の人差し指が、黄色の円から飛びだしたVの右線に触れかけている。なぜかモルオは、こうして眺めていたら、やがてその人差し指がVの線に届くんじゃないかという気がしてならなかった。

「おい！」と声がして我にかえった。目を吊《つ》り上げながら副島が大股《おおまた》でやってきた。何勝手なことしてんだバカヤロウ！　副島の後ろに応援の同僚たちと上司の交番所長、それと本部の刑事の姿があった。モルオはすみませんと平謝りをしてから事態を説明しようとし、コンビニで待たせている眼鏡の青年を思い出した。ぼけっとしてんじゃねえぞ！　ふたたび怒鳴ってから副島が迎えに行った。

「君――」背広の刑事が眉《まゆ》をひそめた。わかりやすい寝起きの顔だ。

「背中のそれは？」

「あ、犯人に吹きかけられたんです。たぶんスプレーだと思うんですが、自分では見えなくて」

やれやれとため息をつきながらスマホで撮ってくれた。見せられた自分の背には、赤いスプレーがこびりついていた。

二本の線が交叉した、X。もしくはバツか。

「おまえはクビって意味だろう」交番所長が不機嫌にいい捨てた。部下が襲われたと聞いて自宅から飛んできてくれた上司に、モルオはひたすら低頭で応じた。そうしながらも、目はシャッターの絵へ向かった。交番所長も刑事も、応援の同僚たちも、作業をしながら、なんとなく、そちらを見ている。

　副島が戻ってきた。コンビニに青年はいなかった。ほどなく通報者として現場に連れてこられたパジャマ姿の男性は三十過ぎの茶色い髪の持ち主で、逆立ちしても、モルオが話した彼ではなかった。

3

〈それはきっと寺山《てらやま》ね〉

　ベッドに寝転びながらモルオは、「寺山？」とスマホに鸚鵡《おうむ》返しをした。そう、寺山修司《しゅうじ》よ、と小鳩が得意げな調子でいった。

〈いくらモルくんでも知ってるでしょう？　あの寺山よ、天井桟敷《さじき》の。『田園に死す』とか、『身捨つるほどの祖国はありや』の〉

　あー、あれね、あの人ね、とモルオは返したけれど、ぼんやり聞いたことがある程度だった。

〈ぼんやり知っている程度といった反応ね〉

　小鳩が鋭いのか自分の演技が下手なのか。たぶん両方だろうとモルオは観念した。

「おれに教養を求められても困るよ。警官が『身捨つるほどの祖国はありや』なんて唱えてたらカウンセリングに行ってこいと怒られかねないし」

〈いまも似たようなものじゃない〉

耳に痛いことをぽんぽんと投げてくる小鳩であった。

リサイクルショップの落書き事件から早三日、モルオは心身の回復を図るという名目で謹慎を仰せつかり、益体《やくたい》もない時間を独身寮で過ごしていた。たんなる懲罰ともいい切れなかった。モルオが襲われた時期にコロナウイルス入りスプレーなる武器をつくったとインターネットでつぶやいた馬鹿がいたのだ。けっきょくそれは今回の件と無関係で、科学的にも一般人がどうこうできる代物ではないと判明したが、万が一ということもある。精神的なダメージもあるでしょうし、ここはひとつ大事をとって有給で休ませてやりましょう――と、副島が交番所長を説き伏せた。週明けにモルオはPCR検査を受けさせられ、明日に出る結果を待っている状態だった。引きこもったまま消えていく休暇は虚《むな》しかったが、これが自分に科せられた懲罰なのだと納得するよりなかった。

〈精神的ダメージというのはあるの？　いちおう襲われたのはほんとなわけだし〉

「それがそうでもないんだ。実は昨晩、ちょっと町を歩いてみたんだけど」

謹慎のくせに！　と意地悪をいわれる。

「とくに怖いとか物音に過敏になってるとか、そういうのはなくてさ。自分の鈍感を初めて誇らしく思ったよ。それより、騙《だま》されたことのほうがきつい。人を見る目のなさを突きつけられた感じがして」

防犯カメラが、あの夜起こった出来事のほとんどを説明してくれた。午前二時過ぎ、ペンキの缶をフードの人物がやってくる。いつもひとりだったのが今回は仲間連れだ。

両手に持った男。あの眼鏡の青年である。リサイクルショップの前に立つや、フードの人物はシャッターにスプレーを吹きかけた。迷いなく、円を描いた。前回もそうだった。いっさいの躊躇なく、スプレーを噴射したまま腕をぐるりとさせる。寸分の狂いもないきれいな円が出来上がる。そのさまに、ある種魔法のような痛快さをモルオは感じる。スプレーを黄色から赤に持ち替え、今度は感情を叩《たた》きつけるようにVの字を吹きつける。

それが終わって、後ろで待っていた眼鏡の青年と場所を替わる。彼の手にはペンキ二缶と二本の刷毛《はけ》。ほんの一瞬、フードの人物が描いたVの落書きを見つめ、意を決したように刷毛をペンキに浸す。小さな身体をめいっぱい駆使して、まさに踊るように、青年はVの円に焦がれる十二本の手を描いてゆく。彼のペインティングを、フードの人物はしゃがんでじっと眺めている。

すると突然、ふたりが同時にぱっとカメラの向こうへ顔を向ける。商店街沿いのマンションからゴミ捨てのために出てきた住人が怪しい彼らに気づいたことに、彼ら自身も気がついたのだ。通報者の住人は慌ててマンションへ引っ込み、フードの人物が逃げようと立ち上がる。そのそばに眼鏡の青年が寄ってきて何かをまくし立てる。フードの人物が軽くうなずき、青いペンキを青年の足もとにぶちまける。バッシュで地面を踏んでいる公園のほうへ消える。残った青年は計画を確認するようにぶつくさ何やらつぶやいている。

この先は見たくない。間抜けな警官が、素人の撒《ま》いた餌にほいほい引っかかる姿など。

気づくチャンスはあったのだ。ふたりとも、このご時世にノーマスクという共通点をもっていたのだから。

なぜ、彼らはさっさと逃げず、面倒とリスクのある芝居をしたのか。答えはやはりカメラの映像に映っていた。通報者に見つかった時点で、眼鏡の青年はまだ手を十本しか描いていなかったのだ。モルオが公園のほうへ向かうのを待って、彼はコンビニへ行くことなく、すぐさま創作活動を再開した。数分で残りを描き終えるや作品をスマホで撮り、大急ぎで逃げだす。約三分後、ふたたび間抜けな警官が現れる。間抜けなフェイスペイント付きで。

〈すると不明なのはふたりの正体だけというわけか〉

関係性もね、とモルオは付け足す。捜査情報だからといっていちいち隠す気は失せていた。

「彼ら——声を聞くかぎりフードの人物も若い男だったけど、どうして彼らが、たかが落書きにあんな情熱をそそぐのか理解に苦しむよ」

〈モルくんにスプレーをかけたのも、時間稼ぎというより、あなたに落書きをしたかったからかもね〉

「それこそ意味不明だ」

恨みがあったとか？　恨まれるほど真面目に働いた憶《おぼ》えがないけど……。

「殴る蹴るよりは紳士的といえるのかな」

〈スプレーを目にかけられるほうが、わたしは嫌ですけどね〉

そのとおりだが、最近のカラースプレーはちょっと吹きかけられたくらいで失明するような心配はないらしい。暴力としてはまずまずささやかな部類にいれてもよいのじゃないか。

「で、この話のどこに寺山が関係するの？」

〈フードくんの台詞《せりふ》〉

「しょすて、まちえでよ？」

〈そう。寺山の有名な作品でしょ。『書を捨てよ、町へ出よう』〉

なるほど。相手は早口でこっちはパニックだった。多少の聞き間違いは誤差の範囲か。

しかし。

「なんで、そんな言葉をおれに？」

まさか教養のなさを嘲笑《あざわら》うためではあるまい。話しかけること自体がリスクだ。げんにモルオはそれで相手を男性だと知った。

〈わたしに訊かれましてもね〉とかいいつつ小鳩は、べつに意味なんてないんじゃない？　ちょっとカッコつけてみたかっただけで——などとそれらしい説明をした。なんとなく美大生って感じじゃない？　人に迷惑をかけるのがアートだと勘ちがいしてるタイプの。

小鳩は美術にも文学にも造詣《ぞうけい》があり、それゆえか芸術家の卵に手厳しいところがある。本人は嫉妬《しっと》だと認めているが、もっとなんというか、ふさわしくあれという苛立ちを、言動の端々から感じたりもする。我ながら、説明し難い直感なのだが。

〈でも役得よね、タダで検査を受けられて〉

「こってり絞られた見返りとしては物足りないけど……」

〈ほら、ちょっと前ぐらいからお店の入り口に検温機を置いてるとこが増えたでしょ？ スマホアプリとか。どれくらい効果があるかはともかく、正直、ウチにもつけてほしいって思う。というか、ぶっちゃけ、みんな検査しろって思う〉

わたしの職場もさ、そう簡単に休めないじゃない？ 歯痛って気力で耐えられるものじゃないからさ。じっさいいるらしいのよ。外へ出て感染するのが怖くて虫歯を我慢する人。正露丸《せいろがん》を詰めたりしてね。そんなの気休めにしかならないのにね。わたしのとこにも自分が陽性かもしれないからって治療を休んでたおばあちゃんがいたの。そんなの、コロナで心肺停止になるより先に痛みで頭が変になっちゃうよって、だから遠慮せずきてくださいっていったんだけど、施術の準備でその人の口の中をのぞいたとき、その喉《のど》の奥がずうっと深い穴のように見えたのね。当然だけど、動いてる。生きているの。吸ったり吐いたりしてるわけ。何か、怖いと思った。穴の底に吸い込まれていくもの、穴の底から吐きだされるもの。わたしがそれを吸い込んで、わたしの息が吸い込まれる。不思議ね。いままで一度も、そんなふうに考えたことなんかないのに。

〈モルくんはいいね、休めてさ〉

そうだね、と返し、ふいにモルオは、自分が黒いもやに包まれる気配を感じた。もやというか、もっと粘っこい軟体動物の触手だ。絡みつく蜘蛛の糸、腐りかけた血管……。

話題は温泉旅行の計画に移った。たぶん年明けには外国の優秀な企業がワクチンを開発するでしょう。多少お高くとも春先にはいきわたるんじゃなかろうか。どうせならパーッと遠くへ行こうか。城崎《きのさき》、湯布院《ゆふいん》、海外という手もある。望ましい未来をめぐって花が咲く。

翌日、モルオが検査を受けた市民病院で二十名におよぶ集団感染が発生したと朝一番のニュースが報じた。

4

陰性だったにもかかわらず、もう三日ほど大事をとることになった。再検査しろというのだ。調べてもらった病院で集団感染があったのだから当然といえば当然かもしれない。だがいいかげん、退屈がつらかった。ゲームをやる習慣はなかったし、映画や漫画にも限度がある。自分は思った以上に仕事人間だったらしい。たんなる無趣味のつまらない男ともいえそうだったが。

ベッドでまどろんでいると、ときおり妄想に襲われた。自分にまとわりつく触手のような、糸のような、血管のような何か。そして目の前に広がる暗い穴。真っ暗なくせに、生き生きと胎動している。吐きだされるもの、吸い込まれるもの。

目を覚ますと汗だくで、身体が熱い。まさか発症したのかと不安になった。疑心暗鬼は狭い独身寮の一室にも向けられた。ここにコロナウイルスがいるとして、すると引きこもっている自分はそれを延々と吸って吐いてを繰り返し、ウイルスの再生産に寄与しているのではないか。やがて菌はスペシウムな進化を遂げるかもしれない。窓を開ける。冷たい風が吹き込んでくる。このままでは風邪をひく。しかし暖房をつけるのは、何か、馬鹿げている。モルオはダウンジャケットを着込んだ。空気を入れ替えるあいだ外へ出るのがもっとも安全にちがいない。そんなふうにいい聞かせてマスクをつけた。

昼過ぎだった。平日だ。ふだん会社員がこぞって昼食へ繰りだしてくる時刻、しかし驚くほど町は静かだった。人がいないのだ。買い物のおばちゃんも、日向《ひなた》ぼっこのじいさんも。寮の近くには幼稚園がある。なのに遊び声も泣き声も全力で歌う童謡も聞こえてこない。モルオはポケットに両手を突っ込んで歩いた。ビル街を横目に進んだ。ちょっと近所を一周。ウォーキングとも呼べない散歩のつもりが、足が止まらなくなった。このまま誰もいない町から誰もいない部屋へ戻るのが、ひどく耐え難いことのように思えた。進む先には線路の高架が構え、それをくぐると間もなく商店街の入り口があり、その手前で役所のアナウンスが響いた。コロナウイルスに警戒せよ。マスクをしろ。出歩くな！　外出自粛要請は時間の問題だとニュースは報じていた。要請が命令に変わる日も近いのではないか。この町にかぎった話じゃない。全国津々浦々でおなじ警告が発せられている。海の向こうじゃ一日なん十万人という人々がこの未知の疫病に感染しけっこうな割合で死んでいる。日本はマシだ。経済を止めるほうが悲惨なくらいだ。いや、日本だっていつ指数関数的に死者が膨れ上がるか知れたものじゃない。政府はもっとリーダーシップを発揮すべきだ。いや気にしすぎだ、おびえすぎだ、まさにポピュリズムだ。スペシウムコロナなんて嘘っぱち。じっさい二回の集団感染に遭った人々のほとんどが無事に退院している。だが亡くなった人もいる。

くぐったばかりの高架の上を電車が駆け抜ける。建売住宅の庭先に三輪車が転がっている。ホースの先からこぼれた水が道路を濡《ぬ》らす。クラクションさえ聞こえない町の片隅で自分の足音がまるであとをつけてくるように耳を打つ。熱だ。コロナの症状なのか。いま自分はひと呼吸するごとにガーゼの網目をかいくぐるスペシウムコロナウイルスを世間にまき散らしているのだろうか。謹慎なのに外へ出てしまった。出くわした誰かが感染し、あまつさえ亡くなりでもしようものなら罪悪感に苛《さいな》まれるだろうか。推定無罪は通じるだろうか。

アーケードの中に踏み入って、モルオはぎょっと立ち止まった。人だかりがあったのだ。七、八人の、年齢も服装もばらばらな男女であった。商店街で店をやっている男がいた。見憶えのないカップルがいた。彼らはみな、おなじ方向を向いていた。視線はパン屋の主人の背中に集まっていた。パン屋は開いていなかった。シャッターが下りていた。例のVの落書きがしっかり残っていた。主人はそれと対峙《たいじ》し、とつぜんばっと切りつけるように腕をふった。落書きの横に紫色の線が加わった。主人は刷毛を紫色のペンキ缶に戻し、今度は黄緑色の缶に差さっている刷毛をつかみ、また腕をふった。線が加わった。すでにVの落書きの周りには主人の手によると思われる幾何学的な模様がたっぷりと描かれていた。集まった人々は腕を組んだりスマホを向けたりしながら彼のライブペインティングを眺めているのだった。パン屋の主人の足もとには六つほど色のちがうペンキ缶が置いてあり、すべての色がVの落書きを彩っていた。

これは、いったいどうしたことかと、モルオはそばの老人に尋ねた。老人は邪魔するなといいたげに顔をしかめ、見たらわかるだろう、と冷たくいい放った。わからないから訊いたのだ。落書きをされた自分の店のシャッターに落書きを足している。しかしきっと、それはなんの説明にもなっていない。パン屋は営業してないんですか。してるもんか。パン屋だけじゃない。商店街の小《ち》っさな店は軒並みダウンだ。客がいないんだ。みんな外に出ないんだ。自転車の宅配で済んじまうからな。

面倒くさげに老人はつづけた。ジリ貧なんだ。座して廃業を待つだけなんだ。なら少しでも可能性に賭けるほうがマシだろう？　元気なうちに動くほうがいいだろう？　シャッターの落書きに色を足す、それを話題にして人を呼ぶ――そんな意見が誰からともなく出て、パン屋の主人が実行に移したのが三日前。憶えはあった。美容室のパーマの女性が似たようなアイディアを口にしていた。だが、下りたシャッターが話題になっても商売に関係ないとモルオは思い、彼女も同意してくれた。

げんに人は集まっている。しかしパン屋は開いていない。路面に置かれたテーブルに、包装されたパンがいちおうならんではいるけれど、「全品百円！」の貼り紙もあるけれど、けれど肝心の店主は汗だくで刷毛をふるうのに夢中になって、そちらをふり返りもしない。代金を入れるクッキー缶が無造作に、ぽつねんと次の硬貨を待っている。これを商売と呼べるのか。これが金儲《かねもう》けのあるべき姿といえるのか。

モルオが煩悶《はんもん》するあいだも、パン屋の主人はシャッターをカラフルに色付けしてゆく。じっと出来映えを眺め、決断をくだして次の色を選び腕をふるう。素人なりの繊細さと素人ゆえの荒々しさで次々と新たな線が刻まれる。祝福のように。

モルオはその場を離れた。めまいを覚えた。よくない気がした。これはよくない。

半ば予想どおり、ほかにも人だかりができていた。美容室の前だった。モルオの視界が刷毛をふるう女性の腕を捉えた。パーマの後頭部も見えた。色とりどりのペンキは、パン屋の主人に比べるとまだしも具体的だった。花だ。Vの落書きの周りに、いくつもの花が咲きはじめている。パン屋とちがい路面には理髪台もパーマ機も、ハサミの一本も置かれていない。

モルオは立ち止まることなく商店街を進んだ。食堂のシャッターが下りている。文房具屋のシャッターも下りている。気がつくとどこもかしこもシャッターだらけだ。パチンコ屋だけが営業していた。しかし駐輪場は空っぽだった。

分かれ道にたどり着いたモルオは北へ向かう道を行った。右手の店からかっぽう着の女性が、左手の不動産屋からスーツの男性が出てくる。ペンキを携えている。すでにもう、いくつかの店の前では従業員とおぼしき者たちが刷毛をふるっている。そこにみずからVの落書きを描いてゆく。

　モルオは頭痛を覚えた。もう嫌だという気がした。思考が混濁する。パン屋が叩きつける幾何学的な線やパーマの女性が描く花びら。そしていま、左右の店舗で自分たちのシャッターにペンキを浴びせている人々。お手製のVの字、Vの字、Vの字……。

　リサイクルショップの前で、モルオは立ちすくんだ。Vの字と十二本の手が描かれたシャッターの前に、かつて青いペンキがまき散らされたその地面に、色とりどりのペンキ缶が置かれているのだ。それぞれに刷毛が一本ずつ差さっている。その小さな缶が、十や二十ではきかない数が、どうぞご自由にとでもいうように無造作にならべてあるのだ。突っ立って落書きを見つめる者がいた。やってきて立ち止まる者もいた。顔見知りがいて、初対面の者がいる。熱心に落書きを眺めつつ、ふいに誰かがペンキ缶を拾ってゆく。数分後、どこかのシャッターに色が付く。きっとここにあった缶を使ってパン屋も美容室のパーマの女性もかっぽう着の女性も不動産屋のスーツの男性も自分のシャッターにペンキを塗ったくっているのだろう。

　リサイクルショップの勝手口から店主がおもむろに現れた。この店ひと筋うん十年という白髪の男はモルオもよく知っていた。人望のある篤志家で、非行少年の保護司をつとめることもあるような人物だった。

いかにも普段着という出《い》で立ちで、白髪の店主は地面のペンキ缶をにらむように見回した。こんにちは、とモルオは声をかけた。だが気づいた様子はなかった。マスクをしているせいかもしれない。距離があったせいかもしれない。見物人のあいだを縫って近寄ったモルオの前で、店主が、缶のひとつに手を突っ込んだ。オレンジ色のペンキであった。驚く間もなくシャッターに、十二本の手がのびているその周辺に、ばん、と店主は張り手を食らわせた。場所を変え、何度かおなじように叩いた。オレンジの手形ができ、つづけて店主はコバルトブルーのペンキに手を突っ込んだ。またシャッターにビンタをする。オレンジとコバルトブルーが混じった色の手形ができる。またちがう色に手を突っ込む。色が混じって、元の色味は失われている。ビンタ、ビンタ、ビンタ。Vの字の円の周りを取り囲む十二本の手を手形が取り囲んでゆく。ばん、ばん、ばん。

「何をしているんです？」棘《とげ》のある口調になった。それでも店主は一心不乱にビンタをつづけた。モルオは耐えきれなくなって彼の肩に手を置いた。力がこもった。

「何をしているんですかっ」

店主が、ぽかんとモルオを見た。しかしマスクをしてるから、ほんとうにぽかんとしているかはよくわからなかった。

「何を？」と店主は、自分に確認するように繰り返した。「見て、わからないか」

わかりません、とモルオは返した。正直、まったくわからないのだ。

「君は、交番の子だな」

「ええ、そうです」

「すると、わたしは何か犯罪をしてるのかね」

モルオは言葉に詰まった。自分の店のシャッターにペンキのついた手でビンタをする。たしかにそれは、まったく犯罪ではなさそうだった。人が集まるのはよろしくない。けれどスナックより商店街のほうが密じゃない。ライブハウスと比べたって広いだろう。みんなマスクもしている。

「……商店街の共有部に、ペンキの缶をならべるのは、たぶん、何か問題があると思います」

本質的でなかった。これはまったく、本質的じゃない。

「苦情があったのか」心底教えてほしいといった様子で訊かれ、いいえ、ちがいますとモルオは応じるほかなかった。

「ですが、おかしいです。これは何か、おかしいです」

「そうかな。考えすぎだと思うがね。ほら、みんな楽しそうにしてるじゃないか。見物人もどんどん増えてる。町の外からもきてる。県外からも」

さびれゆく商店街の町おこしみたいなものさと、店主は目を見開いてモルオを凝視し語ったけれど、しかし店のシャッターを下ろし、商品をならべることもせず、町おこしもくそもないではないか。

「いったい――」モルオは額に手を当てた。頭痛がする。いったい何がしたいんです？　このペンキを用意したのはあなたですか？　それとも商店街の役員会？　それとも――。げほっとモルオは咳《せき》をした。そのせいで言葉をつなげなかった。店主が眉をひそめた。非難するような目つきに見えた。背後にいる見物人たちからも非難を感じた。気のせいだ。そう思ったが、気のせいだという保証はどこにもないのだった。

「さあ、もういいだろう。犯罪でないならほっといてくれ。わたしはわたしの、したいようにしているだけなんだから」

苦情があったらその人を連れてきてくれたらいい。わたしから、ちゃんと説明するから。

いや、ちがうんだ。説明は、いまここでしてほしいのだ。けれどモルオは声をだすのが怖かった。咳が出てしまうんじゃないかと、きっと咳が出るにちがいないと、そう思わずにいられなかった。

パシャっと背後からカメラの音がした。ふり返ると見物人の幾人かがスマホをモルオへ向けていた。バン、と音がした。店主がビンタを再開したのだった。カシャ、カシャ、バン、バン。何度も何度も、店主はビンタをし、色を重ね、見物人は写真を撮った。やがて店主の息があがりはじめた。若くもないのに夥《おびただ》しいビンタを繰り返しているのだから無理もなかった。店主がマスクをかなぐり捨てた。そして全力のビンタを放った。見物人から「いよっ！」と掛け声がした。いよっ！　いよっ！　バン！　バン！　いよっ！　いよっ！　バン！　バン！　店主の背中から湯気が立ち上っているかに見えた。ふらつくたび踏ん張って、ビンタをするのだ。色を変え、隙間という隙間に次の手形が押されていくのだ。いよっ！　いよっ！　バン！　バン！　ざわめく熱気に唾と汗が飛び散った。いよっ！　いよっ！　バン！　バン！　店主は苦しそうだった。疲労にあえいでいた。なのにそれをギラつく目で抑え込み、口もとに、たしかな充実がにじんでいた。

よろめきながら人垣を抜け、モルオはその場を離れた。力いっぱい背を丸めた。ダウンジャケットの内側が汗で濡れ、風が吹き、寒気を覚えた。咳を無理やりのみ込んだ。

スマホが鳴った。ねえモルくんいま話せる？　小鳩が跳ねるような声でつづけた。あの絵、モルくんが話してくれた例の落書き、ネットでバズってるみたいだよ。黄色い円に赤いVの字。《Vの紋章》で調べてみなよ。いろんな説がささやかれてるの。ウィルスのVだとかビクトリーのVだとかビジターのVだとかビジランテのVだとか。

モルオは立ち止まり壁に肩をあずけた。通話をいったん放置し、スマホで検索をした。SNSにアップされている画像が次々にヒットした。ついさっき目にしたVの落書きがいくつもいくつも、さまざまな人の手によって撮影され世の中に発信されているのだった。Vの乱れ打ちに頭痛がいっそうひどくなる。幾何学模様、花畑、手のひらの乱れ打ち……。次の瞬間、意識がはっと我にかえった。初めて見るVの落書きがあったのだ。リサイクルショップでも美容室でもパン屋でもない場所に描かれた、犯人たちのオリジナルの落書きだ。ふだん総菜をつくったり事務手続きをしている人たちが戯れに描いたものとはわけがちがう、迷いのない線、完璧《かんぺき》な円。描かれている場所には憶えがあった。この町だ。自分がふだんから警邏で通り過ぎているあの風景だ。モータープールの壁、高架のトンネル、そして古びた民家の――。

モルオは反射のように踵《きびす》を返した。どす黒い予感に急《せ》き立てられるまま来た道を戻った。足がもつれた。それでも必死に地面を蹴った。

ねえモルくん聞いてる？　小鳩の、しびれを切らした声がする。ねえ聞いて。じつはウチでも濃厚接触者認定された子が出たの。二週間も休むのよ。ふだんからマスクも適当で合コンもしてるようなだらしない子なの。ふざけんなって話じゃない？

不動産屋を過ぎ文房具屋を過ぎ美容室が見えた。人だかりは減っていない。ライブペインティングはつづいている。そのシャッターに艶《あで》やかな花園が出来上がっている。

ひどいでしょ？　ようするにその子のぶんの仕事がこっちにまわってくるわけなのよ。なんでてめえの不始末にわたしがてんやわんやしなくちゃいけないんだよ。マスクなんて気持ちです？　当たるも八卦《はっけ》当たらぬも八卦？　なめてんのかくそ野郎。人の迷惑考えろっつーんだよゴミめ。マスクしないなら罹《かか》るんじゃねえ。罹っても病院なんか行くんじゃねえ。這《は》ってでも仕事しろ。それか死ねくそが。

商店街の南の端でパン屋の主人が盛大に腕をふるっている。汗だくで線を連ね幾何学模様でキャンバスを埋めている。

モルくん、聞いてる？

モルオは咳をした。モルくん？　と心配そうな声がした。大丈夫とモルオは返した。大丈夫だよ。電波越しじゃあさすがにうつらないだろうから。たとえスペシウムコロナウイルスだったとしても。モルオは通話を切った。電源を切った。商店街を抜けた。高架沿いをさらに南下していった。やがてそれに出くわした。高架のトンネルになった壁に描かれたVの落書き。人だかり。ペンキでその周辺にさまざまな絵を描き足している人々を横目にモルオはさらに南下した。途中で角を折れるとモータープールがあった。モルオはもう、こちらを見ることもしなかった。熱い人いきれをかすめつつ前へ進んだ。

たどり着いた場所に野次馬はいなかった。当たり前だった。この民家に描かれたVの落書きは外からは見えないところにあるのだ。「遠藤」の表札が掲げられた門塀の裏側、盆栽が置かれた石の壁。そこに大きくVの文字。

モルオはチャイムを押した。返事はなかった。ドアノブを回した。するっと開いた。三和土《たたき》に立って呼びかけた。遠藤さん！　返事はなかった。遠藤さん！　モルオはマスクを外して叫んだ。入りますよ、遠藤さん！　二階にも届く声だった。込み上げてくる咳をこらえた。

靴を脱いで居間をのぞいて、台所をのぞいて、風呂《ふろ》場《ば》と便所をのぞいていった。もう二階に上がるしかなかった。木の階段を踏んでゆく。三部屋あった。ひとつは客間で空っぽだった。そのとなりをノックした。返事はなく、モルオは開けた。引きこもっているお孫さんの部屋だとわかった。部屋の中は寝る場所もないくらい、そこらじゅうにキャンバスが立てかけてあった。それぞれに絵が描かれていた。カラースプレーを吹きつけた奇妙な絵だ。奇妙としか形容できない絵だ。奇妙なのだ。

見上げると、天井に大きなVの落書き。

モルオはそこを出てとなりの部屋の戸を引いた。年金で孫を養い盆栽と週に一回の葉巻が生き甲斐という老婆が畳の布団に寝ていた。肉はもう腐っていた。蛆《うじ》がわき蠅がたかっていた。きっとものすごい臭いのはずだ。なのにモルオはなぜかそれを感じないまじっと老婆の遺体を見下ろした。そして黒いスプレーで布団に描かれた「X」の文字に向かって、遠慮なく咳をした。

5

えーっと、こういうの苦手なんで短くします。簡単にいうと、こないだばあちゃんが死んで、人生詰んだなって思ってたら、世の中もけっこうヤバい感じになってて。

おれは、絵を描くしか能がない人間で。学校とかバイトとか、ほんとに無理で。出来損ないの部品って感じ。不愉快だし、不愉快にさせちゃうし。

だけどいま、人がいなくなってるって知って、ここにいても仕方がないし、だから出てみようかなって。

えっと、これを観てる人、もし部屋にこもってる奴いたら、けっこういいよ、外。無人の街。終わってく世界の空気。公園のベンチで寝るの、ちょっとこの季節、マジで死にかけるけど。

でもこんな生活になってから、初めておれは、生きてるって気がしてるんだ。

あの、たぶん、もうすぐこの世界は壊れるっぽいです。だからまあ、死ぬとかも、わりとどうでもいいのかな。残り時間、おれは好きにやるつもりだし、だからみんなも、

死を捨てて、街へ出よ。

6

その動画はモルオが遠藤さんの遺体を発見した日のうちにSNSで配信された。画面の中でしゃべるノードの彼を、かつて見かけた遠藤さんの孫に似てると近所の住人が証言した。母親はずいぶん前に家を出ていて、父親のほうも所在がわからなくなっている。引き取るかたちで遠藤さんが養っていたという。

アップロードしたアカウントは都内在住の美大生のものだった。モルオを騙したあの眼鏡の青年だ。彼はVの落書きを自分のSNSで精力的に紹介し、そして呼びかけていた。君たちも観にこいよ、そして参加しないか、この運動に。この運動——つまりそれがペンキによる絵の継ぎ足しだった。いわば彼はVの落書きの信奉者であり、拡散者だ

った。

自分の行動の経緯《いきさつ》を、眼鏡の彼はおなじアカウントの投稿動画で吐露していた。こんなご時世で生きているのが面倒になった。コロナに罹って病院かホテルで寝転んでるほうがマシだと思った。噂のスペシウムコロナに罹って話題《とき》の人になるも良し。やけっぱちで訪れたこの町でフードの彼に出会った。Vの落書きを描く瞬間に出くわした。内臓をえぐられる衝撃だった。感動だった。彼の絵にほとばしる生命の躍動。気づくと懇願していた。自分も手伝わせてくれ、君のVを彩らせてくれ。リスペクトだ。彼と、彼が描く生命＝Ｖｉｔａｌ《バイタル》に対する賞賛。世界に生きた証《あかし》を刻む、そのパワーこそが生命なんだ。科学も言葉も偽物だ。立ち上がれ！　死を恐れるな、囚われるな。どうせ死ぬ。おまえも死ぬ、おれも死ぬ。だからこそ死を捨てよ。死を捨てるとは、生を選ぶことなんだ。燃やせ。全身全霊で細胞を、真っ赤な血潮でたぎらせて！

動画に付いたレスポンスの九十九パーセントは非難、中傷、嘲笑《ちようしよう》だったが、一部そのアジテーションに興味を示す者もいた。彼らの活動をおもしろがる人々がいた。支持者たちはやがてこんなふうにいいだした。Vの落書きは芸術である。芸術は精神の高揚を喚起する。高揚の正体は脳に分泌されるアドレナリンで、アドレナリンの心機能亢進《こうしん》作用は細胞を活性化する。免疫系が強くなる。コロナの蔓延は、だらだらと収束しない原因は、高揚の不足じゃないか。世界中で、幸福な高揚が、足りなくなっているんじゃないか……。

交番を出て、モルオはふと空を仰いだ。真っ青な、雲ひとつない快晴だった。

遺体発見後、再検査を待たずにモルオは職場復帰を命じられた。人手不足のせいだった。突然の休職願をだした副島からその日の夜に電話があった。ぜったいマスコミは報じないだろうから教えてやるよと切りだして、彼は熱っぽくささやいた。遠藤のばあさんな、スペシウムコロナがさらに強力進化したスペシウムコロナ＝R2で死んだらしいぞ。

商店街へモルオは歩いた。高架をくぐった。ついさっき機動隊が出動し、交番は待機を命じられていたから、これは明白な規則違反だったけれど、しかしもう、この程度のことでモルオを叱れる者などいない。

遠藤さんの遺体は死後一週間以上が経っていた。死因はよくわかっていない。副島の主張が正しくて、彼女がスペシウムコロナ＝R2で死んだのだとして、それを下っ端のモルオが知るのはだいぶ先のことだろう。

私用のスマホが鳴った。交番を出る前にも鳴った。どちらも小鳩からのメッセージだった。一通目の内容で、モルオは交番を出たのだった。『わたしも向かってる』

届いた二通目にはこうあった。『もう着いてるよ』

文末に、カラフルなVの絵文字が張り付いている。

モルオは歩く。ずんずん進む。季節を無視する熱い陽が照っていた。アーケードの下にはまたちがう熱が立ち込めていた。人々の群れだ。パン屋のほうからぞろぞろと、老若男女関わりなく、晴れやかな表情でうきうきと、色とりどりに塗ったくられたアーケードの道をやってくる。花びらに埋まったシャッターの前を横切って、銀河を思わせる地面のペンキを踏み散らし、そこらじゅうにあふれるVの落書きにいざなわれた群衆の列は、十二本の手の落書きのさらに奥までつづいている。

みな、手にペンキ缶を携えている。刷毛を握っている。おもむろに地面へそれをまき散らし、壁にひと筆を加える。次々と色が増えてゆく。互いの顔や身体に色を付け合っている者がいる。見知らぬ誰かに色付けを頼み、いっしょに写真を撮ったりしている。誰も咎めない。笑顔にあふれている。それがはっきりと目に映る。誰もマスクをしていないから。

人々の数はますますふくらむ。あちこちの横道からどんどん増える。ざわめきが歓声へとうねる。モルオはそのなかを行く。人の列が蠢いている。その流れからモルオが脱するすべはない。塊となった運動体は行進とともに息を吐き、吸い込んで、また吐くを繰り返す。彼らが命を軽んじているのか重んじているのか、それすらモルオにはよくわからない。

しかしこの光景に、いったいなんという法律を当てはめたら、おれたちは取り締まれるのだろう。

そんなことを思いながらモルオは人波を縫った。小鳩はこの先にいる。感染した同僚を悪しざまに罵《ののし》っていた彼女がどうしてここにいるのか。何を思ってここへ来ようと決めたのか。なんと声をかけたなら、連れ戻せるのか。ほんとうに連れ戻すべきなのか。モルオには何ひとつわからない。

ただ、このあふれる人ごみのなかで、顔を合わせた瞬間、ふたりは言葉も交わさず抱き合うだろう。そのとき自分は肉体で、彼女の温度と息づかいを感じるだろう。

商店街を抜けた先、コンビニのさらに向こう、市庁舎のある広場にはペンキまみれの人々がぎゅうぎゅうに押しかけていて、モルオは進めなくなった。想定外の群衆に警察の規制は破綻《はたん》し、現場の者たちは職務放棄の半笑いを浮かべながらみなといっしょに上空へ目を向けている。

高くそびえる時計塔。その作業用の屋上に、集え！　と呼びかけた男ふたりの姿があった。下からトラメガで呼びかけているのは県警の専門家だろうけど、彼の言葉が届くとは思えなかった。しょせんマスクをしている人間の声なんて。

眼鏡の青年が作業台の上からペンキを撒いた。その横でフードの男が精いっぱいに背伸びをし、文字盤を覆うガラスにスプレーを吹きつける。猛るVのその赤色は、ガラスの上をわずかに滑り、幾筋か、じっと下へ垂れている。

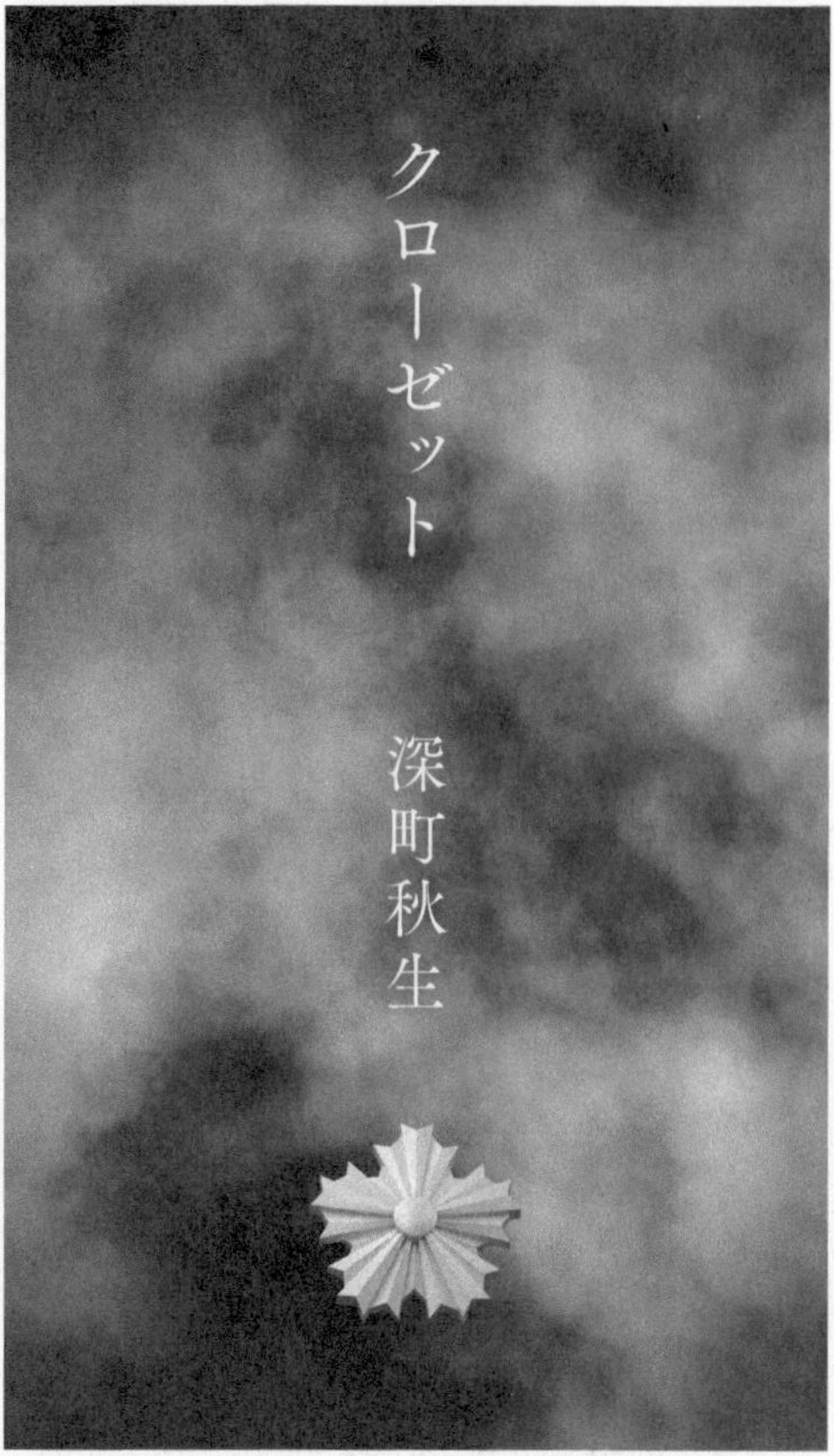
クローゼット
深町秋生

深町秋生（ふかまち　あきお）

1975年山形県生まれ。2004年『果てしなき渇き』で『このミステリーがすごい！』大賞を受賞し、05年に作家としてデビュー。『アウトバーン』にはじまる「組織犯罪対策課・八神瑛子」シリーズは45万部を超えるベストセラーに。著書に『ヘルドッグス　地獄の犬たち』『煉獄の獅子たち』『ショットガン・ロード』『卑怯者《ひきょうもの》の流儀』『探偵は女手ひとつ』『PO　プロテクションオフィサー　警視庁組対三課・片桐美波』『鬼《き》哭《こく》の銃弾』『探偵は田園をゆく』など多数。

1

荻野大成《おぎのたいせい》が上野《うえの》アメ横商店街に駆けつけると、事件現場はまだ騒然としていた。

四名の制服警察官がやじ馬を食い止めようと警笛を鳴らし、現場から離れるように大声を張り上げる。土曜の夜とあって酔っ払いがひしめき、容易に警察官の指示に従おうとはしない。

学生風のグループがビールを飲みながらスマホを事件現場に向け、暴れている犯人を捉《とら》えようと躍起になっている。夏は人を開放的にするというが、物騒かつ野蛮にも変貌《へんぼう》させる。たくさんのやじ馬のせいで肝心の現場が見えない。

相棒の中澤祐一《なかざわゆういち》が面倒臭そうに息を吐いた。

「今夜で何件目だよ。どいつもこいつもハメ外しやがって」

中澤の身体からはきつい汗と制汗剤が混ざった匂いがした。荻野はその匂いをずっと嗅《か》いでいたかったが、すぐにアルコールや生ゴミの悪臭へと変わる。現場がとんこつラーメン店とあって、独特の獣臭も鼻に届く。

中澤がぼやいた。

「今年だけでこの有様だ。来年のオリンピックなんて、どうなっちまうんだろうな。昼夜ぶっ通しで宴会やるようなもんだろう。保護室《トラバコ》も留置場《ブタバコ》もあふれ返るぞ」

「来年より今だ。行くぞ」

荻野は彼の背中を叩《たた》いた。

やじ馬の扱いに苦労していた制服警察官が、荻野らの応援に気づいて顔を輝かせた。

「荻野さん」

「まだ暴れてんの？」

「元気いっぱいです。クスリやってんのかも」

とんこつラーメン店のほうから野太い怒鳴り声が聞こえ、陶器が派手に砕ける音がした。やじ馬たちが悲鳴を上げる。

「おとなしくしろ！」「止めろったら！」

制服警察官たちがさすまたやライオットシールドを手にしながら、犯人らに向かって制止を呼びかけている。

制服警察官たちは、都内でももっとも多忙な公園前交番の連中だった。タフな彼らでも手を焼くのだから、犯人はよほど屈強で狂暴な男のようだ。

「はい、どいてどいて」

荻野は〝警視庁〟と書かれた腕章を見せつけながら、やじ馬をかき分けて現場に向かった。同じく腕章をつけた中澤が後に続く。

やじ馬をかき分けて前に出ると、ドンブリが勢いよく飛んできて、荻野の足元で砕け散った。やじ馬の間から悲鳴が上がり、制服警察官がキレたように吠《ほ》える——危ないから下がって！

ドンブリを投げたのは坊主頭の大男だった。大男はヤクザ者であるのを主張するかのように刺繍《ししゅう》入りのワルそうな甚平を着ていた。ふくらはぎには昇り龍のタトゥーもある。アルコールがかなり入っているらしく、顔が茹《ゆ》でたタコみたいに真っ赤だ。

荻野は鼻で笑ってみせた。

「どんな野郎かと思えば、ハゲ丸《まる》君じゃないか」

「ああ!?」

大男が充血した目を向けてきた。

拳《こぶし》を振り上げて制服警察官たちを威嚇していたが、荻野の姿を認めると一瞬だけ顔を強《こわ》ばらせた。

大男の正体は一目でわかった。秀丸寅次《ひでまるとらじ》だ。暴行傷害や恐喝の前科がある半グレで、地下格闘技にも出たことのある腕自慢だ。このあたりの出身で、昔から浅草《あさくさ》や上野を自分の庭と思いこんでいる。

なにが原因でとんこつラーメン店を滅茶苦茶《めちゃくちゃ》にしたのかはわからないが、おそらくこれといった理由などないだろう。店員の態度かラーメンの味が気に食わないとか、ささいなことでキレだしたものと思われた。

荻野はとんこつラーメン店のほうに目をやった。店員らしき人間の姿は見えず、店内はもはやグチャグチャだ。割れた玉子や麺《めん》が散乱し、スープが入った寸胴鍋《ずんどうなべ》までひっくり返されている。

崩壊状態にある店内には、黒いTシャツを着た細マッチョの男がいた。店のビールサーバーを勝手にいじり、ジョッキにビールを注いでいる。秀丸と同じく相当酔っ払っているようだ。いい身体をした二枚目だが、傍若無人にビールをかっ喰《く》らう姿はならず者以外の何者でもない。加減せずにぶん殴れそうだった。

歩道に散ったドンブリの破片を足で払いのける。

「ハゲ丸、てめえ弁当持ちだろう。しょうもねえ真似しやがって。これでしばらくはみじめな懲役暮らしだな」

「うるせえ！　このクソ警官《ポリ》」

秀丸が挑発に乗り、巨体を揺らして近づいてきた。でかい右手を伸ばし、荻野の胸ぐらを摑《つか》む。秀丸はミスを犯した。武道経験のある人間の胸ぐらに気軽に触れてはならない。

荻野は秀丸の右手を両手で包み込むように挟んだ。彼の右手をすばやく真下に下ろす。秀丸の手首が折れ曲がり、彼は苦痛のうめきを漏らしながらガクンと膝《ひざ》を落とした。秀丸の右手首を左にねじると、彼はアスファルトの上をゴロリと転がった。右手首の関節を極《き》めながら、下からパンチを振るわれないように、左手を右足で踏みつける。

荻野は制服警察官に声をかけながら腕時計に目をやった。

「手錠《ワッパ》を。午後十時三十七分、威力業務妨害、器物損壊、公務執行妨害で現行犯逮捕だ」

秀丸の手首をねじり、彼の背中にのしかかって後ろ手に回した。制服警察官から手錠を借り、秀丸の両手に嵌《は》めた。

「危ない！」

制服警察官が叫んだ。反射的に後ろを振り返った。

細マッチョの男がとんこつラーメン店から飛び出し、ビールジョッキを荻野の頭めがけて振りかぶっていた。荻野はすみやかに目をつむる。

頭上でビールジョッキが砕ける音がした。ガラス片が頭に降り注ぎ、ビールの飛沫《ひまつ》をまともに浴びる。荻野がゆっくりと目を開けると、中澤が特殊警棒を細マッチョの男の喉仏《のどぼとけ》に突きつけていた。彼は剣道四段の猛者《もさ》で、荻野の頭にビールジョッキが迫っているときには、特殊警棒を握って行動に移っていた。目をつむったのは、ガラス片から目を守るためだ。

「ジョッキの次は頭いってみるか？」

「いや……もういいっす」

細マッチョの男は取っ手だけになったジョッキを地面に捨てて、降参を示すように両手を上げる。制服警察官たちが駆けより、時間と容疑を読み上げ、細マッチョの男を逮捕した。

怪獣のようなならず者があっさり逮捕され、やじ馬たちが歓声を上げた。口笛や拍手をする者もいる。

荻野は掌《てのひら》で顔についたビールを拭《ぬぐ》い取った。頭髪についたガラス片も払い落とす。

「ビチョビチョだ。もっと早く動けなかったのか」

「贅沢《ぜいたく》言うんじゃねえよ。おれじゃなかったら、今ごろジョッキでぶん殴られてたぞ」

中澤の言うとおりだった。彼なら守ってくれると信頼していたからこそ、安心して目をつむれたのだ。

中澤も荻野と同じくビールの飛沫を浴び、ワイシャツをぐっしょりと濡《ぬ》らしていた。荻野はひそかに息を呑《の》む。濡れたワイシャツがぴったりと身体に張りつき、なかのシャツまで透けて見える。

「使えよ。顔がぐしょ濡れだ」

中澤はスラックスのポケットからハンカチを取り出した。荻野は顔が火照るのを感じながら平静を装う。

「いらねえよ。そんな汗臭そうなハンカチ」

荻野は鼻で笑ってみせた。

本当は喉から手が出るほど欲しい。ハンカチを思い切り顔に押しつけたかった。

中澤は濡れたシャツをつまんだ。

「署に戻って汗流そう。勤務中にビール飲んだと思われちまう」

荻野は落ち着いてうなずいてみせた。古株の制服警察官に肩を叩かれた。

「さすが上野の荒神だ。助かったよ」

「よしてください」

荻野はわざと照れてみせた。

都内有数の繁華街を抱える上野の夜は、この手の暴力沙汰《ざた》が日常茶飯事だ。ここ数年はインバウンド需要のおかげで、旅の恥は掻《か》き捨てとばかりに羽目を外し、さっきの秀丸のように暴れる外国人を相手にするときもある。

上野署刑事課の荻野と中澤は、ヤクザの事務所のガサ入れや、危険な凶悪犯のアジトに踏みこむさいになにかと重宝がられていた。他の警察官が思わず尻込《しりご》みしそうな被疑者相手にも、怖いもの知らずで向かっていくことから〝荒神〟と呼ばれるようになった。

その仇名《あだな》で呼ばれるたびに、荻野はほっと胸をなで下ろせた。自分がゲイとバレていないのを実感できるからだ。

2

上野署で中澤とともにシャワーを浴びた。

荻野はボディソープを泡立てて、一心不乱に身体を洗った。横では中澤が鼻歌交じりに洗髪している――

――惚《ほ》れた人の裸を拝めるんだから天国なんじゃないの？

かつてリサに言われた。

中澤のヌードを見たくないはずがない。彼女は唯一、荻野の性的指向を知る人物だ。しかし、彼が荻野の視線に気づいてしまったら。荻野の男性器が勃起《ぼっき》してしまったら。彼との関係が破綻《はたん》するのはもちろん、荻野は警視庁にいられなくなるだろう。恐ろしい時間でしかなかった。

中澤のシャンプーの香りが鼻に届いた。ハッカの匂いが強めの夏場向きの洗髪料だ。あまりブランドにはこだわらないようで、冬場でも同じ銘柄を使っている。荻野は頭皮に優しいボタニカル系のものを署に置いていたが、自宅では中澤と同じシャンプーをこっそり使用していた。ハッカの香りを嗅《か》ぐたびに、ひとりのときであっても中澤とともにいるような気分になれたからだ。

ボディソープを洗い落とし、シャワーの蛇口を閉めた。中澤に声をかけられた。

「もう終わったのか？　早飯早糞早算用《はやぐそ》。刑事《デカ》の鑑《かがみ》だな」

「まだ宵の口だ。どうせすぐにお呼びがかかる。悠長に水浴びしてられねえぞ」

背後からシャワーを浴びせられた。冷水をかけられて、思わず背中を仰《の》け反らせた。

「な、なにしやがる」

「うなじにべっしり泡がついてたんだよ。さっきのジョッキもそうだが、わりと脇の甘い荒神さんだよな。おれがついてなきゃ、ソープにでも行ってきたのかと、係長に冷やかされてたぞ」

荻野はうなじをなでた。確かにボディソープの泡がついていた。

「夏だからいいものの。冬場だったら絞め殺してたぞ」

「おお、怖《こわ》っ」

中澤が身体を震わせた。荻野は彼の顔を直視せずにシャワーブースへ戻り、背中やうなじを洗った。不自然な態度を取らないように心がけながらシャワー室を出る。

更衣室で新しい下着とシャツに着替えた。ふと涙があふれそうになり、慌ててタオルで顔を拭《ふ》いた。

秀丸のような大男を取り押さえるより、中澤とシャワーを浴びるほうがよほど疲れる。彼のさりげない気遣いやサポートのおかげで、どれだけ救われたかわからない。相棒が中澤でなければ、彼の言うとおりジョッキで頭をかち割られていたかもしれない。

荻野はロッカーのドアについた鏡を見た。情けない表情をしたゴツい顔の男が映っているだけだった。鏡の自分に向かって問いかける——なんでおれはおれなんだ。

荻野が己の性的指向をはっきり自覚したのは高校生のころだ。春高といわれる全国高等学校柔道選手権大会で、個人戦の東京都代表に選ばれて浮かれていた。十代のときはツラも幼さが残っていて、中性的な顔立ちをしていたこともあり、花形選手の荻野と交際したいという女子生徒が次々に現れた。

そのなかでクラス一の美女といわれた同級生とつき合った。金持ちの大学生と交際しているという噂があり、遊びを知っているギャル風とあって、童貞を気軽に捨てるのには申し分のない相手だと思った。それがリサだった。

リサも柔道エリートがどれほどの寝技を発揮するのかを知りたがっていたようだ。週末のデートで遊園地に行った帰り、彼女に自宅へと誘われた。両親は複数のガソリンスタンドを経営しており、週末の夜も仕事に追われて不在なのだという。彼女に自室へ誘《いざな》われ、すぐにベッドのうえでイチャつき、お互いに衣服を脱いで裸になった。

リサの肉体は美しかった。高校生とは思えないほど胸は大きく膨らみ、ダンス教室に通ってもいたため、腰はくびれていて女性的な曲線を描いていた。

しかし、それは洗練されたフォルムのスポーツカーや、見事なサラブレッドの競走馬と同じ類《たぐい》のもので、性欲には結びつかない美だった。

遊び方を知っていた彼女はその後もいろいろやってくれたが、息子は最後まで萎《な》えたままだった。ショックと恥ずかしさで死にたくなった。

荻野は必死に許しを願った。彼女の両手を握り、己のみっともなさに消え入りそうになりながら懇願した──ごめん、ごめん、誰にも言わないでくれ。

あれから十年経つが、リサは約束を守り続けてくれている。今は貴重な相談相手だ。

──お前ならさっと言いふらすと思ってた。ムカついてただろ？

あの夜を振り返って、リサに訊《き》いたことがあった。

──とんだフニャチン野郎だって言いふらそうと思ったよ。高校のときのあんた、かなり調子こいてたでしょ。願いを聞いてやったのは、言いふらしたらマジで殺されると思っただけ。すごい必死だったもんね。

中学生のときから兆候を感じてはいた。柔道の稽古《けいこ》中に勃起することがたびたびあったからだ。だが、すべて見て見ぬフリをしていた。

技のかけ合いで興奮するのだろうと理由をつけてごまかしつつ、サイズの小さなボクサーパンツを穿《は》き、勃起を周囲に悟られまいと気を遣うようになった。ガチガチに凍らせたミネラルウォーターのペットボトルで、さりげなく股間《こかん》を冷やして火照りを冷ましたりもした。肉体の変調を知りながら、己の性的指向については思考を停止させたままでいたのだ。

中澤とともに刑事部屋に入ると、上司で捜査一係の宇辺《うべ》係長が疲労した顔でノートパソコンと向き合っていた。宿直員でもないのに、深夜まで残って仕事と取っ組み合っている。

その宇辺に手招きされた。彼のうんざりした顔を見るかぎり、さっそくまた事件が起きたらしい。

「なにか」

「いいニュースと悪いニュースがある。どっちから聞きたい」

「どっちからでも」

「それじゃいいニュースからだ。さっきはご苦労だったな。あのとんこつラーメン屋からも礼があった。上野署員には当分トッピングを無料サービスしてやるってよ」

「そりゃありがたい」

中澤が軽く笑った。宇辺が続けた。

「悪いニュースは、さっそく新しい事案に取り組まなきゃならないって話だ。お前らがアメ横で活躍してるころ、北上野《きたうえの》の路上で暴行事件があった。被害者《マルガイ》は文京区《ぶんきょう》の三十一歳の男性で、金属製の鈍器で頭部を何発か殴打されたそうだ。被疑者《マルヒ》は二十代から三十代くらいの野郎で、被害者《マルガイ》をぶん殴った後に元浅草《もとあさくさ》方面へとずらかってる」

宇辺によれば、現場に急行した署員が目撃者に聞き込みをしたところ、犯人らしき男は事件を起こす約一時間前から、現場付近をうろついていたという。

荻野は嫌な予感がした。宇辺が口を歪《ゆが》めて品のない笑みを浮かべたからだ。

「ちなみに被害者《マルガイ》の男性は、サウナの『バルネア』から出てきたところを犯人《ホシ》にボコられたらしい。こっちの線も濃厚のようだ」

宇辺が右手の甲を左頬につけ、ゲイを蔑《さげす》むようなジェスチャーをした。中澤が鼻を鳴らした。

「ホモたちの痴情沙汰ってわけですか」

宇辺と中澤が笑い合った。荻野も笑ってみせた。

感情を完全に殺して、ふたりの嘲笑《ちょうしょう》や差別的な態度をやり過ごした――荻野が警察官を続けるのには必須《ひっす》の技術だ。そうして警察社会で生きてきた。

ほんの一瞬、鉄拳《てっけん》を浴びせてやりたくなる衝動に襲われるが、もうひとりの自分が周囲に溶けこめと命じてくる。刑事を続けたいだろう、惚れた相手に嫌われたくないだろうと。

このふたりだけがとりわけ差別的なわけではない。そもそも警察社会が同性愛などというものに理解がある職場ではないのだ。それを承知で刑事という仕事を選んだ。

古株の警察官のなかには、男こそが社会を担うべき存在で、女は家庭に入っているのが当然だと考える骨董品《こっとうひん》もいる。職場に女が進出するのを面白く思わず、酒が入ればいかに女が劣っているかをとうとうと語るベテランまでいる始末だった。独身寮では厚意でソープに連れていこうとする先輩警察官も珍しくはない。

そうした土壌で育った警察官たちが、同性愛だの性自認だのを理解できるはずもなく、むしろ自分は異性愛者であると示すために下ネタのジョークを口にし、仲間同士でキャバクラや風俗店に行ってみせ、同時に同性愛者を否定してみせるのが健全だと当たり前のように考えている。

元警察官の父もそうだった。やはり高卒で警視庁に入庁し、たいして出世はしなかったが、刑事としての腕は非常に優れており、花形といわれる本庁の捜査一課員にもなった。平成の世の中を騒がせたテロ事件や凶悪殺人事件の捜査員にも加わっている。そんな父を自慢に思い、自分もまた幼いころから刑事になるのを夢見ていた。

――とにかく肉体を鍛えて体力をつけろ。それが警察官の第一条件だ。

警察官になりたいというと、父自ら柔道を教えてくれた。高校時代の荻野が春高に東京都代表として出場すると、珍しく有給休暇を取って息子の晴れ舞台を応援しにやって来た。

息子想いの尊敬に値する人物ではあったが、一方で男尊女卑の塊みたいな男だった。一番風呂《ぶろ》は必ず自分であり、男はむやみに台所に入ってはならないと真顔で言った。最近は会うたびに、なぜ早く結婚して身を固めないのかと問いつめてくる。

宇辺が不満そうに口を尖《とが》らせた。

「生活安全課《セイアン》の連中にも言ってんだ。『いつまであんな変態どもの巣をのさばらせてんだ』ってよ。猥褻幇助《わいせつほうじょ》だか公然猥褻で従業員と経営者を逮捕《パク》っちまえばいいのによ。新《ジ》宿《ュク》署はそれで過去にハッテン場を潰《つぶ》した実績があるだろ」

「議員さんから文句が来ますよ。なにせここはダイバーシティに取り組む街のはずですから」

中澤が肩をすくめると、宇辺が舌打ちした。

「なに言ってやがる。LGBTだかなんだか知らねえが、そんな連中がのさばったら人類は滅亡しちまうだろう。おれは不安でしょうがねえよ。中坊の息子たちまで染まっちまうんじゃねえかってよ。お前もそう思うだろう？」

「ですね。それで被害者《マルガイ》は、高遠《こうえん》病院ですか?」

荻野はうなずいてみせながらも、話題を事件へと戻した。感情を殺していられるのはせいぜい数分が限度だ。

高遠病院は台東《たいとう》区近辺の地域医療を担う病院だ。二次救急に指定されているため、二十四時間体制で多数の患者が運びこまれる。

「おっとそうだった。そろそろ治療も終わってるころかもな。頭をだいぶ殴られてはいるが、意識はしっかりしているらしい。聞き込みに行ってくれ」

「わかりました」

中澤とともに刑事部屋を出た。

新宿《しんじゅく》二丁目ほどの知名度はないが、上野も日本屈指のゲイタウンだ。その歴史は新宿よりも古く、戦前に上野公園で男娼《だんしょう》が商売をしたのが始まりだという。

観光地化されて女性も気軽に行ける新宿二丁目とは異なり、上野には会員制にしている店舗が多く、冷やかしのノンケや女性の立ち入りを好まない閉鎖的な雰囲気がある。

それでも上野駅近くの上野七丁目や東上野《ひがしうえの》にはゲイバーが軒を連ね、その手の店は管内だけでも百店をゆうに超す。上野署のごく近くにもハッテン場として有名なサウナがあった。上野署で働いていれば、こうした同性愛者絡みの事件を扱うことになる。

高遠病院は上野署から徒歩数分の場所にある。浅草通りの横断歩道を渡って病院に向かった。もう深夜だというのに、外はひどく蒸し暑い。

中澤が訊いてきた。

「そういや再来週の合コンだけどな。出てくれよ。憐《あわ》れな相棒のためを思ってよ」

「嫌だ。ひとりでやれ」

荻野は即答してみせた。

中澤は昨年の秋に恋人と別れてから、同期や後輩のコネを使って合コンを頻繁にセッティングさせている。後輩の地域課員がお膳立《ぜんだ》てした合コンに、荻野も人数合わせのために誘われていた。

「なんでだよ、相手は白衣の天使だぞ！　お前だって親父さんから早く結婚しろとうるさく言われてんだろうが」

警察官は概して声がでかい。中澤も例外ではなく、道行く人から注目を浴びた。

「でかい声出すな。恥ずかしい。どうせ女の視線を独占するのはお前だ。こっちは面白くもなんともない」

中澤は顎《あご》をなでた。

「そこはお前、不断の努力ってやつさ。ちゃんとテレビやYouTubeをチェックして、旬のお笑い芸人とかを勉強しておかねえとな。座を盛り上げるために、こっちはひとりカラオケまでして、くだらねえ歌の振りつけまで覚えてるんだよ。お前がいいと思った女には手を出さねえからさ」

「おれにはおれの時間があるんだ」

荻野は歩行の速度を上げた。

中澤となら一緒に過ごしたくないはずはない。仕事を終えた後、ともに立ち寄る牛丼店や定食屋での食事は至福の時間だ。だが、合コンは受け入れられない。嫉妬《しっと》や落胆の連続で生きた心地がしない。

中澤は人間に好かれるタイプだ。まめまめしく動けるフットワークの軽さと、精悍《せいかん》な顔立ちでありながら、荻野のような威圧的ないかつさはなく、他人を安心させる柔和な朗らかさがある。女性警察官や行政職員にも人気がある。

一度だけ合コンに加わった過去がある。中澤と荻野を入れた四人で、女性側は四人の保育士だった。飲み会の中心となったのは中澤で、警察内に転がっているバカ話を女性たちに披露して笑わせ、二次会のカラオケでは女性とデュエットで歌った。

――そいつに手を出すんじゃねえ！

中澤に色目を使う女たちに激怒した。カラオケで彼にしなだれかかる女を突き飛ばしたかった。その衝動を抑えるのに必死で、ついには頭がおかしくなりかけた。

「そんなに玄人のほうがいいのか」

「ああ。結婚なんかクソくらえだ」

荻野は署内で夜遊び好きとして知られていた。じっさいに、キャバクラ通いをしているからだ。

高遠病院の救急病棟に入った。夜間受付をしている顔見知りの警備員にうなずいてみせた。

アメ横も人の多さでやたらとざわついていたが、深夜の上野の救急病棟も戦場のように騒がしかった。看護師が険しい顔で走り回っている。

スクラブスーツ姿で聴診器を首に下げた四十代の医師を見かけた。本来は糖尿病内科が専門らしいが、夜間勤務で入っているときが多い。もはや警備員と同じく顔見知りといえたが、人当たりのいい人物ではなかった。

荻野は医師に声をかけた。

「こんばんは、先生。待田《まちだ》昌紀《まさき》さんはどちらに」

「あっち」

医者は顎で壁際の端を指した。中澤がへりくだった笑みを見せて訊いた。

「鈍器で頭を殴られたと聞いてます。意識がはっきりしているってことは大したことはなさそうですか」

「わからんよ。頭蓋《ずがい》骨骨折こそ見られないが、あとで頭蓋内出血を起こす可能性だってあるんだ。それに頭よりもひどいのは――」

医者は言いかけて口を閉じた。荻野がすかさず問う。

「頭以外に負傷を?」

医者は煩わしそうに手を振った。

「あとは言えない。詳しく知りたいのなら、いつものとおり捜査関係事項照会書《しょうかいしょ》を持ってこい」

「そうします」

荻野たちは被害者がいるブースに向かった。カーテンで仕切られていたため、一声かけてからカーテンを開けた。

待田は怯《おび》えた表情を見せた。荻野は警察手帳を見せてから名刺を渡した。穏やかな口調を心がける。

「上野署刑事課の荻野と中澤です。今回は大変な目に遭われましたね」

「え、ええ」

挨拶《あいさつ》と慰めの言葉をかけつつ、待田の姿とケガの具合を観察した。

待田は頭や腕に包帯を巻き、かなり痛々しい様子だ。それでも見る者をはっとさせるほどの二枚目だった。

体格もいい。肩幅が広いうえに無駄な肉がついていないため、見事なほどの逆三角形の体形をしていた。切れ長の目と彫りの深い顔立ちをしており、中澤の容貌《ようぼう》と共通するものがあった。

「我が署では犯人逮捕のため、署をあげて捜査を開始しています。身体も痛むでしょうし、なによりショックで大変な思いをされてるでしょうが、どうかご協力ください」

待田はベッドに横向きの状態で寝そべっていて、荻野の言葉にも曖昧《あいまい》な相槌《あいづち》を打つだけだった。襲われた状況について尋ねると、ポツリポツリと語り出した。

『バルネア』でひとっ風呂浴び、ひとりでサウナを後にしようとしたところ、ベースボールキャップとサングラスで顔を隠したヒゲ面の男に近寄られ、左手に持っていた特殊警棒らしき武器でいきなりこめかみのあたりを殴られたのだという。

待田がとっさに腕を上げたため、直撃は免れたものの、手の甲の骨にヒビが入り、衝撃で脳しんとうを起こして尻餅《しりもち》をついた。サウナがあるビルの横の路地に逃げこもうとしたが、まともに歩けずに追いつかれ、男に突き飛ばされて転倒。地面に倒されたうえで何発も頭と腕を殴打されたらしかった。

荻野はメモを取りながら尋ねた。

「盗《と》られたものはありますか？　財布やケータイ、クレジットカードといった貴重品は」

「いえ……盗られたものはなにも」

待田は効き目の強い鎮痛剤を服用しているようで、ところどころで呂律《ろれつ》が怪しくなった。

ただし、記憶はわりと鮮明なようで、男がかぶっていたベースボールキャップは無地の紺色、戦国武将のような長い口ヒゲをたくわえていたという。

男は亀のように丸まった待田をさんざん殴りつけると、いつの間にか姿を消した。男が現場から立ち去ってからも、待田はショックと痛みで動けず、通りすがりの男性が血まみれの彼を見つけて通報したのだった。

待田はおそるおそるといった態度で言った。

「刑事さん……捜査してくださっているのに申し訳ないのですが、事件をなかったことにはできませんか。被害届を出す気にはなれません。大事《おおごと》になると困ることがあって」

　中澤が首を横に振った。

「今回のようなケースではそうもいきません。打ちどころが悪ければ、あなたは死んでいたかもしれないし、重篤な障がいが残っていたかもしれない。被害届を出さなければ、捜査は行われないというものではないですし、そんな武器を振り回す危険な男を放置するわけにはいきません。ご理解ください」

　口調こそ丁寧ではあるが、目に苛立《いらだ》ちの色が表われていた。これだから同性愛者は面倒くせえと言いたげだ。

　待田は初めて顔を上げた。脂汗を滲《にじ》ませながら、必死の形相で訴えかけてくる。

「あのサウナがどういうところか、地元の刑事さんなら知ってるでしょう。私は住宅メーカーの営業マンをしてます。あいにくそちら方面に理解がある職場とは言い難い会社で」

「職場では異性愛者を装っているということですか」

「社長がはっきりと嫌っているんです。私がそういうサウナに出入りしていたと知られたら」

　待田のベッドの下にはカゴがあり、血に染まった衣服とともに財布とスマートフォンがあった。

待田の許可を得て、財布のなかを見せてもらう。社員証のプラスチックカードがあり、待田の名前と顔写真が入っている。目の前にいる待田は頭を包帯でぐるぐる巻きにされていたが、社員証の写真の彼は新人警察官のように涼やかな短髪だ。三十を過ぎたばかりというのに、営業課長という肩書きがついていた。

待田のように犯罪被害に遭ったにもかかわらず、ゲイであるのを隠すために捜査をしないよう懇願する者は珍しくない。なかには妻と子供がいながら、上野にハメを外しに来たところで犯罪に巻き込まれ、家庭を壊したくない一心で口を閉ざす者もいる。

待田の怯えは他人事《ひとごと》とは思えなかった。荻野も似たような状況で働いている。警察学校で集団生活を送ったときは、しばらくは不眠症に陥った。寝言で好きな男性タレントや気になる同期生の名前を呼んでしまい、誰かに聞かれてしまうんじゃないかとビクビクし、眠るのをひどく怖れたからだ。

交番に卒配されてからは、持ち前の体力と根性で乗り切り、空き巣やひったくりを次々に捕えて、警察官としての自信を身につけた。〝荒神〟などと呼ばれる今でさえ、自分の性的指向がバレるのではないかとビクビクしながら生きている。隠し通すためなら、ゲイを嘲《あざけ》る人間に同調し、その場の空気に合わせて笑ってみせた。ハッテン場に顔を出す気もなければ、ゲイ風俗を利用するつもりもなかった。待田のような目にいつ遭うかわからないからだ。

荻野が気遣うように答えた。

「被害者のプライバシーにはできうる限り配慮します。犯罪被害者等基本法にも、『犯罪被害者等の名誉又は生活の平穏を害することのないよう十分配慮する』と明記されていますし、あなたの個人情報が漏れないよう最大限の努力をします」

待田の表情は暗いままだった。荻野の言葉などまるで耳に届いていないかのようだ。

もっとも、荻野自身もプライバシーが完全に守られるとは思っていない。情報の取扱いは年々厳しくなっているのは事実だ。とくに性犯罪などのケースにおいては、検察や裁判所も被害者が周囲に事件を知られて二次被害を受けないように力を入れている。

それでも情報はどこからか漏れてしまうものだ。血まみれ姿で倒れた待田を見たのはひとりではない。彼が救急車で運ばれたさい、やじ馬は少なからずいたという。

そのなかには待田を知る者もいたかもしれないうえ、ネットやSNSの普及で、誰もが気軽に他人のプライバシーを世界中に暴露できる恐ろしい時代にもなった。

待田のような二枚目がハッテン場の傍で男に暴行されたとなれば、ネットの掲示板などに面白おかしく書き立てる人物が現れてもおかしくはない。本人の了解を得ずに、他人に性的指向や性自認の秘密をバラすのをアウティングと言うが、罪悪感を覚えずにゴシップ感覚でペラペラと言いふらす輩《やから》はいくらでもいる。

荻野は待田を説得しようとした。彼にはまだ尋ねたいことが山ほどある。

「犯人は財布などに手をつけなかった点から、強盗が動機ではなかったものと考えられます。あなたが襲われる前に、あのサウナの周辺をうろつく不審な人物を見たという目撃情報もあります。つまり、犯人はあなたに強烈な悪意を抱いているだけでなく、あなたの個人情報も把握している人物である可能性が高い。犯人を野放しにしておけば、また暴力に打って出るだけじゃなく、アウティングだってするかもしれない」

待田が悔しげに唇を噛《か》んだ。目に涙を溜《た》める。中澤が後を継いで告げた。

「特殊警棒で殴打されただけじゃなく、性的被害まで受けたならなおさらだ。お尻が痛むでしょう」

待田が息を呑んだ。

「どうして。この病院の人が喋《しゃべ》ったんですか?」

「いいえ。ここのドクターは真面目で、警察官だからといってやすやすと患者の情報を話す方じゃないですよ。横向きに寝ているあなたの姿勢を見て思っただけです。頭や腕の傷よりも、お尻の痛みのほうが苦しそうに見えた」

中澤が彼の尻に目をやった。待田は嗚咽《おえつ》を繰り返し、身体を震わせながら涙を流す。

性的被害に遭ったと無言で告白していた。

上野署で働けば、男性同士の性行為を目撃するのはままあることだった。上野駅や上野公園もハッテン場として有名で、パトロールをしていれば、トイレなどで下半身を丸出しでオーラルセックスに励んでいたりする。

愛と憎しみは表裏一体だ。ハッテン場で仲良くなる場合もあれば、正反対に陥る場合もある。待田のような男前はしつこくつきまとわれ、襲ってでもモノにしようと標的にされがちだ。男同士のDVやレイプ沙汰も起きる。ひどい事件が起きても、ゲイバレを怖れて泣き寝入りする者も多く、上野署が把握しているトラブルは氷山の一角に過ぎないものと思われた。

荻野らは待田との距離を縮め、声を小さめにして尋ねた。

「なにをされたのかを聞かせていただけませんか。おつらいのは重々承知しております。性被害に遭われたとなれば、なおのこと検察も裁判所もプライバシー厳守に力を入れるでしょう」

待田は目をそらした。唇を震わせながら涙をこぼし、おそるおそる口を開いた。

「……特殊警棒を無理やりねじこまれました」

「肛門《こうもん》にですか？」

「ローションもなにもないまま、力尽くで入れられたから、肛門にひどい裂傷ができているそうです。直腸にも擦過傷ができているとか」

無愛想な医者が呑みこんだ言葉がわかった——頭よりもひどいのは尻のほうだと。

中澤が念を押した。

「陰茎ではなく、特殊警棒で間違いありませんか。犯人にオーラルセックスを強要されたりも？」

「はい」

待田はその点に迷いがなかった。殴打されて頭がふらつくなかでも、犯人がズボンを下ろさずにいたのを覚えていた。

荻野と中澤は目を合わせた。待田の言葉が事実であるなら、犯人を捕えても、少なくとも強制性交等罪には問えそうにないと。

二〇一七年の刑法改正により強姦《ごうかん》罪は廃止されて強制性交等罪へと変わった。強姦罪は被害者が女性の場合でしか適用されずにいたが、現在は性別が不問とされ、男性が性被害に遭った場合でも同罪で犯人を処罰できるようになった。最低量刑も三年から五年に引き上げられ、さらに強盗などと同じく非親告罪となり、被害者の意思にかかわらず罰することもできるようになっている。

ただし、これでもまだ充分ではないと指摘する声は多い。強制性交等罪はあくまで男性器を口や性器、肛門に挿入されたときとされているからだ。

性暴力には様々な形があるのを、現場の刑事は思い知らされる。女性器に割り箸《ばし》やトゲのあるバラを入れるサディストもいれば、強制性交等罪の内容を知ったうえで、重罪から逃れようとする性犯罪者もいる。とくに性的マイノリティの被害は、男性器が介在しないことがよくあるのだ。

あくまで現行の法律が男性器にこだわるあまり、残酷な性暴力を加えて被害者の心に深い傷を与えておきながら、加害者が傷害罪で裁かれて終わるケースもあった。

待田は寂しげに笑った。

「法律のことなら知ってます。刑事さんには申し訳ないですが……やっぱりこのことを誰にも知られたくなかった」

3

荻野はウイスキーの水割りを一度に飲んだ。横にいるリサに空になったグラスを渡す。

「いい飲みっぷりだね」

彼女は国産ウイスキーをグラスに少しだけ注いだ。マドラーでかき回し、ごく薄めの水割りを作ってくれた。

「そりゃ皮肉かよ」

荻野は水割りをあおった。ウイスキーの香りが薄い。数時間後には再び仕事が待っている。大酒をかっくらうわけにはいかない。

彼がいるのは上野の仲町《なかちょう》通りにあるキャバクラ『アルテミス』だった。ここには荻野の秘密を知るリサが働いている。朝から営業もしているため、彼は頻繁に顔を見せていた。

ただし上客とは言い難い。休みなく働いているため、ボトルキープしている酒が一向に減らなかった。

「おれの代わりに飲んでくれ。新しいボトルを入れる」

「遠慮しておく。午後に子どもを歯医者に連れていかなきゃならないから」

「奥ゆかしい女になったもんだ」

二杯目をすぐに空けて、彼女に再びグラスを渡した。

リサは高校を卒業すると、浅草の老舗《しにせ》パン屋の店員として働き、そこの若主人と恋に落ちて結婚した。結婚生活は長く続かなかったようで、五歳の息子とともにマンション暮らしをしている。

「よっぽど疲れてるみたいだね。どっちかというと、心のほうがヘトヘトって感じ」

「女房じゃあるまいし。なんでもお見通しだな」

「そうでもないよ。いろんな男とつきあったけど、まさかあたしでチンコ勃《た》たなかったやつが、一番の古いつきあいになるとは思ってなかった」

ふたりは軽く笑い合った。

疲れているのはリサも同じだ。結婚中は姑《しゅうとめ》と相当やりあった挙句、離婚してからは夫と法廷闘争を繰り広げた。今は病気がちの息子の面倒を見ながらキャバクラで働いている。顔に表われる疲れを隠すため、厚めに化粧をしていた。

リサが三杯目をハイボールにして作ってくれた。

「嫌な事件があったの？」

「ハッテン場の傍で暴行事件だ。被害者は性的暴行も受けてる」

「そういうことか。例によって上司や愛する相棒が心ない言葉を吐いて、被害者からは『捜査なんかしないでくれ』と嘆かれるパターンだね」

「ここに駆けこまなきゃ眠れそうにない」

リサには中澤のことも打ち明けた。

ここに来れば唯一の相談相手に会える。おまけに名うてのキャバ嬢好きという評判も生まれて都合がよかった。

「異動したいって上司に言ったら？　上野はあんた向きの職場じゃないでしょ」

「そう簡単にいくか。なんでここが嫌なんだと問い詰められる。それに上野から離れたところで状況は変わらない」

「おまけに相棒とも別れたくないって顔だね」

「………」

「好きな人に蔑まれるってつらいね。いくら本当のあんたを知らないって言ってもさ」

荻野はハイボールを口にした。薄く作ってあるわりには苦く感じられた。

「あいつと組んでいられるのも、せいぜいあと一、二年だ。それに……その点以外じゃいい男なんだ。一緒に働けると思うと嬉《うれ》しくてしょうがない」

「好きな人と働けるのはいいけど、天国と地獄を行ったり来たりしてるみたいで、頭おかしくなりそう」

荻野は曖昧に相槌を打つしかなかった。

夜遊び好きを装って、職場の目をごまかすのにも限界がある。中澤にはいずれ新しい彼女ができるだろう。無邪気でマメなあいつのことだ。自宅に荻野を呼んで、嫁さんと一緒に作った手料理を出すかもしれない。感情が崩壊しそうな気がした。

「やっぱりゴチになっとく。朝の一杯は格別だから」

リサが水割りを作り始めた。荻野よりもずっと濃いめに作り、琥珀《こはく》色の液体を勢いよく口にする。

「警察、辞めちゃったら？　嘘をつかずに歓迎してくれる会社だって、今ならいくらでもあるよ」

「まだ考えてない」

父の血を受け継いだせいか、不正やデタラメが許せなかった。立場の弱い者をいじめる輩も嫌いだった。

学校でのイジメはもちろんだが、コンビニやレストランで働く店員に威張り散らす傲《ごう》慢《まん》な客を見かければ、サラリーマン風だろうとヤクザ風だろうと、学生のころから襟首を摑んで叱り飛ばした。煽《あお》り運転をかましているドライバーを目撃し、自転車で必死に追いかけては、信号待ちをしているところで運転席の窓から引きずり出すという無茶もした。

トラブルに陥ることもたびたびあったが、父はそんな荻野をいつも褒め称《たた》えてくれた。誰になんと言われようと正直に生きろと。今はその父や相棒たちの目を気にして怯えている。

「いや……やっぱり潮時なのかもな」

荻野はハイボールの泡を見つめて呟《つぶや》いた。

4

「そのあたりの時間でしたら、ここで働いてましたよ」

水上《みながみ》が氷の仕込みをしながら答えてくれた。トマトナイフでロック用の丸氷を作りながら。

荻野が尋ねた。

「それを証明してくれる方はいますか？」

「どうでしょう。満席になるほどお客さんはいましたけど、お忍びでやって来る方ばかりなので。お客さんの個人情報をむやみに話すわけにはいかないんですよ」

水上は手を休めずに無表情で答えた。

荻野たちは事件から五日後、新橋《しんばし》のゲイバー『ジーニアス』を訪れた。経営者である水上は、被害者の待田と交際していた男性のひとりだ。

短めの髪を整髪料でしっかりと固め、糊《のり》の利いたワイシャツをきっちり着こなしている。フレームの太いメガネをかけているため、知的な印象を与えていた。

中澤が鋭い視線を彼に向けた。

「そうなると、アリバイがないということになりますが」

「こういう商売ですから仕方ありません」

水上の答えはにべもなかった。

それでも水上はまだ捜査に協力的なほうだ。待田の交友関係を中心に聞き込みを行ってきたが、ことごとく警察と関わるのを嫌がられ、やはり友人に迷惑をかけられないとの理由で話すのを断られてきた。脅しすかしや説得を繰り返し、待田の人間関係を洗っているところだ。

待田にはここ五年間でつき合った男性が八人いた。たった一週間で終わった例もあれば、水上のように二年以上も交際した男性もいた。

「お客さんのプライバシーは厳守します。あなたのアリバイが証明できなければ、それだけ待田さんを襲った犯人の絞り込みも難しくなるんです。どうかお願いします」

中澤が表情を引き締めて告げた。それでも、水上は他人事のように氷を削り続けるだけだった。中澤が前のめりになってなおも説得にかかろうとする。

荻野は相棒を目で制した。勇気を振り絞って水上に尋ねた。

「ひとまずアリバイは置いておくとして、なぜ待田さんと別れたんですか？　あの人はまるでタレントみたいに魅力的な二枚目だ。ノンケの私でも思わず息を呑むほど」

水上が仕込みの手を止め、荻野の顔を見上げた。思わず目をそらしそうになったが、水上の視線を黙って受け止めた。

「……刑事さんにはわかりませんよ」

「聞かせていただけませんか。待田さんは苦難の毎日を送っています。再び犯人に襲われるのではないかと怯えながらも、自分の性的指向を知られたくない一心で、会社に出勤しているんです。交通事故に遭ったと偽りながら」

「それですよ」

水上は氷を冷凍庫にしまった。手近にあったテキーラの瓶を摑み、ショットグラスに注ぐと、ひと口であおった。

彼は口調を変えて言った。

「おれはカミングアウトしていて、あいつはクローゼットのなかで怯えている。世の中にはそれでもうまくいってるカップルもいるんだろうが、おれたちには無理だったということだ。わかるかい?」

中澤が荻野に目で尋ねてきた——こいつの言ってる意味わかるか?

荻野はうなずいてみせた。

「なんとなくは。待田さんはいわゆるゲイバレを怖れ、周囲の目をなにかと気にしている。それじゃ堂々とふたりでショッピングも遊園地も楽しめない。待田さんの怯えようを考えると、デートはおろか、ふたりで外食するのにも気を遣ったんじゃないですか?」

「そんなところだ。でも、それだけなら我慢できた」

水上は肩を落としながらも打ち明けてくれた。ゲイであるのを公言できない苦しみはよくわかると。

水上も十代までは誰にも言えず、男を好きになる自分はおぞましい変態なのではないかと苦悩したという。クローゼットとは、性的マイノリティの人々が自身の性的指向や性同一性を公表していない状態の暗喩《あんゆ》だ。

水上が待田と別れるきっかけとなったのは、日比谷《ひびや》のホテルで食事を終えたときだった。その日は水上の誕生日で、食後はバーでシャンパンを開けたという。幸福な時間を過ごしていたものの、思わぬアクシデントに見舞われた。そのバーでは、待田の会社の社長と幹部が飲んでいたのだ。

――なんだ、待田。こんなところに野郎ふたりで。お前、まさかあっちの気でもあったのか?

――き、気色悪いこと言わないでください。フラれた友達を励ましてやってたんです。

――冗談だよ、冗談。仲良くシャンパンなんか飲《や》ってるから、てっきりホモなのかと思っちまったよ。気を悪くしないでくれよ、お兄さん。こんなところで会ったのもなにかの縁だ。フラれたんなら、吉原《よしわら》にでも繰り出そうじゃねえか。女なんてのはいくらでもいるもんさ。

水上は肩を落とした。

「呆《あき》れ果てたよ。社長っていう男だけでなく、待田にも。てめえの秘密を守るためなら、恋人だって『気色悪い』と罵《ののし》れるやつだったんだとね。あの日以来、待田とは一切の連絡を絶っているし、もう死んだものだとさえ思ってる。あんたらはおれを怪しむんだろうが、この世にもう存在しない男を襲ったりはしない」

水が一杯欲しかった。荻野の喉はカラカラに渇いている。水上の言葉はそのまま荻野に突き刺さった。

中澤が両手を振ってみせた。

「怪しむなんてとんでもない。ご協力感謝します」

疑わしげな目を向ける水上に、荻野はビジネスバッグからクリアファイルを取り出した。なかにはA4サイズの大きな写真が入っている。

荻野は水上に写真を見せた。

「我々が捜しているのはこの男です。少なくともあなたじゃない」

写真は防犯カメラの映像をプリントアウトしたものだ。北上野の事件現場の近くをうろつく犯人らしき男が写っている。

犯人らしき男は、目撃者や待田の証言どおり、紺のベースボールキャップを目深にかぶり、スポーツサングラスで目を隠していた。口の周りをヒゲで覆っている。上野署捜査一係がシラミ潰しに集めた防犯カメラの映像を、捜査支援分析センター《SSBC》がより鮮明にしたものだった。

ＳＳＢＣによれば、この人物の身長は約百八十センチと長身で、肌は真っ黒に日焼けしているという。左手には縮めた状態の特殊警棒を握っていた。待田も左手に持った武器で襲われたと証言している。この犯人らしき人物は左利きの可能性が高かった。

水上の身長は約百七十センチをわずかに超える程度で、彼は氷を右手で削っていた。真夏でも肌は真っ白で、顔や体形も写真の男とは違っている。これまで待田と交際していた男たちは、水上を含めて全員が右利きで、写真の男の特徴とぴったり一致する者はいなかった。

水上は写真の男を長いこと見つめていた。しかし、彼は首を横に振った。

「わからない。職業柄、顔を覚えるのは得意なほうだが、見たことがない」

待田の過去の恋人たちには、すでに同じく聞き込みを行っており、全員が見覚えがないと答えている。

「そうですか」

荻野はあっさりと引き下がった。写真をクリアファイルにしまう。

犯人の特定につながる情報は得られなかったが、水上が重い口を開いてくれたおかげで突破口が見えた気がした。中澤も気づいたらしく、瞳《ひとみ》に強い光を宿らせていた。

聞き込みを終え、『ジーニアス』を後にした。店が入ったビルを後にすると、中澤が口を開いた。

「どうも……おれらは読みを誤ってたようだな」

「鈍いお前でも気づいたか」

待田の交友関係を洗っていけば、写真の男に一致する男が現れるものだと思っていた。

だが、水上はその思い込みを打ち破る証言をしてくれた。

「柔道バカのお前に言われたくねえよ。しかし、あれだな……」

中澤は荻野の耳に顔を近づけた。ハッカと汗が混じった相棒の香りが鼻に届く。

「警視庁《カイシャ》でゲイをコケにする言動は控えたほうがよさそうだな。どこで恨みを買うかわからねえ。警視庁《うち》にもクローゼットってのがいるかもしれねえぞ」

「そうだな」

荻野は苦笑するしかなかった。中澤の勘はやはり鈍かった。

5

その男は真面目そうだった。

カンカン照りのなかでも、ネクタイをきっちりと締め、ヘルメットと、ファンつき作業服を着て、マメに三鷹《みたか》市の建設現場の工程をチェックしていた。

個人住宅の建設作業の施工管理者として、現場のクレーン車を見守り、真夏のなかで建材を運ぶ職人たちの体調を気遣いつつ、工事の進み具合を調べていた。顔は日々の労働で真っ黒に焼けている。

夕方になって職人たちが引き上げてからも、男は現場を入念に巡回していた。夜になってからは勤務先である中野《なかの》区の工務店に戻り、ひとり居残ってデスクワークに取りかかっている。

男の評判は総じて悪くなかった。名を渡辺直史《わたなべなおふみ》と言い、職場では緻密《ちみつ》な仕事をするという。入社して約十年。今日に到るまで無遅刻無欠勤で、出世頭の若手として社長からの信頼も篤《あつ》い。

難点があるとすれば、身長百八十センチの大男のわりには引っ込み思案なところがあり、温和で断れない性格が災いし、元請けの住宅メーカーに請負金額を値切られてしまうこともあるという。

渡辺が退勤したのは夜九時を過ぎてからだった。ドアや窓を施錠して事務所を後にした。昼とは違って白いポロシャツにジーンズというカジュアルな格好で、スポーツバッグを手にしてJR中野駅方面へと向かう。

荻野らは彼を慎重に追った。渡辺はJR国分寺《こくぶんじ》駅から徒歩数分のマンションでひとり暮らしをしている。だが、中野駅についた彼は、自宅とは反対方向の新宿方面へと向かう電車に乗った。

荻野たちは隣の車両から彼の様子をうかがった。土曜の夜の上り列車は空《す》いていた。空席はいくらでもあったが、渡辺は背筋をピンと伸ばしたまま立っている。平日の彼は連日の猛暑で、帰宅のさいはいつもぐったりとしていた。今夜は明らかに様子が違う。

中澤に耳打ちされた。

「今夜は新宿二丁目《にちょうめ》ではっちゃけるつもりかな。気合い充分って感じだぞ」

「かもな」

「羨《うらや》ましいかぎりだ。おれも休みが欲しいよ。早く合コンやってはっちゃけてえ」

渡辺がゲイであるのを、荻野らはすでに把握していた。

上野署捜査一係は渡辺を有力な容疑者と見て、係員の多くを割いて、渡辺の身辺の洗い出しにかかった。

渡辺は堅物のサラリーマンである一方、週末は必ずといっていいほど新宿二丁目に通い、クラブでダンスや出会いを愉《たの》しんでいるという。

渡辺が捜査線上に浮上したきっかけは、被害者の元恋人だった水上が打ち明けてくれたエピソードだ。

待田が己の秘密を守るため、同じ性的指向の人間を侮辱していた事実だ。クローゼットのゲイが保身のため、率先してゲイ叩きに走る例は数え切れないほどある。同性愛に無理解な上司や相棒に調子を合わせ、ヘラヘラ笑いを浮かべてその場をしのぐ荻野も同じだった。

水上の話を聞いたうえで、改めて待田から事情を訊いた。

職場や取引先の人間の前で、同性愛者を貶《おとし》めるような発言をしてこなかったかと。かつて水上を失望させたときのように。

待田はひどくうろたえていた。

「あれは……仕方なかったんです。おれだってあんなことは言いたくなかった」

「責めているんじゃありません。ただ、周囲にバレるのを怖れるあまり、職場でも気づかぬうちに強烈な恨みを買ってしまった可能性があるということです」

待田は記憶を掘り起こそうとして中空を睨《にら》んだ。なかなか思い出せずにいる。荻野には待田の心境がわかった。自分が同じ問いをぶつけられても、彼と同じくやすやすとは答えられそうになかった。

弱きを助け強きを挫《くじ》く。そんな生き方を貫きたくて警察官となった。父からも正直に生きろと言われた。それが今はどうだ。仮面をかぶって生き、数え切れないほどの嘘をついてきた。保身のための嘘のおかげで、水上のように深い傷を負った者もいたかもしれない。

「とっさには思い浮かばないでしょうが、犯人と思《おぼ》しき人物はかなり絞られてくるはずです。百八十センチくらいの長身で、肌を真っ黒に焼いた左利きの男です」

「だとしたら……あの人かもしれない」

待田が口にしたのが渡辺だった。

下請けの工務店のエース社員と、元請けの住宅メーカーの課長職という関係であるため、渡辺を含めた工務店側の人間から接待を受ける機会がちょくちょくあった。

二ヶ月前、工務店側のお偉方と神楽坂《かぐらざか》の割烹《かっぽう》で会食をしたとき、ちょっとしたトラブルが起きた。その場には渡辺も同席していた。

仕事に関する話題からプライベートに及び、工務店の専務からなぜ結婚しないのかと尋ねられた。仕事にかまけて恋人を作る暇がなかったとごまかしたものの、だいぶ酒が入っていたこともあり、専務には調子に乗られたのだという。

――待田さんくらいの男前だったら女なんてよりどりみどりでしょうに。おたくの社長さんが言ってましたけど、もしかしてそっち関係なんじゃないかと思いましたよ。

専務が右手の甲を左頰につけ、ゲイを蔑むようなジェスチャーをした。宴もたけなわとなり、専務としてはジョークのつもりだったのだろう。しかし、待田は激しくうろたえた。水上と一緒に過ごしているのを、社長に見られたときと同じように。

待田はテーブルを叩いて専務を怒鳴りつけた。自分はそんな男ではないと、我を忘れて必死に否定した。

専務は逆鱗《げきりん》に触れてしまったとわかり、その場で待田に平謝りした。翌日にも菓子折りを携え、渡辺を連れて謝罪をしに来ている。大事《おおごと》にしたくなかった待田は、専務の詫《わ》びを受け入れて水に流した。それで終わったつもりでいた。

「激怒したあなたは、その専務になんて言いましたか。水上さんに縁を切られたときと同じように、同性愛者を侮蔑《ぶべつ》するような言葉を口にしたのでは？」

「覚えていません。自分を守るために無我夢中で。ただ……ゲイバレを怖れるあまり、またやらかしたとしてもおかしくはありません。水上のときで懲りたはずなのに」

待田は泣きじゃくり、取調室のテーブルに顔を伏せた。渡辺の様子も覚えていないと答えた。

電車が新宿駅に着いた。だが、渡辺が降りる様子はない。大量に乗客が車内になだれ込み、彼の姿を一瞬見失いかける。

「やっこさん、降りたよな」

「いや――」

荻野は電車を降りようとする相棒を止めた。たくさんの乗客で渡辺自身は見えなくなった。彼が抱えているスポーツバッグが、かろうじて目に入る。

電車は新宿駅を離れて、大量の客を乗せて走った。貫通扉の傍に寄り、隣の車両の渡辺を見張った。ハンカチで噴き出る額の汗を拭い、隣の車両の動向に集中する。

「降りてねえ。どこに行く気だ」

中澤が呟いた。荻野も首をひねるしかない。ただ嫌な胸騒ぎがした。代々木《よよぎ》駅や千駄《せんだ》ケ谷《がや》駅を過ぎても、渡辺は車内に留《とど》まり続ける。

電車が水道橋《すいどうばし》駅に着いたところで、渡辺が動きだした。客をかき分けるようにして電車を降りる。

「おいおい……ここって」

荻野たちも後に続いた。ホームを歩く渡辺と距離を取りながら尾行を続行する。

渡辺は駅の東口のトイレに入った。荻野たちは柱の陰に隠れて様子をうかがう。

トイレから出てきた渡辺は別人と化していた。紺のベースボールキャップをかぶり、口の周りにヒゲを蓄えている。トイレのなかで変装をしていたらしい。

渡辺は改札口を通ると、白山《はくさん》通りを北へと歩き出した。荻野たちも後を追う。ポリスモードと呼ばれる警察官専用の携帯端末で、捜査一係員に応援を求めながら。彼が向かう先には待田の自宅がある。

渡辺はスポーツバッグを抱えながら、ブルーに輝く東京ドームの傍を通る。白山通りに面した飲食店はどこも景気がよさそうで、どの店も客であふれ返っている。外国人観光客風の集団がパブで歌いながらビールをあおっていた。

白山通りから離れ、静かな住宅地へと入った。隙間なく家々がひしめき合っている。東大の本郷《ほんごう》キャンパスから近いこともあり、文教の街として知られる一角だ。待田は母親とこの地で暮らしている。

渡辺は待田を念入りに調べていたようだ。携帯端末の地図で位置を確かめるわけでもなく、信号以外では一度も足を止めずに早足で向かう。

荻野たちも他の係員と連携を取りながら尾行した。係長の宇辺が待田本人と連絡を取り、自宅のドアや窓をすべて施錠したうえで、決して外に出ないように言って聞かせたという。

住宅街に入ったことで闇がぐっと増した。にもかかわらず、渡辺はスポーツバッグのなかからサングラスを取り出して装着した。スポーツバッグに入っているのは変装の道具だけではないだろう。

待田の自宅は二十五坪ほどの小さな家だ。ただし、ビルのような三階建ての建物は高級感があり、一階のガレージには洒落《しゃれ》た外車がある。

待田の家が見えてくると、渡辺は小走りになった。スポーツバッグから黄色いなにかを取り出し、ガレージに停めてあった外車に近づく。

中澤が目をこらした。

「ライター用オイルだ。やべえ」

荻野たちは駆け出した。渡辺はライター用オイルのプラ容器を摑み、揮発性の高いオイルを外車のタイヤにふりかけていた。荻野らが駆けつけても逃げようとしない。彼はロングノズルのライターをスポーツバッグから取り出す。

「警察だ！」

渡辺が点火しようとする前に、荻野が彼の両脚にタックルをした。彼の背中を地面に叩きつける。中澤が後から追いつき、渡辺の手からライターをすばやくもぎ取る。

渡辺の腕力はさほど強くはない。荻野が抵抗力を奪うために腕をねじりあげ、中澤が手錠を取り出す。

渡辺が苦痛に顔を歪めながら大声で吠えた。

「待田、出てきやがれ！　てめえもゲイだろうが。誰が気色悪《わり》いだと、誰が気持ち悪いだと。だったら、てめえが真っ先に死にやがれ」

「コラ、黙れ！」

中澤が口を塞《ふさ》ごうとした。渡辺は涙を流して叫び続ける。

「待田、出てこい！　最低の隠れホモが」

荻野たちの読みが今度は当たった。待田の言葉に傷ついた者が他にもいたのだ。

静かな住宅街に渡辺の声が響き渡った。家々に明かりがつき、住人たちが窓を開ける。

荻野の心にも突き刺さる。

渡辺の両腕を後ろに回し、手錠で身動きが取れないようにした。しかし、彼の叫びを止めるのは容易ではない。口を塞ごうとし、渡辺に嚙みつかれそうになる。

「中澤、聞いてほしい話がある」

「ああ？　そいつは今じゃなきゃダメなのか。コラ、このスッポン野郎。嚙むんじゃねえ。放火未遂の現行犯逮捕だ」

荻野は渡辺の喉仏を小突いた。彼は激しく咳《せ》き込む。パトランプをつけた覆面パトカーがやって来る。

「聞いてくれ」

「なんなんだよ」

荻野は決意を固めていた。もう〝押し入れ〟から出るころだと。

「おれもなんだ」

荻野は相棒に微笑んでみせた。

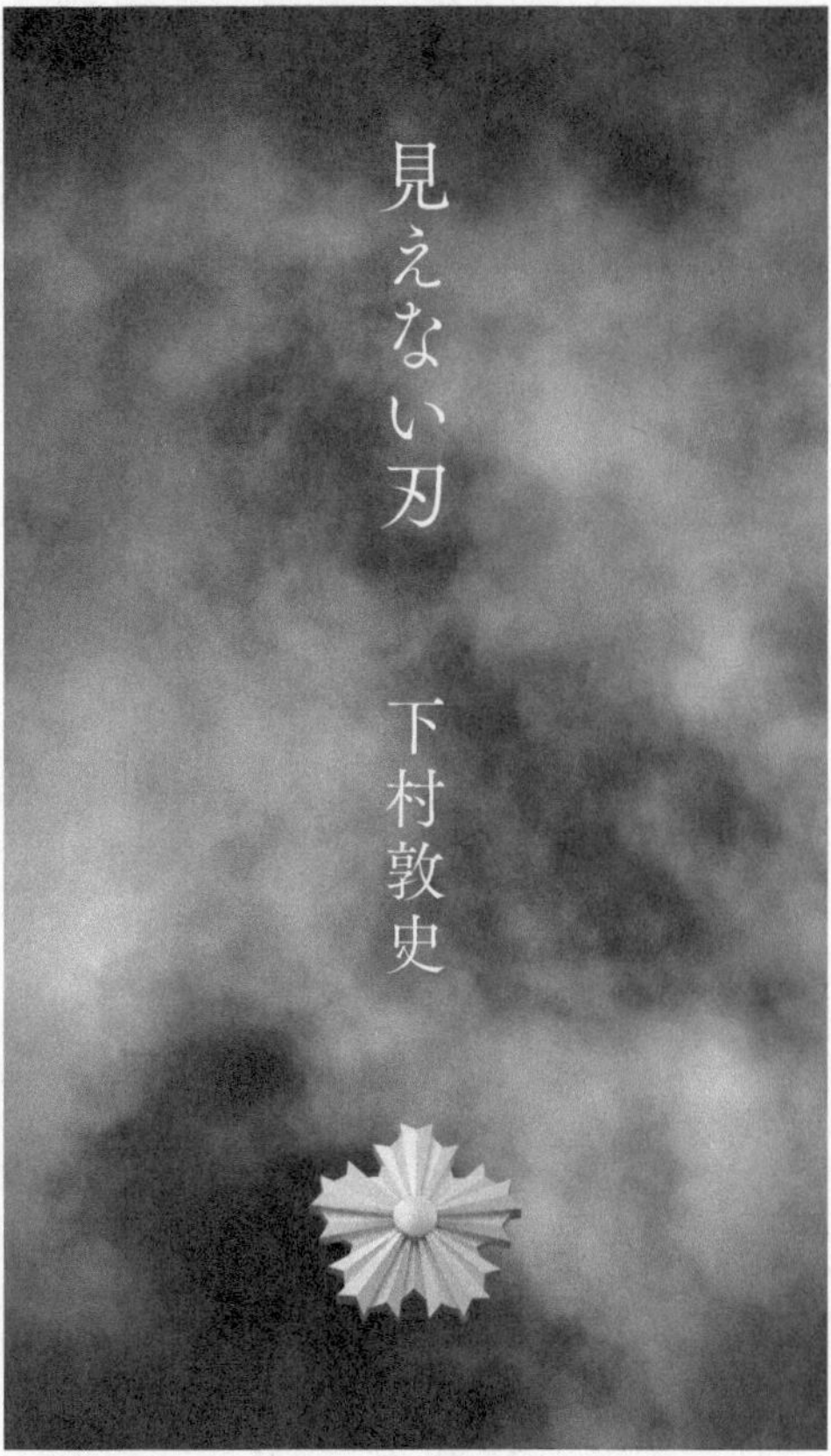
見えない刃
下村敦史

下村敦史（しもむら　あつし）

1981年京都府生まれ。2014年『闇に香る嘘』で江戸川乱歩賞を受賞し、デビュー。数々のミステリランキングで高評価を受ける。15年「死は朝、羽ばたく」が日本推理作家協会賞（短編部門）の、16年『生還者』が日本推理作家協会賞（長編および連作短編集部門）の候補になる。著書に『真実の檻』『サハラの薔薇』『黙過』『悲願花』『刑事の慟哭』『絶声』『同姓同名』『白医』『ヴィクトリアン・ホテル』『逆転正義』などがある。

プロローグ

スマートフォンの画面の中で、丈の短いエプロンをした美女――顔は映っていないが、雰囲気で美人だと感じる――が料理を作っていた。キッチンで小気味よい音をさせながら包丁を使っている。

スリットの入ったタイトミニスカートから色白の太ももが覗《のぞ》いていた。豊満な胸で盛り上がるタンクトップは胸元が大きくU字形に開いており、谷間が強調されている。

男が観ているのはＹｏｕＴｕｂｅだった。チャンネル名は『料理大好きみゆみＣｈ』。チャンネル登録者は、セクシーな格好のサムネイルがまとめサイトで取り上げられてバズり、今では十八万人だ。ほんの二ヵ月前は八千五百人程度だったのに――。

そのころから観ている〝みゆみ〟の大ファンのリスナーとしては、遠くへ行ってしまったようで少し寂しい。

だが、動画が投稿されるたび、すぐさま視聴してコメントを書き込んでいる。

『セクシーで、スタイルも良くて、料理も上手《うま》いなんて、みゆみちゃんの将来の旦那《だんな》さ彼女はコメンターへの反応も丁寧で、動画投稿から二、三日以内の感想には返事をくれる。だからその口のうちに必ずコメントをしていた。

『ありがとうございます！　いいお嫁さんになりたいです！』

　返事の末尾には可愛らしいハートマークが付けられている。

　別の動画では、視聴者のコメントに答える企画をしていた。

『今度は裸エプロンでお願いします』とコメントが字幕で表示され、〝みゆみ〟が「チャンネルBAN《バン》される、BAN」と笑いながら答えている。

　下ネタも嫌がらず、明るく反応してくれるところが人気の理由の一つだった。

　いい時代になったなあ、と思う。女の子がこんな姿を進んで見せてくれるのだから——

——。

　男は時代に感謝しながら動画を観続けた。

1

　刑事部屋に入ったとたん、明澄祥子《あずみしょうこ》は刑事課長に呼ばれた。奥のデスクに向かう。

　職業柄、暴力に立ち向かう必要があるし、体力が大事なこともあり、警察はいまだ男社会だ。特に刑事となると、女性はますます少なくなる。

刑事部屋に所狭しと並ぶデスクには、男性の捜査官ばかりが向かっている。

用件は一体何だろう。

刑事課長である大之木《おおのき》の前に立つ。

「何でしょう」

大之木は「うん」と小さくうなずき、間をとった。

配属されたばかりで改まられると、緊張する。

「これからの話だ。君には性犯罪を専門に担当してほしくてね」

「性犯罪──ですか」

「性犯罪の被害者は必ずしも女性とはかぎらないが、現実として、被害に遭うのは圧倒的に女性が多い。被害者からデリケートな話を聞く必要もある。そんなとき、同性の刑事が担当だと、少しは安心できるだろう」

「専門に──というのは？」

「性犯罪の非親告罪化に伴って、これからは性犯罪を扱う件数もますます増えるだろう。経験豊富な捜査官がよりいっそう必要になってくる」

明澄はうなずいた。

二〇一七年の法改正で強姦《ごうかん》罪が強制性交等罪に変更され、被害者も女性に限定されなくなった。非親告罪化されたことにより、被害者の告訴がなくても起訴できる。

「もちろん、殺人などの重大事件では班の者を総動員せねばならないこともある。そういうケースを除けば、性犯罪専門で捜査に当たってほしい。性犯罪の被害者に接するにはいろいろ難しいだろうし、経験も必要だ。言葉遣いを誤っただけで被害者を傷つけてしまう。S署でも安心して捜査を任せられる捜査官の育成が急務だと考えている」

「はい」

「そこで君には東堂《とうどう》と組んでほしい」

「東堂さん――ですか？」

「東堂は性犯罪を数多く担当しているし、安心して任せられる。今後は二人で捜査に当たってくれ」

「承知しました。その東堂さんは？」

「取り調べ中だ。挨拶《あいさつ》はすませてくれ」

明澄はうなずくと、刑事部屋を出て、取調室へ向かった。捜査官が行き交っている。

廊下を歩いていると、細面の中年捜査官が女性警察官に軽い調子で「今日も可愛いね」と話しかけていた。

女性警察官は「えー、今日はメイク薄くて――」と媚《こ》びたように笑っている。

「全然、可愛いし、留美《るみ》ちゃんはS署のアイドルだよ」

「ありがとうございます。お世辞でも嬉《うれ》しいです」

「いや、本気、本気」

中年捜査官は満足げな笑みを浮かべて彼女の肩を二度叩《たた》き、「またね」と歩き去った。

公然と行われる言動にため息が漏れる。明澄は眉《まゆ》を寄せながら女性警察官に歩み寄った。

「ああいうのって、ちゃんと拒否しなきゃ」

「え？」

女性警察官が困惑顔を見せる。

「あれは不適切な言動だし、ああいうセクハラを受け入れたら、相手はそういう言動が許されるって勘違いするでしょ」

「ですけど——別に私はあれくらい平気ですよ？」

「ああいう古臭い男社会の価値観を受け入れちゃったら、それが当たり前になって、別の女性たちが被害に遭ったりするの。セクハラが許される社会を助長するの」

「は、はあ……」

女性警察官はしっくりきていないように返事した。

「覚えておいてね」

明澄は彼女のもとを去った。改めて取調室へ向かう。

取調室の隣の控室に入り、一面のマジックミラーごしに中の様子を窺《うかが》った。

三十代後半くらいの捜査官が被疑者の対面のパイプ椅子に座っていた。東堂だろう。短髪で、眉間《みけん》に縦皺《たてじわ》が刻まれており、唇は真一文字だ。一見して気難しそうな雰囲気を醸し出している。

「――お前は被害者の信頼を裏切ったんだぞ」

東堂が厳しい語調で言い放った。

被疑者は四十前後の中年男で、頬が分厚く、無精髭《ひげ》が生えている。頭髪は薄くなっていた。

「SNSで獲物を物色したのか？」

中年男は苦渋にまみれた顔でうなずいた。

「愚痴ってる女はちょっと共感を示すだけで簡単に信じてくれるから、それで――」

「お前は身勝手な欲望を被害者にぶつけたんだぞ」

東堂は反省の色がない中年男を苛烈《かれつ》に責め立てると、徐々に供述を引き出した。

取り調べを終えた東堂が取調室を出ると、明澄も控室を出た。入り口の前で彼と向き合う。

「東堂さん――ですか？」

「ああ」東堂がうなずいた。「君は？」

「明澄です。東堂さんと組むよう、命令を受けました」

「そうか。課長から聞いてるよ。よろしく」

「よろしくお願いします」

「俺たちの担当については聞いてるかな？」

「はい。性犯罪を専門に捜査していく、と」

「ああ。女性は助かるよ。どうもデリカシーに欠ける捜査官が多くてね。女性の担当を希望する被害者がいても応じられない状況は、好ましくないと思ってた」

「東堂さんは性犯罪を多く扱ってきたと聞きました」

「五百件以上は担当した。犯人には未成年の少年もいれば七十代の老人もいた。高校生もいたし、医者もいたし、政治家もいた」

明澄は取調室を一瞥《いちべつ》した。

「さっきの被疑者は――？」

「大学の准教授だ。ＳＮＳで肩書きを出しているから、女性も信じてしまったんだろう。立派な人格者を装っていても、その実、欲望を制御できない性犯罪者だった――ってことだ」

「最低ですね」

「自白調書は取ったから、起訴は間違いないだろう。卑劣な犯罪者には厳罰を望む」

「はい」

「……じゃあ、出るか」

「どちらへ？」

「病院だよ」

「病院――ですか？」

「来れば分かる」

明澄は東堂に付き従ってS署を出ると、駐車場で覆面パトカーの運転席に座った。東堂が助手席に座る。

彼から病院の名前と住所を聞き、ナビに入力した。覆面パトカーを発車させる。

東堂は前方を睨《にら》んだままだった。

身内か知人が病気なのだろうか。しかし、プライベートなら職務中に同僚を連れて行かないだろう。

つまり、これから会うのは性犯罪の被害者――。

明澄は気を引き締めると、病院まで十五分、運転した。駐車場で降りて東堂について行く。

病院の中は、なんとなく不安を掻《か》き立てる独特のアルコール臭が仄《ほの》かに漂っていた。車椅子の老人や、見舞客らしき家族、松葉杖《づえ》の女性、患者に対応している看護師などが目についた。

東堂は受付で身分を名乗り、挨拶をした。それからエレベーターで四階へ向かう。

東堂は北東の廊下にある病室のドアをノックし、間を置いてから開けた。返事を待たなかった理由は、一目で分かった。ベッドには人工呼吸器を装着された女性が一人。静寂が満ちた病室でわずかな呼吸音が耳に入る。

「彼女は――」

明澄は東堂を横目で窺った。

彼はベッドの女性を見据えたまま、小さくうなずいた。唇は固そうに結ばれている。

「被害者――ですか？」

改めて尋ねると、東堂が重い口を開いた。

「佐々木美緒《ささきみお》さん。二十二歳。大学の友達と飲みに行った帰り、午後十一時半ごろに一人で住宅街を歩いていて、覆面の男に公園の暗がりに引きずり込まれ……襲われた」

明澄は痛む胸を押さえた。

「それでこんな状態に――？」

東堂は顰《しか》めっ面のまま答えた。

「直接的にではないよ」

「と言いますと？」

「被害によってこうなったわけじゃない。経緯はこうだ。彼女は事件の二週間後、母親に連れられた形で警察署にやって来て、被害を訴えた。被害者相談室で俺が話を聞いた」

「すみません、被害者相談室というのは？」

「性犯罪はきわめてデリケートだから、被疑者を取り調べる場所で話を聞かれることにストレスを感じる被害者も少なくないし、威圧感がない部屋が用意してあるんだよ。去年、課長に直訴して、叶《かな》った」

転勤前の所轄署には存在しなかった。性犯罪にかぎらず、他の事件の被害者も取調室で話を聞くことになっていた。S署はちゃんと被害者のことを考えているのだろう。

性犯罪を男女の痴話喧嘩《げんか》程度にしか考えていない捜査官も決して少なくなかったから、その事実を頼もしく思った。

「性犯罪被害者によくあるように、彼女も事件を訴え出ることに躊躇《ちゅうちょ》があったが、様子がおかしいと思った母親に問いただされて、被害を告白したらしい。それで、母親に説得されて警察署にやって来たんだ」

「そうだったんですね。私も実際そんな被害に遭ったら、訴え出るのにかなり勇気が必要かもしれません」

「性犯罪は密室で起こるケースも多いし、基本的には被害者と加害者の二人きりで発生するから、被害者が訴え出てくれないと警察は事件の存在を認知できない。勇気を振り絞ってくれたことはよかったと思う」

「その後、彼女に一体何が——」

東堂は下唇を噛《か》み締めた。

「……被害を訴えてから一週間後、睡眠薬を大量に服用した。すぐに犯人を逮捕できていれば防げたかもしれない」

東堂が拳《こぶし》を握り締めた。そこには抑えがたい怒りがあふれ出ていた。

「犯人を逮捕したからといって被害者の苦しみが減じるわけではないが、やはり、犯人が野放しになっているのといないのとでは、気持ちは違うと思う」

「それはもちろん」

「担当の捜査官としては悔やんでも悔やみきれない。無力感を覚えているよ」

東堂の顔には心底の後悔が表れていた。

「……犯人が許せません」明澄は胸の奥に渦巻く怒りを持て余しながら言った。「目星はまったく？」

「ああ。事件から二週間が経っていたから、彼女から物証の採取は不可能だったし、どうしても現場付近の聞き込みが中心になる」

物証の採取――。

体液や指紋や毛髪だ。事件直後であれば、医療機関で諸々の採取が可能だし、大きな手掛かりになる。しかし、被害から日が経てば、証拠は全て入浴などで洗い流されてしまう。

とはいえ、被害に遭って動揺が激しく、混乱もしている被害者がすぐ警察に駆け込むことは心理的に難しく、悩ましい。

「通り魔的な犯行だったんですか？」

「現状、その可能性が高い。覆面をしていたとはいえ、顔見知りだったら気づいたと思う。彼女自身、知らない男だった、と答えてる」

「土地鑑がある人間かもしれませんね」

「どうしてそう思う？」

「駅や街中で目をつけた女性を付け回して、人気《ひとけ》のない場所で襲う――というケースで衝動的な犯行の場合、被害女性に叫ばれて逃げていく犯人も珍しくありません。今回、犯人は目的を完遂しているので、現場となった公園が犯行に適していると知っていた可能性が高いです」

「しかし、そうだとしたら、被害者はたまたまその道を通りかかったから狙われたんだろうか」

至極もっともな疑問だった。

「東堂さんはどう思います？」

「現時点で予断を抱くことは避けたい。とはいえ、覆面を用意していたんだから、計画的な犯行だった可能性はきわめて高い。被害者に最初から目をつけていて、チャンスを狙っていたのか、それとも違うのか――」

「被害者の証言は？」

「公園の前で突然羽交い締めにされて、『叫んだら殺すぞ』と脅されて恐怖で声が出ず、公園に引きずり込まれた。そして――草むらの奥で組み伏せられた。後はひたすら悪夢が終わるのを祈るしかなく、犯人は『警察に通報したら一生かけても復讐する』と言い残して逃げ去った」

「ひどい……」明澄は被害者の恐怖を想像し、込み上げる怒りを拳に握り締めた。「許せないです」

「ああ。必ず逮捕して、法の裁きを受けさせる」

2

犯行現場となった公園に遊具などはなく、砂地が広がっていて、奥に草むらと雑木林と公衆トイレがある。

実際に現場に足を運んでみると、死角が多いうえに人気もないため、悪意を持った人間がいた場合、住民にとって決して安全な場所とは言い難い印象を受けた。

明澄は東堂と現場付近の聞き込みを行った。事件の性質上、好奇心旺盛《おうせい》な住民の質問の矛先を躱《かわ》すのには苦労した。

聞き込みの成果は――皆無だった。

夜の闇が住宅街にのしかかる時間帯になると、捜査を終え、東堂とS署に戻った。

署に着いたとき、制服警察官が歩み寄ってきた。敬礼をしてから東堂に話しかける。

「お耳に入れたいことがありまして――」

東堂が「何だ?」と顔を向ける。

「担当されている事件と関係があるかもしれません」

東堂の眉がピクッと軽く動く。

「二丁目の住宅街で女性が付け回される被害が何件か出ていまして。中には追いかけ回されて怖い思いをした女性も――。相談を受け、巡回を増やしていたところ、それらしき男を発見し、職質をかけました」

「それで？」

「犯罪行為があったわけではないので、署に引っ張ることはできず、免許証で身分を確認し、帰しました。他に方法はなく──申しわけありません」

「謝らなくていい。そういう事情なら、それ以上は何もできないだろうな」

「東堂さん」明澄は犯人の尻尾《しっぽ》を摑《つか》んだかもしれないという興奮を胸に秘め、彼に言った。「これ、犯人《ホシ》かもしれませんよ。性犯罪は常習性がありますから」

性犯罪者を逮捕した場合、必ず余罪を追及するように指導された。初犯であるケースは少ない。

東堂は静かにうなずいた。

「話を聞いたほうがいいな」

明澄は「すぐ行きましょう」と返事し、件《くだん》の男の氏名と住所を聞いてから覆面パトカーに向かった。運転席に乗り込むと、東堂が助手席に座った。

覆面パトカーを発車させ、問題の住所へ向かった。街灯の仄明かりが白い目玉のように闇夜に浮かび上がる住宅街を走る。目的地には五分で着いた。

明澄は二階建てのアパートの前に停車した。覆面パトカーを降りると、東堂と共に一〇三号室に向かった。『岩渕』と書かれたくすんだ木製の表札がある。

「ここですね」

「ああ」東堂がドアを睨みつけた。「職質されたことで引き払ってなければいいが――」

「メーターは動いてますよ」

東堂はうなずき、進み出た。チャイムを鳴らし、一歩後退する。反応があるまで待った。

三十秒ほどでドアが開き、中年男性が顔を出した。中肉中背で、ぼさぼさの髪だ。一重まぶたの目は神経質そうに細められている。唇はタラコのように分厚い。

「どなた？」

警戒心が滲《にじ》み出た低い声だ。

東堂が警察手帳を取り出し、開いて見せた。

「S署の東堂です」

明澄も隣で「明澄です」と自己紹介した。

「岩渕《いわぶち》さんですか？」

東堂が訊《き》くと、中年男性がうなずいた。

「少しお話を聞かせていただけますか」

岩渕が目を眇《すが》めた。

「ああ――、やっと、か」

「やっと――？」

逃れられないと観念しての自白なのだろうか。やっと逮捕してくれる、自分を止めてくれる——という。

「抗議活動した甲斐《かい》があったよ」

話が嚙み合わない。彼は何を言っているのだろう。したのは女性を狙うストーキング行為ではないか。

「詳しく説明していただけますか」東堂が落ち着いた口調で言った。「あなたは昨日の深夜、帰宅途中の女性を付け回し、怯《おび》えさせた疑いがあるとして職務質問を受けていますよね」

「警察が役立たずだからだよ」

東堂が眉を顰《ひそ》めた。

「前からこの辺で不審者情報が出回ってんのに、この前は三丁目で女性が襲われたろ」

佐々木美緒の事件だ。

「見回りを怠った警察の落ち度だよ。二ヵ月前に町内会長が巡回の要望を出してたのに、実際は何の行動もせずに放置してたろ」

「放置はしていません。最寄りの交番では巡回の頻度を増やしていたと聞いています」

「不充分だから事件が起きたんだろ。実際、俺が犯罪者なら女性を襲うチャンスが山ほどあった」

まさか、岩渕は——。

明澄は愕然《がくぜん》としながら口を挟んだ。

「あなたは巡回が不充分なことを証明するために、女性たちを付け回したんですか？」

岩渕は悪びれもせず、「ああ」と答えた。

「夜道で付け回された女性たちは、みんな物凄《ものすご》く怖い思いをしたんですよ。トラウマになって、外を出歩けなくなった女性もいるかもしれません」

「警察の巡回が不充分だから、こうして一般市民が啓蒙してんだろ。社会を良くするために声を上げて何が悪い？　世の中を変えるには多少の過激な抗議も必要だ」

つまり、岩渕は佐々木美緒をレイプした犯人ではなく、正義感をこじらせた人間だった――。

「それは正しくありません」東堂がぴしゃりと言った。「目的は手段を正当化しないんです。女性が安心できる環境の大切さを訴えるために、罪もない女性たちを怯えさせる――。そんなことが正しい手段なわけないでしょう」

目的さえ立派であれば、それを達成するために誰を傷つけようが、不快にさせようがお構いなしで、批判されても開き直る人間は少なくない。

自分の言動を客観視できず、抱いた感情を自身で制御できないのだろう。問題提起さえできれば、どんな形でも正しいと心底信じきっている。

明澄《あき》は呆れてかぶりを振った。

東堂が言い放った。

「あなたのやり方で世間の共感は得られないでしょう。あなたの個人的な主張のために誰かを傷つけていいわけではないんです」

岩渕が憤激の形相をした。左手で顎先《あごさき》を撫《な》でながら、太めの五指を蠢《うごめ》かせている。

彼は少し迷いを見せてから言った。

「……一年前に一人娘が被害に遭ったんだ。そのときから警察は何の対応もしてくれない。だから、俺はこうして巡回が不充分なことを訴えて、危機感を広めてるんだ！」

東堂が気圧《けお》されたように顎を引いた。

一人娘が性犯罪被害に――。

明澄は言葉をなくした。

そういう事情があったなら、岩渕が被害者として社会に問題提起するため、多少の荒っぽい手段に訴えることも仕方がないのかもしれない。

だが――。

本当にそれでいいのか。

東堂は、ふう、と息を吐き、口を開いた。

「娘さんの被害は痛ましいことですし、同情もします。しかし、それでもやはりあなたのやり方は間違っています」

東堂はきっぱりと言い切った。

佐々木美緒を襲った犯人だと半ば確信し、やって来た。無駄足だった――ということか。

明澄は徒労感と共にS署へ戻った。

3

被害者の母親がS署に来ている、と東堂から告げられたのは、翌日の昼間だった。

明澄は彼に尋ねた。

「用件は何なんでしょう」

「犯人の手がかりがあるそうだ」

受付で応対した警察官がそう言われたという。今は被害者相談室で女性警察官が話を聞いている。

明澄は東堂と被害者相談室に向かった。ノックすると、中から返事があった。

ドアを開けると、六畳ほどの部屋だった。真ん中にスチールの長テーブルが置かれていた。両側の簡易チェアに女性警察官と中年女性が向き合って座っている。

女性警察官が立ち上がり、「佐々木さんです」と紹介した。東堂は『分かってる』というようにうなずいた。

被害者の美緒は母親に連れられて警察に来たそうだから、東堂は当然顔見知りだ。

「担当の明澄です」

自分は初対面だったので、明澄は自己紹介をした。母親が腰を上げ、ぺこりと頭を下げる。

女性警察官は東堂に向き直り、「それでは後はお任せします」と一礼してから被害者相談室を出て行った。

東堂が手のひらで椅子を指し示す。

「どうぞ、お座りください」

「はい……」

母親は緊張を帯びた顔つきでうなずき、椅子に腰を下ろした。唇から吐息が漏れる。

「その後の捜査は――いかがでしょう」

東堂は母親の縋《すが》るような眼差《まなざ》しを真正面から受け、厳粛な表情で鼻から息を抜いた。

「……いまだ被疑者を絞れていません。現場付近でも目撃証言などはなく、難航しています」

「そう――ですか」

「力不足で申しわけありません。しかし、必ず犯人は逮捕します」

「よろしくお願いします」母親は丁寧に頭を下げた。「ところで――警察は娘がたまたま狙われたとお考えなのでしょうか？」

「娘さんは、顔見知りではなかった、とおっしゃいました。覆面をしていたとしても、知人なら気づいただろうと思います」

「もちろん、そうだと思います。あたしも娘の知り合いが犯人だとは思っていません。

ただ、少し気になるものがありまして――」

「と言いますと？」

母親がショルダーバッグから取り出したのは、ピンク色の花柄スマホケースに入ったスマートフォンだった。

「実は――」

「事件に関係ありそうな何かがありましたか？」

母親はなぜか羞恥《しゅうち》を嚙み締めるように躊躇を見せた。

東堂は軽く首を傾げた。疑問を示したのではなく、やんわりと続きを促すための仕草に見えた。

母親は一呼吸置いてから続けた。

「身内の恥を晒《さら》すようで迷ったんですけど……」

母親はテーブルの中央に差し出されたスマートフォンを操作した。ＹｏｕＴｕｂｅのチャンネルが映し出されている。

東堂がスマートフォンを引き寄せ、テーブルに置いたまま画面を眺めた。

明澄は横から覗き込んだ。

画面には露出度の高い格好の女性が映っていた。ビキニの水着の上から、上半身がハート形のミニエプロンをつけているらしく、まるで裸のように見える。胸の谷間はあらわで、色白の太ももも剝《む》き出しだ。顔は映っていない。

チャンネル名は『料理大好きみゆみCh』――。登録者は二十一万五千人。再生されている動画のタイトルは『えちえちすぎる格好でオムライス作ってみた』だった。二十五万回再生されている。

「これはまさか――」

明澄は恐る恐る母親に顔を向けた。

母親は恥じ入るように唇を噛んでいた。

「娘――です」

明澄は気取られないように唾《つば》を飲み込んだ。

「間違いなく娘さんなんですか?」

「はい。知人から娘さんじゃないかって言われて、見せられて、知ったんです。声は少し作っているようですけど、母親にはすぐ分かります」

母親の眉間の皺が深まった。

「一人暮らしをして、全世界に向けてこんなみっともないことをしていたなんて――。ショックで、すぐに娘のもとへ駆けつけて問い詰めました。二ヵ月前のことです」

「そんなことが……」

「あたしが咎《とが》めても、結局変わらなかったみたいで、昨日ふとチャンネルの存在を思い出して確認したら、襲われる三日前までこんな恥ずかしい動画を投稿していまして――」

「なるほど」東堂が慎重な口ぶりで言った。「これが事件と関係あるとお考えなんですか」

母親は嫌悪の表情でスマートフォンを指差した。

「書き込まれているコメントをご覧になってください」

ＹｏｕＴｕｂｅに投稿されている動画には、基本的に自由にコメントが書き込める。

東堂は画面に人差し指を添え、上にスライドさせた。二千四百件ものコメント――日本語だけではなく、英語、スペイン語、中国語、韓国語、フランス語などが並んでいる――が評価順に表示されていく。

『みゆみさん、最高にえっちです』

『料理よりみゆみさんを食べたい』

『みゆみさんをお嫁さんにできる旦那さんがマジ羨ましい』

『火傷《やけど》に気をつけてね。綺麗《きれい》な肌に傷がついたら困るから』

『全世界の男の夢を叶えてくれたみゆみちゃんに感謝！』

視聴者たちのコメントは顔文字やイラスト、ハートマークでデコレーションされている。そのせいで明るく健全な雰囲気が醸し出されているものの、男の欲望が透けて見えていた。

一見ごく普通の女子大生が裏でこのような動画を投稿している事実に眩暈《めまい》がした。

料理動画が終了すると、自動で次が再生された。〝みゆみ〟がコメント返しをしている。性的なコメントを拾い上げ、明るく怒った感じで返したり、いじったり、笑ったり

――。

母親の前で再生することに気が咎め、明澄は横から指を伸ばして停止した。

「娘は友達と遊びに行くときも、ミニスカートを穿《は》いて太ももを出して……。そんな性的な格好を平気で……」

東堂が母親に向き直る。

「貴重な情報どうもありがとうございました。あらゆる可能性を踏まえて捜査します」

佐々木美緒の母親が一礼して被害者相談室を去ると、明澄は東堂に向き直った。

東堂が訊く。

「どう思う？」

明澄は自分のスマートフォンを取り出し、YouTubeアプリを開いた。佐々木美緒のチャンネルを検索して表示する。セクシーなアングルのサムネイルが並んでいる。

「私は――追う価値があると思います」

「犯人は通り魔的に彼女を狙ったわけじゃなく、動画の女性に執着して狙った、と？」

「可能性は充分あると思います」

「なるほど。そうすると、ここで当然の疑問が出てくる」

「はい」

「動画の視聴者は基本的に赤の他人だ。顔も出さず、本名も推測できないチャンネル名で動画を投稿していた彼女の素性をどうやって知ったのか」

「自宅を特定されたユーチューバーの話はしばしば聞きます。動画内の背景の映り込みとか、ほんの少しの——まさかそんな、って思うような手がかりからバレるんです」

「アイドルの自撮りの瞳《ひとみ》の映り込みから自宅が特定された、なんてニュースもネットで見たな。科捜研、顔負けだ。最近のカメラは性能がいいから、反射一つで色んな情報が得られる」

「そうなんです。私はコメントを精査して、彼女に執着していた人間がいなかったか、調べるべきだと思います」

「……現時点でそっちだけに絞るのは、性急じゃないか？」

「もちろんそうですが、可能性は排除できません。こんな動画を投稿していたら、彼女はそういう女性なんだ、と勘違いして暴走する視聴者がいないともかぎりません」

東堂は何かを考え込むように渋面になった。

「何か——？」

「いや……」東堂は首を横に振った。「それよりも、このコメントだけじゃ、開示請求なんて通らないぞ。犯行予告でもない」

明澄はぐっと拳に力を込めた。

「それでも調べる価値はあると思います」

事件は四日後に思わぬ展開を迎えた。

だが——。

4

刑事部屋に入ると、東堂が待ち構えていた。普段より険しい顔つきをしている。

「何か良くない事態ですか？」

明澄は若干の不安を抱きながら尋ねた。

東堂は「いや」とかぶりを振った。「むしろ、朗報——かな。犯人《ホシ》が逮捕された」

「え？」

思いがけない言葉を聞き、一瞬、意味の理解が遅れた。

「ホシって——佐々木美緒さんを襲った男ですか？」

「ああ。夜道で女性を襲って、たまたま巡回していた警察官が駆けつけて、現逮。所持していたスマホに数人の女性を撮影した動画が残っていたから、余罪を追及されて、自白した。その被害者の中に佐々木美緒さんもいた」

「ホシはチャンネルの視聴者ですか？」

「いや。俺たちが一回会っている男だ」

「誰ですか」

「……岩渕だ」

「あ、あの……？」

「ああ」

「何かの間違いじゃ……。あんなに性犯罪に憤ってたのに……」

「あえて自分を悪人に見せる犯罪者はいない。詐欺師は標的を騙《だま》すために善人を装うし、性犯罪者は女性を信じさせるためにいくらでも無害な人格者を装う」

「それはそうですけど……」

「この前、取り調べた性犯罪者は大学の准教授だ。ご立派な肩書きを持ちながら欲望に負けた——というより、計画的だったよ。被害者たちによると、その言動はセクハラじゃないか、って兆候は以前からあったそうだけど、日ごろから大学でもSNS《ツイッター》でも立派なことを言ってる人物だから、尊敬もあったし、まさかあの先生が——と思って被害感情を封じてしまったらしい」

「ひどい話ですね」

「表での立派な言動は人格や人間性を保証しない。教師の性犯罪は枚挙にいとまがないし、女性差別反対を訴えていた市長が秘書の女性たちにセクハラを繰り返していたり、人権派と名高い著名人が弟子の女性たちにパワハラ・セクハラをしていたり、聖職者が児童に性的な加害を行っていたり——」

「はい」

「こういうケースは特に質《タチ》が悪いと思ってる。相手がろくでなしなら被害も訴えやすいが、表向き立派な人間が加害者の場合、被害者も『自分の〝過剰反応〟で、立派な人の立派な活動に水を差すまねは慎まなきゃ』なんて考えてしまって、被害が表に出にくい」

「たしかにそうかもしれませんね。そういう人間性を見抜くのは難しいですね」

「そうでもない。SNSなんかで、価値観や考え方が異なる相手への言葉遣いを観察するといい。相手を嘲笑《ちょうしょう》したり、見下したり、小馬鹿にしたり、人間性を否定したり――。そんな言動をしている人間は、たとえば、特定の問題に対して立派な理想を主張していたとしても、モラハラ・パワハラ気質があるものだよ」

「そんなものですか」

「本来対等であるSNSで、赤の他人相手にそこまで攻撃的で高圧的な言動をするんだ。立場が弱い配偶者や子供や部下や弟子や生徒が自分と異なる価値観や意見を口にしたら、どうなるか容易に想像がつくだろう？」

「なるほど、そうですね」

「犯罪者や差別主義者でも、耳に心地いい言葉を吐く。だから表で立派なことを言っているかどうかじゃなく、日ごろの、価値観や意見が異なる相手への言葉遣いで人間性を見ることが大事になってくる――と俺は思っているよ。本質は必ず言動に滲み出る」

「意識しておきます」

東堂がふうと息を吐いた。

「よし。これから岩渕を取り調べるぞ」

昨日の家宅捜索——捜索令状は早ければその日のうちに出る——で押収された証拠品の目録と、岩渕の供述調書を確認してから取調室へ向かった。

歩きながら東堂の背中に話しかける。

「私たちで逮捕してやりたかったですね」

悔しさが込み上げてくる。

東堂は前方を見据えたまま答えた。

「誰がどんな形で逮捕してもいい。被害を食い止めることが一番重要だ」

明澄は思わず漏れた自分の言葉を反省した。

「そうですね、すみません」

犯人を許せないという感情が強くて、この手で捕まえてやりたいと思いすぎていた。

彼の言うとおり、被害の拡大を防ぐことが最重要だ。

二人で取調室に行き、中に入った。

中央にはスチール製の机を挟んでパイプ椅子が向かい合わせになっていた。片隅では、記録を担当する警察官がパソコンを前にしている。

数分待っていると、腰縄と手錠をかけられた岩渕が制服警察官に連れられて来た。先日の威勢は微塵《みじん》もない。別人のように打ちひしがれた顔つきで、両肩は力なく落ちている。

岩渕は奥のパイプ椅子に腰を下ろした。制服警察官が腰縄をパイプ椅子に結びつけた後、手錠を外した。

制服警察官が一礼して取調室を出ていく。

東堂は取り調べ担当として、向かいのパイプ椅子に腰掛けた。机の上で指を絡め、岩渕を見据える。

「本当は、娘――いないいんだってな」

東堂は単刀直入に本題に踏み入った。

岩渕は唇を噛み締めたまま机を睨んでいる。

供述調書によると、岩渕は結婚しているものの、子供はいないという。娘が性犯罪被害に遭った、という話は嘘八百だったのだ。

「なぜそんな嘘を？」

東堂の問いに岩渕は黙り込んだままだ。

「いや、答えなくても分かるよ」東堂が岩渕をねめつけた。「身内が性犯罪被害に遭って性犯罪に憤る正義漢を装っておけば、誰も疑わないよな。職質受けた夜も、本当は女性を物色していたんだろ？　でも、運悪く巡回の警察官に見つかった。だから自分が疑われないよう考えを巡らせた。違うか？」

岩渕はうなだれたまま、小さくうなずいた。

「面倒臭い人間を装えば、警察は任意で引っ張ることすらためらうもんな。不当逮捕だなんだと騒ぎ立てられたくない。だが、結局は自分の欲望を抑えられなくて、捕まった。なぜ佐々木美緒さんを襲った？」

岩渕は視線をさ迷わせた。

「彼女を知ってたのか？」

「いや……」岩渕が首を横に振る。「たまたま駅で見かけて、跡をつけて……」

明澄は口出しした。

「作り物じゃ満足できなかった？」

岩渕は「は？」と顔を顰めた。質問の意味を理解しかねたように眉が寄る。

家宅捜索では、岩渕の部屋の押し入れからその手のＡＶが二十八本発見されたという。

「ＡＶ観てるうちにそれじゃ我慢できなくなって、現実の女性を襲ったんでしょう？」

岩渕は少し考えるような顔つきをしてから、答えた。

「そうだよ。ＡＶ観て、影響されたんだ。ＡＶがなきゃ、こんなこと、してないんだ。ムラムラして、それでつい……」

自分で追及しておきながら、すんなり認められてなぜかもやっとした。

その理由を考える前に東堂が口を開いた。

「家宅捜索した捜査官がお前の奥さんから聞いたそうだ。ＡＶは禁止されてたんだろ」

岩渕の目がまた泳ぐ。

「話が違うよな、え？」

岩渕は苦渋の形相で歯を食いしばって間を置き、言葉を吐き出した。

「妻とは結婚してから三ヵ月でレスになって、相手にされないから、AV観てたけど、不潔だのキモいだの言われてそれも禁止されて……。溜《た》まったもん解消する手段が何もなかったらどうしたらいい？　少ない小遣いじゃ、風俗も行けない」

「で、欲求不満だったと？」

「AVが唯一の発散手段だったんだ。何日も禁欲を強いられて、欲求が抑えられなかったんだ」岩渕が縋るような眼差しで東堂を見た。「溜まりに溜まって我慢できなくなる気持ち、あんたも同じ男なら分かるだろ？」

東堂はじろりと睨み返しただけだった。

岩渕はばつが悪そうに視線を落としながら、つぶやくように言った。

「だけど……あの女も悪いだろ」

「なぜ？」

岩渕ががばっと顔を上げた。

「胸を強調した服を着て、ミニスカートから太ももも見せて――。男を誘ってるみたいに、さ。あんなん、誰だってムラムラするだろ。我慢できなくなるだろ」

「責任転嫁するな！」東堂が鞭打《むちう》つような語調でぴしゃりと言った。「どんな理由で自己弁護しようと、罪のない女性に一方的な欲望をぶつける選択をした時点で、お前は卑劣な性犯罪者だ」

岩渕が目を剝き、再びうなだれた。

東堂の叱責《しっせき》を聞き、明澄ははっとした。先ほどのもやもやの正体に気づいた。

責任転嫁――。

そう、岩渕がしていたのは、自分の意思で選択した犯罪行為の罪を何とか減じさせたいがための言いわけだったのだ。そんなもの、鵜呑《うの》みにするわけにはいかない。鵜呑みにしてしまえば、岩渕の中で罪の意識が薄れるだろう。

被害者が自宅に上がった。ミニスカートを穿《は》いていた。飲みの誘いを断らなかった。ボディタッチをしてきた。AVや成人誌の影響で――。

全て、加害者の責任転嫁だ。誰かや何かに罪の一部をなすりつけることで、自分を少しでも正当化しようとしている。

――AV観てるうちにそれじゃ我慢できなくなって、現実の女性を襲ったんでしょう？

性犯罪者はいつだって誰かや何かに責任転嫁したがっているのに、糾弾する側が自らその材料を与えてはいけなかった。

しばしの沈黙の後、東堂が身を乗り出した。

「刑務所《ムシヨ》の中で罪を嚙み締めろ」

エピローグ

明澄は東堂と病院に来ていた。

美緒の意識が回復したと知らされたのは、岩渕の逮捕から一週間後だった。

受付で挨拶し、美緒の病室へ向かう。

ドアをノックすると、中から「はい……」と若い女性の声が返ってきた。ずっと意識不明だったから、初めて声を聞いた。

「S署の東堂です」

東堂が声をかけた。反応があるまでに数秒の間があった。

「……どうぞ」

東堂がドアを開け、病室に踏み入った。明澄は後に続いた。美緒がベッドで上半身を起こしていた。意識不明だったときとは違うパジャマを着ている。

「S署の明澄です」

明澄は自己紹介した。美緒は「はい……」とうなずいた。特に興味はなさそうだった。

「意識が戻って良かったです」東堂が労《いた》わりの籠《こも》った声で話しかけた。「体調はいかがですか」

美緒は視線を下げた。

「……死に損なった気分です」

彼女は自嘲するように笑った。その姿が痛々しく、明澄は言葉をなくした。

東堂は緊張を抜くように小さく息を吐いた。

「お母さんからお聞きになっていると思いますが、警察のほうからも改めてご報告します。犯人を逮捕しました」

「そう……ですか」

東堂は経緯について説明した。美緒の表情は沈んだままだ。彼女のショックを思えば、犯人が逮捕されても慰めにならないだろう。

しかし、それでも——。

明澄は会話の合間を見計らって口を挟んだ。

「佐々木さん。犯人には相応の罰を受けさせます。だから、もうこんなことは——もう命を絶とうとしてほしくない」

美緒はまぶたを伏せた。まつげが小刻みに震えている。

明澄は彼女が口を開くのをじっと待った。

「……私、実はＹｏｕＴｕｂｅに動画を投稿していたんです」

急な話題の転換に戸惑ったが、明澄は冷静を装った。

「ええ。お母さんから教えてもらいました」

美緒の顔に陰りが生まれた。

「……コメント欄にあなたを襲った犯人がいるんじゃないか、って考えて調べていたんです。でも、その途中で犯人が現行犯逮捕されて――」

美緒は「やっぱり……」と漏らした。その声は自嘲を含んでいるようでもあり、吐息で掻き消えそうなほど弱々しかった。

「どう――思いました？」

「私はそういう声に苦しんで、それで睡眠薬を――」

彼女は何を言おうとしているのだろう。欲望を剝き出しにした視聴者たちの目を意識し、苦しんだということだろうか。

美緒は伏し目がちになり、しばし唇を結んだ。

「私は動画投稿が楽しくて、ずっとしていたんです。楽しんでくれる視聴者さんとのコミュニケーションも大好きで、もっと大勢にチャンネルを知ってほしいな、って」

「……ええ」

話の着地点が見えないことに当惑しつつも、明澄は慎重に相槌《あいづち》を打った。

「でも、変なまとめサイトに変なタイトルでチャンネルを晒されたことをきっかけに、悪口のようなコメントと低評価が毎回付くようになって……」

「どんなコメントですか」

「キモイ、とか、お前みたいなふしだらな女がいるから女が下に見られるんだ、って。下ネタを受け入れて笑ったり、性的な格好をしているこんな動画が世の中のセクハラや性犯罪を助長してる、そういう露出的で体を強調した姿が性犯罪を招くんだ、消えろ、って」

美緒の瞳には涙が盛り上がっている。

「傷つきましたけど、ファンの人たちの褒め言葉とか、励ましが多かったから、無視できたんです。でも、被害に遭った後で以前の動画へのコメントを見返していたとき、批判のコメントが改めて目に入って、動揺しちゃったんです」

明澄は同意を示してうなずいてみせた。

「私が性犯罪を誘発したせいで、私は襲われたのかな、って……。私が被害に遭う前のコメントですけど、批判を書き込んだ人たちに、自業自得だろ、お前がこんな格好の動画を投稿してるからだ、って責められている気がして……。襲われたのは私が悪いんだ、って自分を責めるようになって、苦しくて、それで、睡眠薬を飲んだんです」

言葉が出なかった。

彼女を追い詰めたのは、赤の他人たちの批判のコメントだった――。

その事実に衝撃を受けた。

性犯罪の被害そのものが彼女を最も苦しめ、自殺未遂に追い込んだのだという先入観があった。

しかし、現実は――。

セカンドレイプ。

性犯罪被害に遭った女性に対し、『そんな挑発的な服装をしているから悪い』『誘っていたんじゃないか』『自業自得』などと、被害者に何かしら責任があるかのような物言いをして、罪悪感を植えつける行為をセカンドレイプという。

美緒の動画に書き込まれた批判のコメントの数々は、未来の被害へのセカンドレイプだった――。

「犯人が逮捕されたことにはほっとしています。でも、私が一番苦しんだのは、悪気なく書き込まれた批判のコメントなんです」美緒は苦しげな声を絞り出した。「私は――性犯罪を助長したり誘発したりしたんですか？」

縋るような口調だった。はっきりと否定してもらいたがっていることが分かる。

「違います」即答したのは東堂だった。「あなたに非はありません。今の世の中、簡単に赤の他人に言葉を届けられるようになって、救われる人もいれば、傷つけられる人もいます。自分への言葉遣いには人一倍敏感なのに、他人にぶつける言葉には鈍感な人間も多いです。批判コメントを書き込んだ連中もそうでしょう」

美緒が弱々しくうなずいた。

「性犯罪被害者を責めるセカンドレイプに憤っている人間でも、自分の意思で露出の多い格好で人前に出ている女性なんかをわりと無自覚に批判したりするんですよ。胸の谷間や太ももを出したそんな性的な服装をしているから性犯罪を助長する、と。ですが、それは罪のない女性への呪いです」

ただのミニスカートを性的と表現した母親の保守的な価値観も、彼女に呪いを植えつけていたかもしれない。

美緒の頬をしずくが伝う。

「そういう物言いは、性犯罪被害者に落ち度がある、と批判しているのと実は同じです。あなたはそれに苦しんだ。その苦しみは誰にも否定できません」

東堂の言い分が胸に突き刺さり、美緒の言葉が耳に蘇《よみがえ》る。

私はそういう声に苦しんで、それで睡眠薬を――。

美緒の扇情的なYouTubeチャンネルを観て、この動画で暴走した男が彼女を襲ったのではないか、と考えた。刑事としてそう疑うことは、犯人逮捕のために当然だと思う。その一方で、そういう視点は、性的な要素が強い彼女の動画が性犯罪を招いた、と言っているのに等しく、彼女はその無自覚な言葉の裏に隠されている〝見えない刃《やいば》〟で傷ついたのだ。

ふと脳裏に蘇ってきたのは、先日、署内でセクハラじみた言動を許容していた女性警察官に向けた言葉だった。

――ああいう古臭い男社会の価値観を受け入れちゃったら、それが当たり前になって、別の女性たちが被害に遭ったりするの。セクハラが許される社会を助長するの。

今なら浅慮なお説教だったと分かる。

それはセカンドレイプと同じだ。

浴びせるのが後か先かの違いでしかない。

性犯罪に遭った被害者女性を、『男の下ネタを笑ったり許したりしていたお前が悪い』と責めたら、『襲われたのは男の部屋に上がり込んだ女が悪い』と非難するようなセカンドレイプと同じだと誰もが分かるのに、まだ被害に遭っていない女性が相手なら、大胆な服装や態度を平気で責めることができてしまう。

なぜ彼女に罪を背負わせるようなことを言ってしまったのだろう。

何を不快と感じるか、アウトとセーフのラインは人それぞれ違う。彼女が職場で同僚や上司や先輩のセクハラじみた言動を許したり笑ったりしていたからといって、決して何も助長していない。

もし彼女が将来、セクハラや性犯罪の被害に遭ったら、先日の〝呪いの言葉〟を思い出したときに苦しむだろう。日ごろから自分が男のああいう言動を許容していたから被害に遭うのも仕方がない——と自身を責めてしまう。

無神経だった。

涙に暮れる美緒を見つめながら、明澄は次にあの女性警察官に会ったら先日の物言いを謝罪しようと思った。

性犯罪では、犯人の逮捕という目に見える結果より大事なこともあるのだと思い知った。犯人の逮捕はかりに目を向け、被害者の苦しみに鈍感になってしまってはいけない。

今後、性犯罪を専門に捜査していくなら、自分の言葉にこそもっともっと敏感にならなければいけない。

S署に配属されて最初の事件は、苦い記憶と共に胸に刻まれた。

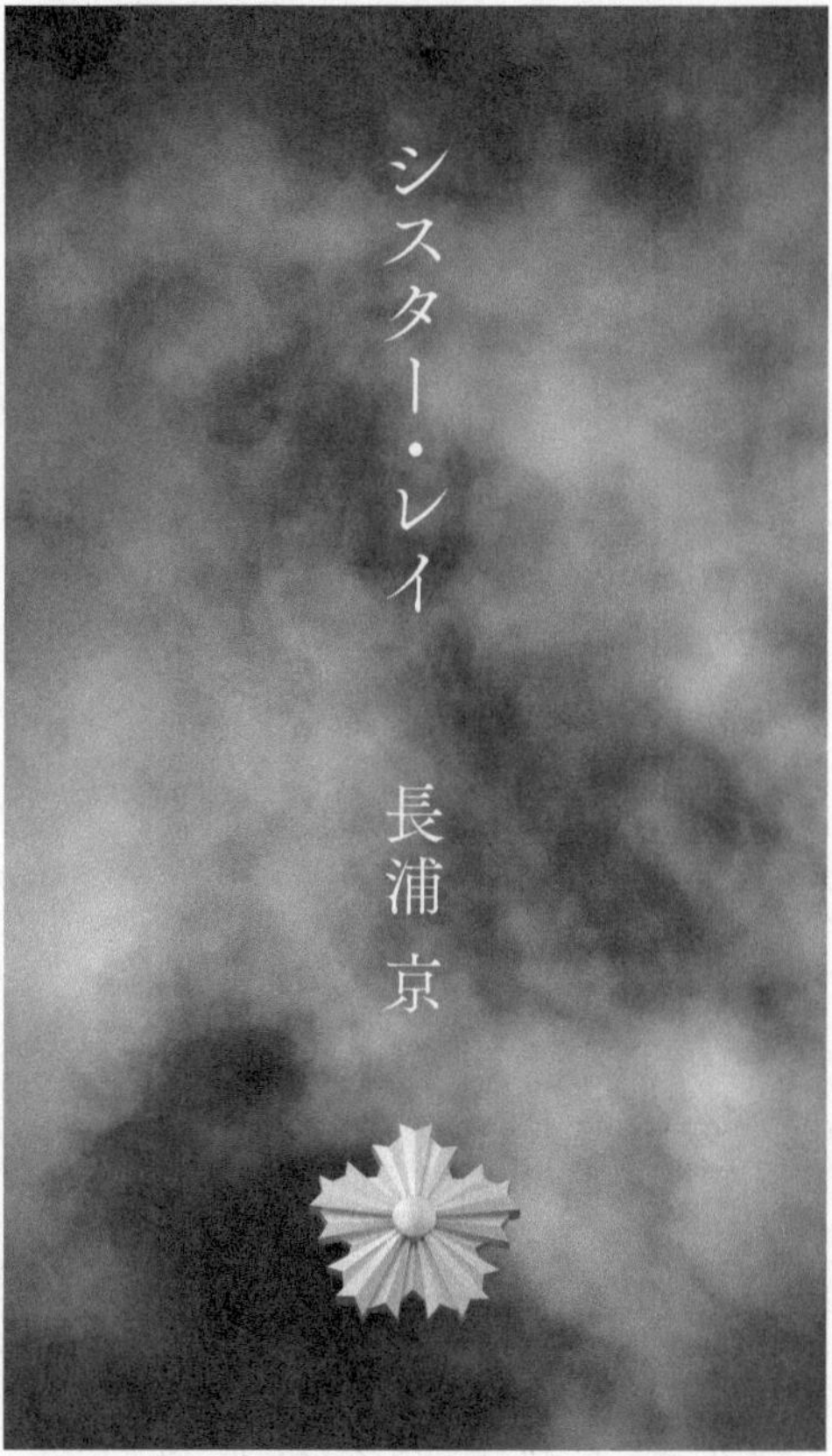
シスター・レイ
長浦 京

長浦 京（ながうら　きょう）

１９６７年埼玉県生まれ。法政大学経営学部卒業。出版社勤務、音楽ライターなどを経て放送作家に。その後、指定難病にかかり闘病生活に入る。２０１１年、退院後に初めて書き上げた『赤刃』で、第6回小説現代長編新人賞を受賞しデビュー。17年『リボルバー・リリー』で第19回大藪春彦賞、19年『マーダーズ』で第2回細谷正充賞を受賞。20年刊行の『アンダードッグス』は直木賞、日本推理作家協会賞（長編および連作短編集部門）の候補となるなど、エンターテインメント小説界で注目を浴びている。著書に『アキレウスの背中』『プリンシパル』『アンリアル』などがある。

1

『キョウイケナイ　ゴメン』

母の在宅介護を頼んでいたマイラ・サントスからメッセージが届いたのが午後四時十五分。

「メルったく」

能條玲《のうじょうれい》は変な愚痴を吐くと、玄関の靴箱を蹴《け》った。今日は余裕を持って着けると思ったのに。いや、冷静になろう。もう時間がない。

神田《かんだ》にある予備校で玲の担当する配信授業がはじまるのが午後五時半。映像やマイクのチェックの時間を含めると、最低でも十分前に到着している必要がある。しかも午後六時には、母が介護施設のデイサービスから送迎車に乗って帰ってくる。それまでにこの家に来て、出迎えてくれる人を呼ばないと。

別の誰かを探してと携帯に打ち込んでいる途中、またマイラからメッセージが来た。

『カワリ　ミツカラナイ』

ため息を一回。マイラがそのときの気分や、勝手な都合で予定をキャンセルする人でないことはよくわかっているし、そんな真面目な彼女だから玲も母の介護を頼んでいた。きっと、何か本当に後回しにできないことが起きたのだろう。今、こちらから連絡をするのはやめておくか。

彼女から三度目の着信。

『ホントゴメン　シスター』

シスターは玲のあだ名のようなものだった。

これまでに何度か、フィリピンやベトナム出身の友人たちと、アパートの大家、区役所の職員などとの間に揉《も》め事が起きたとき、頼まれて通訳や解決の手伝いをしたことがある。解決後にお礼の金や品物をもらうのを一切断っていたら、いつの間にかクリスチャンの多い彼女たちからそう呼ばれるようになってしまった。

玲自身はまったく嬉《うれ》しくない。清貧さや慈悲深さとは無縁の生活を送っているし、シスターと呼ばれると、以前暮らしていたフランスでの出来事を思い出してしまう。

そんなことより今は介護役を――といっても、誰に頼るかはもう絞られている。

電話をかけると、コールが続いたあと、「お呼び出しいたしましたが」とアナウンスが流れた。すぐに切って、また同じ番号にかける。こちらの用件を察して出ないのはわかっている。かといってメールやダイレクトメッセージでは既読スルーされる。

『ウザいんだけど』

七回かけたところで、姪《めい》の莉奈《りな》が出た。

「お願い。もう家出ないとまずいの。六時にはオババが戻ってくる」

『配信授業なんでしょ。家からやればいいじゃん』

「ここじゃホワイトボードもないし、オペレーターがいないと、何人もの生徒にいっぺんに質問されたとき、捌《さば》き切れない」

『私にも予定が――』

「八千円。十時半には戻るし、帰りのタクシー代も別途出す」

莉奈の言葉を無視してバイト代を提示する。彼女は池袋《いけぶくろ》にある大学に通う三年生。法科大学院志望で進学に絞り、就職活動はしていない。スケジュールも把握していて、木曜日はサブゼミもないし、バイトも入っていない。

『東京都の最低賃金千四十一円の時代に少なくない？　急に呼び出されるの、今月これで二度目だよ。迷惑料プラスしてもらわないと』

「じゃあ一万円」

『たった二千円？　一万二千円』

「メルったく」

『またいった。何？』

「えっ？」

『その呪文《じゅもん》みたいなの。玲ちゃん時々いうよね。フランスのおまじない？』

「ああ。フランス語のスラングの『Merde《メルド》（ちくしょう）』と日本語の『まったく』が、たまにごっちゃになっちゃって――」

説明している自分が馬鹿みたいに思えてきた。

「そんなことより、一万二千円出すからよろしく。鍵《かぎ》は持ってるよね。オババの夕飯はもう用意して冷蔵庫に入ってる。その他、食べ物飲み物はいつも通り好きに食べて飲んで。誰かが家に来ても一切応対しなくていいから」

反論や追加注文を出される前に電話を切った。

莉奈、祖母を思う孫の気持ちを悪用する叔母《おば》をどうか許して。すべては若年性認知症が進行しつつある母と、その世話をする中年の娘が生きてゆくためなのだから。

玲はこの地域で利用できる日本人の臨時在宅介護サービスを信用していない。

以前、何度か使ったことがあるが、サービスを頼んで帰ってくると、母の顔色が悪くとても疲れていた。ひどくオロオロしていることもあった。何があったのか母に訊《き》いても、気を遣っているのかはっきりいわない。

それで隠しカメラをセットしてみると、二十代の男性が来たときは、ずっと携帯で格闘技の動画を見ていて、介護らしいことは一切していなかった。三十代の女性の場合は、携帯でSNSをやり続け、母がトイレに連れていってほしいと頼むと、「健康のために自分ひとりで行ったら」と画面を見ながら答えた。

すべてがこんな人たちばかりでないのはわかっている。でも、あれ以降、どうしても日本人に在宅介護を頼む気にはなれない。玲が不在中の介護状況をカメラで撮らせてくれというと、日本人は信用していないのかと不快な顔をする。だが、マイラたちフィリピン出身のスタッフは、すべてを記録してくれてたほうが私たちも安心だと受け入れてくれる。

もちろんそれも国民性の違いなのだろうけれど、玲にとってはマイラたちのほうが信用できる存在だった。

もう家を出なくちゃ。

デイサービスから帰ってくる母にもメモ書きを残しておこう。可愛い孫の莉奈ちゃんが出迎えてくれるので、今夜はあの人も機嫌がいいはずだ。

それから留守番を頼む莉奈の母（玲の兄の妻）にも、彼女を借りるといちおうメールを入れておく。兄からは「またあの子を遅い時間にひとりで帰すのか」とお叱りを受けるだろう。

兄の康平《こうへい》は弁護士で、虎《とら》ノ門《もん》にある法律事務所に所属している。

よそよそしい関係というか、兄とはあまり意思の疎通が取れていない。会っても事務的なこと以外は、何を話していいかわからなくなる。

十歳も離れている上に、玲が十六のときにフランスで暮らしはじめて以降は、あまり顔を合わせる機会もなくなった。八年前、父が亡くなり（大学教授で、学内で心筋梗塞《こうそく》を起こした）、当時はまだ夫だったフレデリク、娘のイリスとともに三人で来日して葬儀に出席したときも、兄をまるで会ったことのない遠い親戚《しんせき》のように感じた。

兄は母とも以前から折り合いが悪かった。思い返してみると、玲が十代のころも「勉強しなさい」と厳しくいう母に、兄は反発していた。ただ玲は、中学時代は陸上の部活を熱心に続け（走り幅跳びをやっていた）、高校に入るとすぐに不登校になり、自分のことでせいいっぱいで、家族のことにまで意識が向かなかった。

玄関のドアを閉め、鍵をかける。

家は墨田《すみだ》区内にある一戸建てで、玲は生まれてからフランスで暮らすようになる十六歳までここで育ち、二年前に三十六歳でまた戻ってきた。

梅雨の雲間から射す光が、路上の水たまりを照らしている。

玲は自転車にまたがると、最寄りの東武《とうぶ》線曳舟《ひきふね》駅まで急いだ。

※

「おつかれさまでした」

玲は事務スタッフと警備員に笑顔で挨拶《あいさつ》すると、予備校の校舎を出た。

夕方五時半から一時間半の講義を一回、小休止と生徒の個別質問に答えるための三十分を挟み、もう一回、一時間半の講義をして、今は午後九時四十五分。姪の莉奈に帰ると約束した十時半に、どうにか間に合いそうだ。

地下鉄の駅に急ぐ。いちいちまとめるのが面倒で、先週髪をショートにしたけれど、もっと切ればよかった。湿気ですぐに髪がクネる。梅雨時から九月の終わりまで続く、東京の湿度の高さには本当に慣れないし、体は疲れるし、嫌になる。

玲の服装は紺のジャケットにスカート、白のブラウスで、講義中の画面に映らない足にはスニーカーを履いている。これが予備校での基本スタイル。二年前、日本に戻ったときはフランスやカナダからの観光客のためのフランス語通訳をするつもりだった。でも、日本に来るのは中国を中心としたアジアからのツアー客が八割以上で、フランス語や英語の観光通訳は仕事の奪い合いだといわれて断念した。次にフランス語や英語の会話学校の講師になりかけたが、フランス生まれやアメリカ生まれで、ブロンドの髪に白い肌だったり、高身長で褐色の肌だったり、見た目からして外国人らしくないと講師としての能力が同じでも報酬はぐっと安くなるといわれ、腹が立ってやめた。

で、結局一年半前から予備校で大学受験生のための英語講師をしている。日本での大学受験の経験がない玲ははじめ戸惑ったが、そのぶん教えるための勉強と努力をしたかいがあって、生徒からの評判もよく、少なくとも再来年の二月まではこの仕事を続けられそうだ。

携帯が震えた。案の定、兄からのメッセージだった。

「莉奈に安易に介護を押しつけるな」と書かれている。最後に「母さんの様子は？」の一行も添えられていた。

兄にも母の世話を私に任せきりにしていることへのうしろめたさがあるのだろう。ただ、兄も介護費用を毎月振り込んでくれているし、現時点では私ひとりでもどうにか母の生活のサポートをすることができている。

でも、認知症が進行していくこの先は、どうなるかわからない。

兄に返信しようとした手を止めて考える。母の状態が落ち着いていれば、寝かしつけたあと、今夜は莉奈をタクシーに乗せて帰すんじゃなく、私が運転して家まで送っていこう。

そのとき兄に母の近況報告をするか。

地下鉄神田駅の改札を入り、早足で電車に乗り込もうとしたところで、また携帯が震えた。

兄じゃない。今日、母の介護をドタキャンしたマイラ・サントスからだ。

『シスター、助けて』

電話に出ると彼女の声はすすり泣いていた。

2

白い外観の十二階建て集合住宅が一キロメートル以上にわたって屏風《びょうぶ》のように連なり、無数の窓明かりが浮かんでいる。住んでいる人たちには申し訳ないが、何度見てもこの巨大さに慣れないというか、威圧され、怖さを感じてしまう。

隅田川《すみだがわ》東団地は名前通り、隅田川の東岸に建っている。全十八棟、総戸数は千八百五十、住人数は約七千二百人。その八号棟七階にマイラ・サントスの一家は住んでいた。

彼女はフィリピン生まれの四十四歳。来日後に日本人と結婚し、ふたりの息子を産んだが、今は離婚し、子供たちと三人で暮らしている。特別養護老人ホームで働いていて、日・夜勤・休みの勤務サイクルの合間には、フィリピン出身の友人たちと作った介護事業グループを通じて、在宅介護の仕事も受けつけていた。もちろん介護福祉士の資格も持っている。

彼女は下の息子が「トラブルに巻き込まれて、どうしていいかわからない」と連絡してきた。普段、玲は他人の問題には、たとえそれが肉親や血縁者であろうと、進んでかかわらないことにしている。ただし、助けを求められたら、可能な限り手を貸す。

別に善人を気取っているわけじゃない。二年前に日本に戻ってきたけれど、今もまだこの国独特の人づきあいの方法に慣れていないだけだ。日本的な人間関係の中での損得のバランスの取り方がよくわからない。だからなるべく「おせっかい」をせず、求められたときだけ応《こた》えるようにしている。

ただ、そんな自分なりの行動規範のせいで、トラブルに巻き込まれることもあるけれど。

「特殊詐欺で捕まった男が、乃亜《のあ》も共犯だと自供したっていわれて」

マイラは赤く泣き腫《は》らした目でキッチンテーブルを見つめている。

乃亜とは彼女の次男で、今十九歳。今日、マイラは任意の名目で警察署に呼び出され、午後三時から夜七時まで、息子の普段の素行、友人関係さらには彼女自身の交友関係について延々と聴取を受けていた。玲の母の介護に来られなかったのは、そのためだった。

「柴山《しばやま》って男が供述したんだね」

玲が訊くと、マイラはうなずいた。

柴山は都内在住の二十八歳。高齢者宅に現金を受け取りに行く、いわゆる「受け子」役を担当していたとして、数件のオレオレ詐欺や預貯金詐欺で警察の内偵を受けていた。しかし、一昨日《おととい》突然、自分から都内の浅草《あさくさ》警察署に出頭してきたという。柴山は乃亜と同じコンビニでバイトをしていて、ふたりには面識があった。

「警察は乃亜くんも詐欺グループのひとりだと断定したの？」

「ううん。でも何かのかたちで柴山に協力していた可能性が強いって」

「その程度？　まだ参考人の段階なのに母親を呼び出すなんて。しかも、四時間も聴取なんて長すぎる。任意っていいながら、ここの家宅捜査までしたんでしょう？」

玲が家の中を見渡すと、マイラが小さくうなずいた。

警察は次男の乃亜だけでなく、彼女の長男の礼央《れお》やマイラ自身のことも疑っている。玲の思い込みじゃない。そうでなければ今の段階で、強引に理由づけをして家宅捜査まで強行するはずがない。以前もマイラとは別のフィリピン出身の友人が、警察に窃盗容疑をかけられたことがある。英語やフィリピノ語の通訳もつけさせてもらえず、まるで犯人のような聴取を受け、明らかな人権侵害だと玲は抗議したが、門前払いされた。そのくせ弁護士の兄を通じて再度連絡すると、警察はすぐに謝罪し、聴取への「協力費」として口止め料の一万円を渡そうとした。

今回も外国人差別的な取り調べの匂いがするが、ひとつだけ大きな問題があった。

「それで乃亜くんの居場所は？」

「わからない」

乃亜は柴山が出頭した一昨日から、友人のところに泊まりにいくといって、この家に戻っていなかった。通っているIT系の専門学校も一昨日から休んでいた。コンビニのバイトも同じく無断欠勤していることがわかった。

乃亜が特殊詐欺に加わっていたという供述が出たのとほぼ同時に行方をくらましたのだから、少なくとも警察に怪しいと疑われるだけの理由はある。もしかしたら柴山の供述以外にも、乃亜が犯行に加わっていた証拠となる映像や品物を、すでに警察は押さえているのかもしれない。

「泊まりにいくといってた友だちには訊いてみた？」

「電話したけど、あの子、行ってなかった」

「他に泊めてくれそうな子は？」

「何人かに訊いたけど、皆知らないって。元々、友だち多くなかったし。でもね、シスター、乃亜は不器用だけど真面目、絶対にそんなことする子じゃない」

マイラが目を潤ませる。

「わかってる。だからこうやって話を聞きに来たんじゃない」

玲も乃亜に何度か会ったことがある。地味で口数も少ないけれど、決して犯罪に走るタイプの子じゃない。悪事に手を染める可能性の高い人間か、そうでないかを見分ける観察眼は玲にも備わっている。

「とりあえず探してみる」

玲は立ち上がった。

「探すって、どこを？」

「泊めてくれそうな友だちもいないし、未成年でお金も大して持ってない。遠くに逃げなきゃいけない理由も、今のところ見当たらない。だとしたら、よく知っているこの街のどこかにいる可能性が高いから」

「それじゃ私も」

玲は立ち上がろうとしたマイラを止めた。

「もう夜遅いから。ここで待っていてあげて。乃亜くんが帰ってくるかもしれないし」

「シスターひとりじゃ危ないよ」

「私はだいじょうぶ」

「でも」

「俺が行く」

キッチンの横の閉じていた襖《ふすま》が開き、長男の礼央が出てきた。母親と玲が話す声を聞いていたのだろう。

彼に会うのははじめてだった。身長百八十前後で筋肉質、日焼けした肌。柔和な弟の乃亜と違って、意思の強そうな目をしている。

「明日《あした》も仕事でしょ？」

マイラがいった。

「心配しなくていいよ」

礼央は見習い電気工としてマンションや住宅の新築現場で働いている。

「ガキのころ、あいつと遊んだあたりを探してみる？」

彼に訊かれ、玲はうなずいた。

「連れていって」

不安げに見送るマイラを残し、ふたりは夜の街に出た。

※

隅田川沿いに延びる首都高六号線の高架下には、公園や撤去自転車の集積場が点在し、遊歩道が続いている。太いコンクリートの柱が並び、絶えず車の走行音が響いているが、雨を凌《しの》げるので、ブルーシートやダンボールで造られたホームレスの人々の住居も多い。

玲は礼央とともに街灯が照らす公園の遊具の下や、公衆トイレの裏を探して歩いた。

「家、このあたりなんだって？」

礼央が植え込みの奥を探しながら訊いた。

「そう。あなたたち兄弟と同じ向島《むこうじま》第一小学校の卒業生」

「あのさ」

彼が大きな目をこちらに向けた。

「どうして乃亜のこと探す気になった？」

「それを訊くために一緒に来たの？」

玲も立ち止まり彼を見た。

「あんたの答えを聞いたあとで、俺が答えるかどうかは考える」

「探す理由は、乃亜くんがマイラの大切な息子だから。彼が見つかってこの騒ぎが収まれば、また彼女は元気になって、うちの母の在宅介護をしてくれるようになる。もうひとつは、昔の自分と今のマイラの姿を勝手に重ね合わせて、何かせずにはいられない気持ちになっているから」

「自分と重ねて？」

「二年前に日本に戻ってくるまで二十年近くフランスで暮らしていたんだけど、アジア人ってだけで馬鹿にされたり、見下されることがしょっちゅうあった。人種差別なんて当たり前のようにあったし、嫌な思いも数え切れないほどしてきた。時代も国も違うけれど、この気持ち、周りからハーフと呼ばれるあなたにはわかるでしょう？」

「ああ。よくわかる」

「今度の件みたいに、乃亜くんに疑いがかかったからって、マイラに何時間も聴取をしたり、任意といいながら半ば強引に家の中を捜索した警察にムカついてるのよ。乃亜くんを巻き込んだ特殊詐欺の連中にも腹が立つし。なのに、何もせずただ乃亜くんが見つかるまでじっと待ってるなんて嫌で、がまんできなかっただけ」

「まるで自分が事件を解決するみたいな言い方だな」

礼央が街灯の下で薄笑いを浮かべた。

「場合によっては、そうしなくちゃならないかもね。警察は弱い者を守ってくれる組織じゃないし、真実を見つけるために働いてるんでもないから」

「それもよくわかる」

彼の顔から笑みが消えてゆく。

「中二のとき、カツアゲに遭ってコンビニの前で揉めたら警察が来て、いつの間にか、俺がカツアゲしたほうにされてた。蹴られて財布取られそうになったのは俺なのに。向こうは複数で有名私立に通う高校生で、俺は区立中に通う貧乏なフィリピンハーフだとわかると、警察は何も疑わずあいつらの話を信じた。そんな経験何度もあるよ」

そう、フランスほど強い差別ではないにせよ、この国にも純粋な日本人と、日本以外のアジア出身者の子供や日本人と他の有色人種とのハーフを「区別」する意識が、確かに存在している。

「フランスに行ったのは何歳？」

礼央が訊いた。

「十六のとき」

「留学？」

「本題と関係ない質問だと思うけど。今それ重要？」

「ああ、俺にはね」

「なら手短に話す。留学じゃない。日本から逃げた」

「日本が嫌で、憧《あこが》れていたフランスに逃げた？」

「全然違う。高校一年のときに不登校になってね。原因は部活の先輩や同級生からの妬《ねた》みや嫌がらせ。陸上の幅跳びやってたんだけど、インターハイクラスの記録を出せるようになると、先輩からの露骨な嫌がらせがはじまった。同じころに、学年で人気のあった男子に告白されて、断ったらその取り巻きの女子たちから陰口を言われて、教科書とか持ち物を隠されるようになった」

「そっちのほうも、俺と同じくらいよくある話だな」

「ええ。でもあのころの私には、すごく苦しくて、世界が真っ暗になったように思えて、毎日部屋に閉じこもっていた。見かねた母にフランス旅行に誘われたんだ。母方の祖父がフランス人で、あっちで暮らしていたから」

白い肌に茶色の髪、グレーの瞳《ひとみ》をしたおじいちゃんの血を玲も四分の一受け継いでいる。祖父は日本人の妻（玲の祖母）と離婚後、祖国に戻っていた。

「旅行なんて嫌だった。でも、毎日かかってくる担任からの電話や、担任の指示で書かされた全然仲のよくない同級生の手紙から逃げたくて、母と飛行機に乗った」

シャルル・ド・ゴール空港の入国審査を抜けて最初に見たのは、花束を手にした中年男性と旅から戻った中年女性が駆け寄り、抱き合う姿だった。

パリ市内でも石畳の道から呼びかける男の声に気づいた女が、アパルトマン階上の部屋から駆け下りてきて、抱き合いキスをするところを見た。まるで芝居のワンシーンのようだけれど、男性も女性も、美形でも何でもないパッとしない人々。到着した当日だけで、そんな映画みたいな場面をいくつ見ただろう。

こんな大げさなことばかりする人々の国なんて私には合わないなと思った。

なのに――

「一週間後に母が先に日本に戻り、私だけが祖父のところに残って、さらに二週間、一ヵ月、半年と過ぎて、パリの私立高校に編入し、祖父が病気で亡くなったあとも暮らし続け、気づけば十九年あっちにいた」

「日本に戻ったのは、どうして？」

「いろいろあってね。フランスで離婚もしたし、母の若年性認知症がわかって、日本《こっち》で介護をする人間も必要になったし。でも、私の話はこれくらいでいいでしょ？」

「あ、うん」

一瞬会話が途切れた。

「なあ、乃亜は詐欺なんかしていないと思う？」

「ええ。ただ、決していい意味じゃない。乃亜くんに会ったことがあるけれど、私の印象では、彼には初対面の老人を騙《だま》したり悲しませたりできる度胸や根性もない」

「確かにね」

「弟のこと、失礼な言い方をしてごめんね」

「いや、その通りだよ。でさ、これ――」

携帯の画面をこちらに向け、QRコードを見せた。

「情報交換しながら、それぞれ探したほうが早いだろ」

SNSで通話かメッセージをやりとりしながら、別々に行動しようという提案だった。

「あ、確かに」

私のことを少しは信用してくれたようだ。

「ただし、あまり離れすぎないようにして。何かあったらすぐに駆けつけられるくらいの距離にいてほしい」

「わかった。じゃ、俺はあっちに」

彼が塀に囲まれたバス会社の洗車施設を指さした。

「小学校のころ、乃亜とか友だちとよく塀を越えて忍び込んで、スケボーしたり、並んだバスの屋根の上をジャンプして渡ったりしてたから」

「警察に通報されなかった？」

「されたし、殺すぞガキってバス会社の奴に怒鳴られた」

「今夜は怒鳴られないで。私は、ここの中に」

玲は東京電力の変電施設を取り囲んでいる金網に手を掛け、登りはじめた。

礼央が下を向いた。薄暗がりでも彼が苦笑いをしているのがわかる。おばさん無理すんなと思っているのだろう。

直後——

「ちょっと、そこ」「あなた動かないで」

遠くからふたりの男の声がして、玲の体はライトで照らされた。

制服警官二名が駆けてくる。言い訳になるけれど、高架を走る車の音がうるさくて気づかなかった。団地の部屋を見張っていて、私たちが外に出た時点からずっとあとをつけ、職質をかけるタイミングを窺《うかが》っていたのかもしれない。

駄目だな。現役を離れて二年、そんな基本的なことに注意を払うのも忘れていた。

「そこは立ち入り禁止、何してるの」

警官のひとりが厳しい声でいった。

「いや、この人は」

礼央が近寄り、説明しようとしたが、警官は「あなたも動かないで」と強い口調で制する。

「だから――」

礼央は携帯のカメラを向けている。

「勝手に撮らない」

警官が携帯のレンズを手で塞《ふさ》ぎながら、礼央の体を押し退ける。

それでも玲と警官の間に割って入ろうとした礼央の腕を、もうひとりの警官が強く摑《つか》んだ。

「じゃまをしない。下がらないと拘束するよ」

「あなたこそ、その子から手を離しなさい」

玲はいった。が、警告に従わない礼央の腕を警官がうしろに捻《ね》じ上げた。

「痛《いっ》て、やめろ」

礼央が顔をしかめる。

「やめなさい」

玲も警官の肩と腕を摑んだ。

警官がその手を振り払おうとした瞬時、玲は体を入れ替え、警官の腕を捻じ上げた。

同時に、礼央の体から警官を引き剝《は》がす。驚いた警官たちが、玲を組み伏せようと反射的に摑みかかった。が、玲はひとりの体を投げ飛ばし、さらにもうひとりの足を払った。制服を着たふたりの背中が、アスファルトの地面に叩《たた》きつけられる。

――やっちゃった。

抑えが利かず、こんなところで昔の悪い癖が出た。

礼央は啞然《あぜん》としている。

「おい、動くな」

自転車に乗った警官ふたりがさらに駆けつけ、ライトで玲を照らす。パトカーのサイレンの音も近づいてきた。

3

「あなたが投げ飛ばした警察官ね、ふたりとも柔道の有段者なんですよ。なのに、そんな細い体で投げて制圧しちゃうなんて」

顎《あご》のしゃくれた中年の刑事がいった。

「能條さん、あなた何者ですか？」

「予備校の講師です。身分証を見せましたよね」

玲は取調室の机に肘《ひじ》をつきながら答えた。

「調べたんですけど、フランスから二年前に戻ってらしたんですね。一年前、隣の本所《ほんじょ》署管内で起きた窃盗や詐欺の参考人になったベトナムの女性、ホアン・トゥイ・リェンさんの現場不在証人《アリバイ》になり、その後、身元引受人にもなっていますよね。で、ニックネームが『シスター』。講師のほかに教会関係者とか修道女もやってらっしゃるんですか」

「違います」

「そうですか。でも、ただの予備校講師が警察官を投げ飛ばせないだろうし。顔も整っていておきれいですよね。スタイルもよくて女優さんのようじゃないですか」

「お世辞ですか？」

「いえ、本心ですよ」

「だったらセクハラですね」

刑事はやりにくいなあという顔をしながら頭を掻《か》いた。

「あの制服の警察官、職質をかけるつもりで私たちを尾行していたんですよね？」

今度は玲が訊いた。

「しかもわざと挑発するような声のかけ方をして。はじめから警察署に連れてくるつもりだったんでしょ？」

家族が自宅以外の場所に乃亜を匿《かくま》っているとでも思ったのだろう。

東向島警察署の取調室には玲と中年刑事と、さらにもうひとり。開いたままのドアのところに二十代後半の男性刑事が立ち、聴取の様子を見ていた。

今日の午後、乃亜の件でマイラが事情を聞かれた同じ警察署に、夜になって私も来ることになるなんて。

「礼央くんがさっきの状況を動画撮影しています。それを見れば——」

「ええ。動画のコピーを取らせてもらいました。今別の人間が見て検証していますから。それからサントス礼央さんには、もうタクシーで帰ってもらいましたんで安心してください」

「彼だけ？」

動画を確認して、礼央を長く拘束しておける理由を見つけられなかったのだろう。

「どうして私はまだ帰れないんですか」

「無理に引き留めてはいないですよ。この聴取は任意ですから。でも、あなたは警察官を投げちゃって傷害の疑いがあるでしょ。サントスさんは何もしてないし、もう夜遅いしね」

取調室の外のオフィスの壁にある時計は日付が変わり、午前零時半を過ぎていた。

家で母を看《み》ている姪の莉奈には、午後十時ごろに「少し遅れる」とメッセージを送っておいた。でも、この時間になってもまだ戻ってこないと、さすがに怒っているだろうな。間違いなく介護の追加料金を請求される。

玲は自分の携帯を見た。やはり電波が圏外になっていて、電話もメールも使えない。

「いちおう警察署の取調室なんで、外に連絡されるとあれだから」

電波を遮断しているという意味だ。

「さっきお渡しした電話番号に連絡していただけました？」

玲は訊いた。

「ええ。でも、留守電になってました」

「メッセージは？」

「残しましたよ、ちゃんと。相手はどなたですか？　家族、彼氏？」

「答える必要はないと思いますが。とにかく、もうすぐここに折り返し電話が来ます。そうすれば誤解も解けるし、映像の証拠をちゃんと確認すれば、無抵抗の私たちに警察官のほうから先に手を出したのも証明される。逆にあなたたちのほうが不利になるんじゃないですか」

「かもしれませんね。でも、まだその折り返しの電話は来ていない。だからまあ、もう少しお話ししましょうよ。警察がお嫌いなようですが、以前何かありましたか？　そのくせ、警察の事情に少しばかりお詳しいようですが」

中年刑事がそういったところで、ドア横に立っていた若い刑事が振り向き、姿を消した。

オフィスの誰かに呼ばれたようだ。

玲は言葉を続ける。

「今日の午後、乃央くんの母親のマイラ・サントスに、この署の方が事情聴取したそうですね」

「マイラ？　どなたですか？」

「礼央くんと、サントス乃亜くんの母親のマイラさんです」

「担当外なんで私にはちょっと」

「彼女の聴取方法にも問題があったようですね。しかもその後、彼女を家まで送るという言い訳で、団地の部屋まで押しかけ、強引に上がり込んであれこれ調べていった」

「そんなことはないと思いますよ。何がおっしゃりたいんですかね」

「マイラは弁護士に相談するそうです」

「だから？　警察を脅すつもりですか？」

「違います。あなたがお話ししようというから、それにおつきあいしただけです。話題は指定されなかったし。サントス乃亜くんが疑われている事件について、少し雑談しようかと」

「捜査上の秘密を話すわけが――」

若い刑事が慌てて戻ってきて、玲の前の中年刑事に耳打ちする。今度は中年のほうが慌てて取調室を出てオフィスに駆けていった。

ようやく折り返しの電話が来たようだ。

十分ほど過ぎ、中年刑事が渋い顔で戻ってきた。

「今、警察庁警備局の乾徳秋《いぬいとくあき》参事官とお話ししてきました。参事官によれば、能條さんは『警察庁がお世話になっている講師の方』だと。身元も保証してくださいました」

講師、まあ間違いではないか。確かに彼の依頼で何度か講義をしたことがある。ただし、受験英語ではなく、要人警護やテロ犯逮捕など警察のミッションに関する講義だけれど。

「しかもあなたのお兄さん、弁護士だそうですね」

乾さん、そんなことまで。

「とりあえず応接室に移りましょうか」

中年刑事が提案した。

「いえ、ここで結構です」

「どうして警察庁の方の電話番号だと先に教えてくれなかったんですか」

「話したら、皆さんに保身のための言い訳やうそを考える時間を与えることになってしまうので」

「こんな時間に、一度も会ったことのない警視長と話をさせられるとは」

中年刑事は怨《うら》みがましい目で見ると、腕組みをして下を向き、また口を開いた。

「雑談でもしましょうか。サントス乃亜くんに関する」

玲もうなずく。

「ただ、話す前に確認させてください。本当にあなたは元GIGN？」

乾さん、やっぱりそれも話したか。

「ええまあ」

玲は元フランスの警察官で、国家憲兵隊管轄下の通称GIGNという特殊部隊に所属していた。

国家憲兵隊治安介入部隊、正式名は「Groupe d'intervention de la gendarmerie nationale」。「憲兵隊」とついているものの、軍隊ではなく、フランス国防省と内務省が管轄する警察組織で、対テロや人質救出作戦に専従し、隊員になるには非常に高いスキルが求められる。選抜試験も過酷を極め、ほぼすべての隊員が山岳行動や戦闘潜水、クライミングなどの資格を持ち、殊に射撃の技術は各国の正規軍をも凌ぐといわれている。

「どんな組織かご存じですか？」

「ええ。これでも警察官の端くれですから。でも、あなたが？」

「フランス大使館に問い合わせれば、時間はかかるけれど職歴照会をしてくれるはずです」

若い刑事がほのかに湯気の立つ紙コップを運んできた。

「制服警官が簡単に投げ飛ばされるわけだ」

しゃくれ顎の刑事はコップの中のお茶を見つめた。

※

しゃくれ顎以外にも、東向島署の次長や係長だという連中に見送られ、玲は深夜の車寄せに停まった覆面バンに乗り込んだ。

不愉快な聴取だったけれど、サントス乃亜の特殊詐欺容疑に関する情報を手に入れることができたので、まあよしとしよう。ただ、状況は思っていたよりずっと悪かった。乃亜は日本のヤクザと、日本人とベトナム人による半グレ集団の揉め事に巻き込まれた可能性が高い。

バンの運転席には男、後部座席の玲の横には女、刑事ふたりが同乗している。断ったのにしゃくれ顎に自宅まで送るとくり返され、仕方なく途中の東武曳舟駅まで運んでもらうことにした。駐輪場に自転車を停めたままなので、回収してから帰る。有料の駐輪代もバカにならないし。

返却された携帯を見ると、乾徳秋参事官からメールが届いていた。

『失礼しました。今後はこんなことがないよう注意します。ただ、あまりご無理はなさらないように』

いつも通り、どこか見透かしたような物言い。

『お気遣いありがとうございます。夜分に申し訳ありませんでした』

玲は返事を送った。

乾徳秋は百八十五近い高身長で、バツイチの四十四歳。東大出身で現階級は警視長。上品な話し方をする反面、自分の意見は絶対に曲げない典型的なエリート官僚で、一緒にいると疲れるし、正直あまり好きではない。だから他にやりようがなかったとはいえ、今日借りを作ってしまったことも本当は嫌だった。

一方で彼は恩人でもある。

玲が日本に戻ったばかりで、通訳の仕事の当ても外れ、お金に困っていたころ。乾から警視庁や千葉県警などのＳＡＴ（特殊急襲部隊）にレクチャーしてくれないかと依頼を受けた。

世論的なことに配慮し、日本では講義自体が難しいテーマ——ターミナル駅や地下鉄、デパートなどを、五名以上のテロリストが十名以上の人質を取って占拠した場合の対処法、さらに踏み込んだ射殺によるテロリストの効率的な排除法などについて、実地訓練にも参加・指導し、結構な収入になった。

帰国後のはじめの半年は、乾の振ってくれる仕事で食べていたといってもいい。ただ、背に腹は替えられなかっただけで、今はもうやりたくない。アドバイザーとして正式に雇用したいといわれたが、それもきっぱりと断った。

フランスで暮らし、ＧＩＧＮに所属していたころを思い出すと、苦く辛《つら》い気持ちになる。だが、乾は玲がＧＩＧＮで所属隊のサブリーダーをしていたことだけでなく、なぜそこを辞めたのかも詳しく知っていた。国外にも独自の人脈を持つ事情通で、単に高学歴以上の能力を備えた人——要するに切れ者なのだろう。

母を看てもらっている姪の莉奈からも留守電にメッセージが入っていた。

『延長料金は当然いただきます。それからどうせまた何か揉めたんでしょ？　朝までかかってもいいけど、詳細を教えて』

あの子の悪い癖だ。騒ぎが起きると、興味本位で覗《のぞ》き見ようとする。まあいい、事情を話す代わりに延長料を減額させよう。

玲の横の女刑事は興味のない顔をしているが、画面を横目で確認している。車内につけられたカメラも玲の手元を録画しているはずだ。

別に構わない。知られて困ることなどないし。

携帯が震えた。

乃亜の兄、礼央からのメッセージだ。「はじめ」のタイトルがついている。

『うろうろしないで帰ったよ　遅刻せず朝には仕事いく』

さらにもう一件来た。こちらには「つづき」のタイトル。

『二時に昼休憩入るんで　きっと連絡する　てつだってもらう』

変な文章だし、玲には別にどうでもいい内容。でも、あの礼央って子、意外と頭がいい。

私が今どんな状況にいるかわからないので、簡単な暗号文を送ってきたんだ。

文章の「はじめ」の文字を「つづき」にして読むと——

「うちにきて」

団地に来いという意味だろう。

玲は走る警察車両の中から「了解」と返信した。

4

玲は都道沿いの歩道に乗ってきた自転車を停めた。マイラ、礼央、乃亜の三人が暮らす隅田川東団地を見上げるのは、今夜二度目になる。

深夜の一時半を過ぎ、窓明かりが少なくなったぶん、暗い巨大団地はよけい不気味に見えた。さっき警察官にあとをつけられたのを反省し、今度は警戒しながら団地内に入ってゆく。エントランスにオートロックのドアなどはついていない。

隅田川東団地は全十八棟が一度に完成したわけじゃない。着工は1975年。それから十年をかけ、一号棟から順に完成した棟が連なり、今のような全長一キロ以上の巨大団地に成長した。逆にいうと、はじめのころに完成した棟は、かなり老朽化している。

その古い二号棟の最上階に向かう。

エレベーターは使わない。監視カメラに映らないよう、そして途中で住人に会わないよう、各棟を貫く長い通路を行き来し、無数にある階段を上り下りして、あみだくじを辿《たど》るように巨大な団地内を進んでゆく。

途中、尾行されていないかも何度も確認した。制服警官の姿はなく、刑事たちの気配もなかった。東向島署は見張っていた連中を撤収させたようだ。私が乾参事官と知り合いだとわかり、サントス家への強硬な捜査方法を改めたのだろう。

二号棟の屋上に出る鉄製ドアは、何重にも施錠されていた。無理にこじ開ければ大きな音が出てしまう。

だから礼央にいわれた通り、少し離れた外付け階段の金網を登り、隙間から踊り場に突き出た小さな屋根に乗った。さらにすぐ近くの雨水排水パイプを摑んで飛び移り、這《は》い上がって屋上に出た。

手を滑らせたら十三階下の地面に叩きつけられる。だから礼央からは「落ち着いて慎重に」とくり返しいわれたが、この程度ならどうってことはない。それより予備校の講義用ジャケットとスカートが汚れてしまったことのほうが、大きな問題だった。

屋上に柵《さく》はなく、遠くに、配水用パイプもバルブも外され、今はもう使われなくなった錆《さ》びだらけの大きな給水タンクと、その横にコンクリート製の小さなポンプ制御室が見える。

すぐには向かわず、エレベーターのモーター室の横に身を隠し、追跡されていないかしばらく様子を見た。

その間に、礼央に電話を入れる。

「着いた」

『登れた？』

「ええ」

『すげえな、運動は本当に幅跳びだけ？　さっきも強かったし、格闘技とかやってた？』

「笑わないし軽蔑《けいべつ》しないって約束するなら、教えてもいいけど」

『約束する』

「フランスにいたころ、警察官をやっていて特殊部隊に所属してた」

『全然笑えないよ』

「笑わなくていい。本当だから」

『マジか』

「うん」

『警察官……でも、元警察官だよな。日本のじゃなくフランスの』

「そう」

『わかった。軽蔑しない。俺と同じくらい警察嫌いなのに、元警官か。だから驚いた』

気づかれている。でも、警察官を投げ飛ばすところを見られたのだから、当然か。

『元警官であだ名が修道女《シスター》、冗談みたいだな』

「私がつけたんじゃないし、そう呼ばれるのは好きじゃない」

『どうして？』

「特殊部隊にいたころも同じようなあだ名をつけられていて、聞くと、いい思い出よりも悪い思い出のほうがよみがえってくるから」

フランス警察の特殊部隊ＧＩＧＮに所属中、玲は妊娠で一時隊を離れた。出産・育児を終えて復帰すると、後輩や新人隊員から陰で「シスター・レイ」と呼ばれるようになった。清廉潔白な修道女ではなく、六〇年代のアメリカのバンドが、ドラッグとセックスに溺《おぼ》れた男女を歌った曲のタイトルからつけたものだった。要するに悪口だ。規則にも訓練にも厳しく、容赦のない玲に対する、若手のせいいっぱいの皮肉であり虚勢だった。

『じゃあ俺は呼ばないようにするよ』

「ありがとう。そろそろ行く。向こうには話した？」

『ああ、ちゃんと話した。遠回りさせて悪かった』

はじめに乃亜の居場所を教えなかったことをいっている。

「気にしなくていい。探り合いの時間が必要だったのはお互い様だから。このまま電話を切らずにつなげておくから、あなたも話を聞いていて」

『わかった』

玲は身を低くしながらポンプ制御室まで走ると、はじめにドアを三回、次に一回、最後に四回小さく叩いた。

静かにドアが開いてゆく。

怯《おび》えた顔の乃亜が顔を出した。

すぐに中に入り、ドアの内鍵をかける。

「前に一度会ったことがあるけど。覚えている？」

玲の言葉に、乃亜が首を横に振る。

「礼央は？」

彼の訊く声が震えている。

「ふたりだと目立つから、来るのは私ひとりにした。私も一対一で、あなた自身から話を聞きたかったし。でも、電話はつながっている」

『俺も聞いてる』

自宅にいる礼央が呼びかける。

「わかった」

三畳ほどの室内には小さな窓があり、周囲のビルの光がわずかに射し込んでいる。壁沿いに大きな制御盤が置かれ、隅には古いマンガやポルノ雑誌、変色したタバコの吸い殻もいくつか落ちていた。もう何十年も前に、中高生たちの秘密の溜《た》まり場として使われていたのだろう。

ここに隠れているよう指示したのは礼央だった。

乃亜は制御盤の陰に座り込み、半分身を隠しながらこちらを見ている。

「あんた警察？　それとも弁護士とか？」

「どっちでもない。礼央くんから聞いたでしょ、近所に住んでいるマイラの友だち」

「じゃ、助けるなんて無理じゃん」

「そうかな？　あなたが素直に話してくれたら助けられるかもしれない」

「相当ヤバいってわかってる？」

「だからどれくらいヤバいのか見極めるため、まず話してほしいの」

乃亜は黙った。暗がりの中から変わらずこちらを睨《にら》んでいる。

「私が必要ないなら、はっきりいって。俺に構うなと一言いったら、今すぐここを出ていくから。家に戻って化粧を落として、今日マイラと礼央くんから聞いたことも、さっき警察署で知ったことも全部忘れて、さっさと寝る」

『乃亜、ビビってないで話せ』

礼央が携帯を通していった。

「信用できんの？」

乃亜が訊いた。

『とりあえずはな。その人は警察ともヤクザとも違うし。それに他にどうする？　何の手もないのに。ここに隠れているだけじゃ、どんどん悪くなるだけだろ』

外から射すかすかな光が、乃亜の頬や額に滲《にじ》む汗を照らす。

それを腕で拭《ぬぐ》うと彼はつぶやいた。

「何から話せばいい？」

「柴山って男とは本当に知り合いだったの？」

「ああ。バイトで同じシフトになることもあったし、夜勤中はよく話した」

「仕事以外で、食事や飲みに行ったことは？」

「何度かなら」

「特殊詐欺に誘われたことは？」

「ない」

「あなたが特殊詐欺に関わったことはないのね？」

「ないよ。一度もない」

「柴山に最後に会ったのは？」

「四日前」

柴山が自分から警察署に出頭したさらに二日前だ。

「俺が夜勤終わってコンビニの更衣室にいたら、シフトないのにあいつが来て、何の用か訊いたら、忘れ物取りに来たって。で、ちょっとだけ話して、俺はすぐにコンビニを出た」

「データを渡されたのはそのとき？」

「えっ？　それ誰から？」

「警察で聞いた」

「なんだよ、そんなことまでもうバレてんのか。ふざけんな」

「落ち着いて。何といって渡された？」

「何もいってないし、俺、受け取ってなんかないよ。バイトから家へ帰る途中、あいつから電話かかってきて、『おまえの携帯にデータ落とした』って。あいつ更衣室で勝手に送りつけたんだ」

「データ共有ソフトを使って、無線で送られてきてたってこと？」

「ああ」

「柴山の携帯から送られてくるデータには受信許可をしてたってことだよね。前にもあいつとやりとりしたことがあったんだ」

「あったけど、でもそれは詐欺とは関係なくて。あの、エロ映像を何度か交換したことがあったから、そのまま受信許可にしっぱなしだったんだと思う」

「あいつが勝手に送りつけたそのデータ、今もあなたの携帯に入ってるのね。見せて」

乃亜が自分の携帯を差し出す。玲はデータを開いた。

大手家電会社の孫請けの電気工事業者、ガス機器設置業者、大手マンション管理会社の下請けや孫請けの内装業者の名前、電話番号、アドレスが並んでいる。

「柴山はこれを何だって――」

「ネタ元リスト」

「あなたもこれが何か知ってるのね？」

乃亜がうつむく。

「はっきりいって。どっち？」

「ああ。知ってる」

自分自身に腹を立てているようなぶっきらぼうな声で答えた。

高齢者を狙った特殊詐欺、特に数人がかりで行う劇場型詐欺の場合には、事前にどこにどんな家族構成の世帯があり、どの程度のレベルの生活をしているかを確認しなければならない。要するに年寄りだけで生活していて、金を持っているターゲットになりそうな家を絞り込む必要があるということだ。以前なら、アンケートや調査と称して手当たり次第電話をかけていたが、これだと膨大な手間がかかるし、しかも昨今の警察による詐欺予防啓発で各家庭が用心するようになり、カモを見つけるのが難しくなってきた。

そこで一部の詐欺グループは、他人の家に違和感なく入り込める連中からデータを集めることを考えついた。

エアコンの取り付け業者、テレビや据置インターネットルーター、ガス機器の設置業者、マンションなどの大手管理会社から委託を受けているガス漏れ検知器の点検員、各戸内排水管の清掃業者、内装修繕業者、さらに宅配便業者などの人々の中にいる、ごく一部の不道徳な連中を誘い、取り込み、または恐喝し、無数の家庭のデータを収集している。

もちろん違法行為だ。

乃亜からこのデータを見せられたとき、自身も電気工である礼央は危険をすぐに感じ取り、この屋上のポンプ制御室に隠れろと弟に命令した。

「柴山にデータを預かるようにいわれたの？　それともどこかに持っていけって？」

「二日間誰にもいわず預かってろって。二日したら、またあいつが連絡するから、いわれた場所に行って、データを無線で相手にドロップしろ。その場で俺はデータを消去して、作業は終わり」

「いくらもらう約束で？」

「三十万円。でもあいつ、二日して電話してきたら、『おまえもヤバいから逃げろ』って。どういうことだよ、ふざけんなっていったのに、『俺は警察行く』って切りやがった」

「柴山は特殊詐欺の受け子や出し子のまとめ役をやっていた」

「まとめ役って、一番下っ端じゃないの？」

「違う。コンビニのバイトも、ちゃんと働いていると周りに印象づけるためで、ただのカムフラージュ。で、柴山の持っていたその特殊詐欺のネタ元リストのデータは、元々、身延《みのぶ》連合傘下の浦沢《うらさわ》組っていう暴力団の持ち物だった」

「マジか」

乃亜の表情がさらに暗く険しくなってゆく。

「柴山も浦沢組の配下として働いていたけど、警察の内偵が自分に迫っていると気づいて、組に助けを求めた。簡単にいえば、どこかに逃げるための金を工面してくれと頼んだ。でも、浦沢組の連中は自分で何とかしろと突っぱねた。これまで尽くしてきた組に無下にされた柴山は、怒り、失望し、そして逮捕される恐怖心に駆られ、データを盗み出し、前からそのデータを横流ししてくれと誘っていた相手に売り渡そうとした」

「相手って誰？」

「錦糸町《きんしちょう》や亀戸《かめいど》に勢力を広げている半グレ集団。ジョイ&ステディ・コーポレーションって社名で、表向きはバーとかキャバクラを何店舗か経営しているけど、実際は日本人の社長を飾り物にした、ベトナム人犯罪者の組織。柴山はそいつらにデータと引き換えに金と海外への逃走の手引きを頼んでいた。けれど、実際に渡す前に、浦沢組に気づかれ追い詰められ、他にどうしようもなくなって、自分の持っていたデータを消去し、警察署に逃げ込んだ」

乃亜が両手で顔を覆う。

「ねえ、あなたもこのデータはヤバいって、最初に気づいたよね」

「まあね」

彼が顔を覆いながらいった。

「どうしてすぐに消去して、柴山の頼みを断らなかったの」

「だから三十万」

「そのくらいの額じゃ見合わないって、あなたでも計算できたはず。教えて、どうして断らなかったのか」

「あんた何者？　そんな警察みたいな追い詰め方——」

「もう一度いう、助かりたいなら本当のことを話して」

玲は膝《ひざ》を折り、乃亜の視線の高さまで顔を落とした。

彼が黙る。

「柴山に脅されたのね」

少しの間のあと、乃亜は「ああ」と答えた。

「柴山から盗品をもらった？　それとも一緒に何か盗んだ？　まさか性犯罪じゃないよね」

「前にあいつが勤めてた金券屋とかホームセンターの倉庫から、プリカ（プリペイドカード）をパクって金に換えた」

「どれくらいの期間に何回やった？　あなたの取り分は」

「一年半の間に六回。金は五十万くらい」

『この馬鹿』

礼央が携帯の向こうでいった。

「何に使ったの？」

「専門学校の特別講習費とか教材費。残りは飲んだり食ったり」

「聞いてたよね」

玲は礼央を呼んだ。

『ああ』

「執行猶予にはなるけれど、前科はつく。それに専門学校も、たぶん辞めさせられることになると思う」

『弁護士代は？』

「六十万円くらい」

弁護は兄の康平に頼む。妹がいうのも何だけれど、腕は一流だ。ただ、もちろん無料では引き受けてくれない。

『金は何とかする』

あとは警察関係か。警察庁の乾参事官はどこまで協力してくれるだろう。

「マイラは？」

『疲れてキッチンでうたた寝してるよ。だいじょうぶ、母《マム》さんには俺から話すから』

「じゃ、これから先のことをふたりに説明する。まず乃亜くんは、あなたの携帯に入っているネタ元リストのデータを私の携帯に送り、そっちに残ったぶんは消去して。それから私と一緒に東向島署に出頭する。柴山と同じように警察で保護してもらうことになる。署では私の知り合いの弁護士と合流するから。ただ、しばらく勾留《こうりゅう》されることは間違いない。留置場に入れられるってこと。取り調べでは、『データは消去した。中身は見ていないし、何なのかも知らなかった』で押し通して」

「プリカをパクったほうは話さなきゃ駄目か」

「ええ。その件で脅されてデータを預かったってことをはっきりさせないと。プリカの窃盗まで隠そうとしたら、柴山と共謀してデータを盗み出し、売ろうとしてたんじゃないかって、警察に強く疑われることになる」

『腹くれ』

礼央が強い声でいった。

「わかったよ。でも」

乃亜がつぶやいた。

「留置場から出たあとは、俺どうなる？　刑務所に行かない代わりに、ヤクザと半グレに落とし前つけさせられるんじゃ――」

「浦沢組のヤクザはこれから考えるとして、J《ジョイ》&S《ステディ》の半グレの中に多少知り合いがいるから、話をつけてみる」

「話って、あんたマジで何者だよ？」

『とにかく今は、その人のいう通りにしろ』

礼央がいった。

『それからおまえが留置場に入っても、マムは面会に行かせない。必要なもんは代わりに俺が届ける――』

が、礼央の言葉が止まり、直後、ふいに通話が切れた。切ったのはもちろん玲じゃない。

乃亜が自分の携帯からすぐ兄にかけようとしたが、玲はその手を摑んだ。

「だめ」

玲の言葉に乃亜がうなずく。

彼の額にまた汗が滲み、息を吸い込んだ喉《のど》の奥から、「ひっ」と小さな悲鳴のような音が漏れた。

「ここにいて。私ひとりで見てくる」

「礼央は？　何があった？」

「わからない。でも、たぶんいいことは起きていない。もし、私がいない間に誰かからあなたの携帯に電話が来ても、絶対に出ないで。メッセージに返信もしないで。たとえそれがマイラや礼央くんからでも」

制御室を見回した。が、あったのは何枚かの錆びたカッターの刃先くらい。

それを拾い、ジャケットの襟裏や下着の奥に隠すと、玲は薄闇の中で立ち上がった。

※

屋上から金網を伝って外付け階段に戻ると、また監視カメラに映らないよう通路を往復し、階段を上り下りしながら一階に戻った。

その間に、ネタ元リストのデータを乾参事官に送り、送信記録とともにデータも消去した。さらに昨日の昼から今までにかけて、乾、礼央、姪の莉奈とやりとりしたメールや電話の発着信記録を消し、当たり障りのないものだけを残した。

マイラたちの部屋のある八号棟一階から、改めてエレベーターに乗り込む。ふいに塗料の匂いがした。見上げると、天井にある監視カメラに黒いスプレーが吹き付けられ、さらにガムテープで覆われている。

この匂いからして、ついさっきやられたのだろう。

やはりじゃまが入ったようだ。今まさに乃亜とふたりで警察署に向かおうとしていたのに。

七階で降り、共用通路を進んでゆく。

午前二時半。他の部屋の窓明かりはほとんど消えている。

玲はマイラたちの部屋の前に立ち、呼び鈴を押した。

「はい」

マイラの声が中から漏れてくる。

「入って」

明らかに声が震えていて普通じゃない。

玲は金属のノブを回した。鍵はかかっていない。少し開けると、チェーンが切断されているのがわかった。そして入ってすぐのキッチンのテーブルに、泣きべそをかいているマイラと、顔をこわばらせた礼央が並んで座っていた。

ふたりの横には、ダサい柄のフェスTシャツを着てタバコをくわえたデブ、同じくタバコをくわえた開襟シャツの痩《や》せたガリ、ダボダボのパーカーで薄毛の眼鏡――中年男三人が立ち、デブとガリは手にした大型のナイフを、マイラと礼央の顔の近くで揺らしていた。

三人とも土足のままで上がり込み、そして胸元や袖口《そで》からは和彫が覗いている。威嚇のためにわざと見せているのだろう。日本のヤクザ、浦沢組の連中だ。

こいつらにも、もう乃亜やサントス家の情報が伝わっていた。

警察に内通者がいる？　それともデータを盗んだ柴山に乃亜以外の別の仲間がいて、そいつが漏らしたのかも。柴山自身が買い手を競合させて値を吊《つ》り上げようと、どこかに情報を流したのが浦沢組にも知られたのかもしれない。

いずれにせよ、東向島署がこの部屋の監視を緩めたことが、ヤクザたちの侵入を許す結果につながった。

「中に入れ、騒いだら殺す」

デブがいった。

「ひっ、あっ」

玲は驚き、怯えた振りをしながらあとずさり、ドアの外の通路を見た。右側から黒シャツ、左側から白Tシャツの若い男が、それぞれ近づいてくる。

逃げ場はないか。

「早く入れ。本当に殺すぞ」

タバコの灰を床に落としながらデブが凄《すご》む。すすり泣いているマイラの口に、薄毛の眼鏡がハンカチを詰め込んでゆく。騒がれたときの用心なのだろう。

玲は考えた。

敵はまず目の前の中年三人、さらに左右から来る若いのがふたり。倒すことはできるが、この狭い団地の部屋でやり合うとなると、二、三分で全員を制圧するのは難しい。その間に、逆にヤクザたちのほうが怯えたり、パニックを起こし、マイラか礼央に斬りつける可能性もある。

今、争うのは危険か。とりあえずデブの言葉に従おう。

玲は黒シャツの若い男に背中を押され、部屋に入った。

「助けて。あの、誰にもいわないから」

玲は声を震わせた。

「さっきまでこのガキと電話してたのはあんた？」

ガリの中年に訊かれ、うなずいた。

「こんな遅くに何話してた？　しかもウチまで来て。もしかしてこいつとデキてんの？」

「乃亜くんがいなくなって、マイラの気持ちがすごく不安定になってるから、ウチに来て話してやってほしいって――」

「この女の友だちか。あんたダンナいる？　ひとり暮らし？　帰りが遅いからって、ここに探しに来るような家族いない？　まあいいや。運が悪かったと思ってくれ」

黙って聞いていた眼鏡が玲のバッグを探り、携帯を取り出すと、自分のポケットに入れた。

「ＧＰＳ切るの忘れんなよ」

横からデブがいった。こいつが五人の男たちのリーダーのようだ。

デブは短くなったタバコを部屋の床に吐くと、汚れたスニーカーで踏みつけた。そしてすぐにまた新しい一本を取り出し、今ではあまり見かけなくなったS.T.デュポンの高級ライターで火をつけた。

「暗証番号は?」

眼鏡に訊かれ、玲は「0921」と素直に答えた。九月二十一日、スイスの全寮制学校で暮らしている玲の実の娘の誕生日だった。

「一応やっとくな」

ガリがテーブルにタバコを擦《こす》りつけ火を消すと、手を伸ばし玲の体の検査をはじめた。腰と胸のあたりをしつこくまさぐっている。玲はムカつく気持ちを抑え、怯えている表情を作り続けた。

「気い散らしてんじゃねえぞ」

デブの太い声が飛び、ガリが卑屈な笑いを浮かべながら、玲の体に這わせていた手を引っ込めた。

ひとつわかったことがある。この五人、本気の殺し合いには慣れていない。

身体検査をしたにもかかわらず、玲が服に忍ばせたカッターの刃先には気づかなかった。抗争が日常的で常に生死の境にいる連中なら、絶対にこんなヘマはしない。小さな油断がまさに命取りになるからだ。

「他には誰も呼んでねえな？」

デブに訊かれ、礼央がふてくされながらうなずいた。

「本当だな？　うそだったらてめえの母親ぶち殺すからな」

デブが礼央を睨む。

「弟はまだ送ってこねえのか？」

デブの声を聞き、男たちがキッチンテーブルに置かれたマイラと礼央の携帯を覗き込んだ。

乃亜の携帯に、「データを持って部屋に来なければ、母親とアニキを殺す」とでもメッセージを入れたのだろう。

「遅えな。声だけじゃなく文字も送れ」

デブがナイフのバック（背の部分）でマイラの頭を叩く。

マイラが震える手で文字を打ち込み、送信した。

「あんた、ほんとにこいつの弟の居場所知らない？」

ガリが玲に訊いた。

玲が首を横に振った直後、携帯が鳴った。

テーブルに置かれたマイラと礼央の携帯じゃない。デブが尻《しり》ポケットに差した一台だった。

「どうした？」

声を潜め話すデブの表情が険しくなってゆく。

「あ、それで？　ふざけやがって。どのあたりだ？」

デブは腹立ち紛れに意味もなく礼央の頭を殴ったあと、床に落としたタバコを踏み消し、ヤクザたちに命令した。

「おい。すぐ出るぞ」

薄毛の眼鏡が礼央の腕を摑み、椅子から立たせる。玄関に立っていた玲も、両側から若い男ふたりに腕を摑まれた。

「おまわりはいねえが、気い抜くなよ」

デブの声にヤクザたちが「はい」と返す。

「行くぞ」

ガリがマイラの服を摑み、立たせようとした。が、泣きながら首を横に振り、詰め物をされた口で呻《うめ》いている。

その横顔を、デブが平手で張り飛ばした。

「黙って来い、ババア」

デブがマイラの髪を引っ張り、立たせた。

礼央がデブを睨んでいる。

「ガキ、次にそんな目で見たら、てめえの目くり抜くぞ」

デブがいった。

意味のないことだけれど、どうしてもパリ郊外をテリトリーとしている移民系のギャングと較べてしまう。ギャング《あいつら》だったら、こんな警告をしてはくれない。今ごろ礼央は前歯を折られ、片耳を削《そ》ぎ落とされている。

「ババア、廊下で騒いだり、暴れたりしたら、その場で腹刺すからな」

また予告してくれた。

デブと白Ｔシャツの若い男が、マイラを連れて部屋を出てゆく。

威嚇と脅しが専門の、優しい日本のヤクザたち。

玲は涙を流し怯える振りをしながら、そんなことを考えていた。

5

隅田川東団地の六号棟一階には区営幼稚園がある。

その駐車場にある送迎用園バスの陰に停められたスモークガラスのワゴンに、玲、マイラ、礼央の三人は押し込められるように乗せられた。

深夜の街にワゴンが走り出す。運転席のコントロールパネルにはＡＭ３：００と表示されている。玲も礼央も手足などは縛られていない。マイラだけは口に詰め込まれたハンカチが目立たないよう、その上にマスクをつけさせられていた。

デブに渡された携帯から礼央が弟の乃亜に電話をかけた。コールの音が漏れてくる。

が、誰も出ず、留守電に切り替わった。

「場所を変える。ウチには帰ってくるな。代わりに、二丁目の流通センターの中の二十六番倉庫に来い」

礼央がデブに指示された通りメッセージを残してゆく。

「これを聞いたら電話しろ。メールやSNSじゃ駄目だ。おまえの声を聞かせろ。三十分以内にかけてこないと、俺とマムの指を切り落とすそうだ」

デブが電話を切った。

「あいつがこのメッセージを聞かなかったら？」

礼央が訊いた。

「それでも、おまえらの指を落とすよ。運がなかったと思え」

デブは脅すような強い声でいったが、この男も、そして他のヤクザたちも緊張していた。

薄毛の眼鏡はずっと携帯を握り、「はい、そっちはいわれた通りに」「いえ、やってねえすよ」と相手に対して弁明のような言葉をくり返している。ガリのほうも携帯を通じて「そうじゃねえんだよ」「だから確かめろっつってんだろ」と命令している。

三人にとって何か予想外のことが起きたのは明らかだった。

黒シャツと白Tシャツの若い男たちも、動揺した顔でしきりに窓の外を見ている。きっと警戒しているのだろう。

警察ではなく半グレの連中を。

片側二車線の道を浅草方面に進んでゆくと、右手に墨堤《ぼくてい》流通センターが見えてきた。首都高六号線向島出口と入り口の間にあり、トイレットペーパーやシャンプーのような日用品、飲料、インスタント食品など、さまざまな企業が商品をストックし輸送中継地にしている巨大なトラックターミナルだった。

入り口には遮断機と詰所があり、夜間も頻繁に出入りする車両の中に、部外車や不審車が紛れ込んでいないか警備員がチェックしている。

だが、ワゴンを運転していた黒シャツが窓を開け、合図を送ると、すぐに遮断機が上げられた。警備員にも仲間がいるようだ。

無数の倉庫が並ぶターミナル内をワゴンは静かに進み、26と書かれた大きなパネルシャッターの前で停まった。すぐに白Tシャツの若い男が降り、閉じたパネルシャッター横の通用ドアを開けに走ってゆく。

「おまえらも行け」「倉庫ん中に入るんだよ」

ガリと薄毛の眼鏡が急き立てる。

ワゴンを降りたマイラ、礼央、玲の服をヤクザたちが掴み、通用ドアへと引きずってゆく。

「逃げたら刺す」

デブとガリの手にはナイフが握られている。

が、アスファルトの上を走るタイヤの音が背後から聞こえた。

エンジン音がしない。EV車？

玲たち、そしてヤクザたちも音のほうに顔を向ける。薄闇の中、ライトをつけず静かに、しかし猛スピードで進んでくる電動SUVが見えた直後、激しい音を響かせながら一瞬前まで玲たちの乗っていたワゴンに追突した。

「急げ、おら」

背後から強く蹴られ、玲たちは真っ暗な通用ドアの内側に転がり込んだ。すぐにヤクザたちも駆け込み、鉄製のドアが激しい音を立てながら閉まる。すぐにロックがされ、薄毛の眼鏡が倉庫内のライトを点《つ》けた。高い天井からの光が玲やヤクザたちの体を照らす。

だが、ひとり足りない。

ワゴンを運転していた黒いシャツの若い男が間に合わず、捕まったようだ。

「てめえら、ふざけんな」

シャッターの外で黒シャツが叫んだが、声はすぐに途切れ、かすかな呻き声に変わったあと聞こえなくなった。

直後に通用ドアとパネルシャッターを外から強く叩く音が響いた。

「ひっ」

マイラだけでなく、ナイフを握っているヤクザのガリも小さく悲鳴を上げた。

「早く連れてけ、おら」

デブが白Tシャツの若い男に怒鳴った。

「その三人、奥に連れてけ」

※

白Tシャツに命令された通り、玲は倉庫の奥に積み上げられたダンボールの横に座っている。

倉庫内はバスケットボールコートほどの広さで、ディスカウントショップの陳列品を貯蔵してあるようだ。大型ダンボールには、マスク、キッチンやトイレ用洗浄剤の商品名が書かれている。その横には成人用おむつや缶の粉ミルク。水やアルコール飲料。園芸用の防虫剤、腐葉土、尿素肥料なども積まれていた。

浦沢組は監禁や恐喝の場所として、以前からこの倉庫を使っていたのだろう。

見張りの白Tシャツがすぐ近くにいるが、気もそぞろで、こちらなど見ていない。当然だろう。マイリと礼央を監禁し、乃亜に柴山が盗んだデータを持ってこさせようとしていたのに、今では自分たちのほうが倉庫に閉じ込められているのだから。

襲撃してきたのはデータを狙っていたJ&Sコーポレーションの半グレ集団で間違いない。

デブ、ガリ、薄毛の眼鏡の三人は、閉じたシャッターのすぐ近くで右往左往しながら電話を続けていた。援軍を呼び、同時に上層部に半グレ集団と交渉しろと頼み込んでいる。

だが、漏れてくる声を聞く限り、思うように増援を集められずにいる。たぶん、このまま増えはしないだろう。このヤクザたちが所属する浦沢組が大人数を送り込み、J&Sの半グレと衝突すれば、両者の本格的な対立に発展し、そうなれば警察も取締りを一気に強化する。

浦沢組も上部団体である身延連合も、そんな展開は望んでいない。半グレとの全面抗争など、今の時代、無駄に金を消費し逮捕者を出すだけで、何の得にもならないからだ。むしろ錦糸町や亀戸などの繁華街を、互いに適度な距離を保ちながら分割統治しようとしている。

浦沢組は万が一、サントス乃亜がデータのコピーを持っていないか、それを売ろうとしていないか、確かめ威嚇するため、デブ、ガリ、薄毛の眼鏡の三人を隅田川東団地のサントス家に行かせた。単なる脅しで、乃亜が今後データを使って金儲《かねもう》けなどを企《たくら》まなければ、組としてそれ以上危害を加えるつもりはなかったはずだ（実際にデータを盗んだ柴山は別で、とことん追われ、けじめをつけさせられただろう）。ところがデブ、ガリ、薄毛の眼鏡は上層部にいいところを見せたかったのか、意地でも乃亜を見つけ出して組に連行し、あわよくばデータを取り戻し、彼に厳罰を与えようとした。

J&Sの半グレ集団のほうも、上層部はヤクザとの本気の抗争など考えていない。だが、急ごしらえの組織のため指揮系統も雑で、乃亜にデータが渡った可能性を聞きつけた下っ端の実働部隊が先走り、乃亜をおびき出すためサントス家の人間を拉致《らち》しようとした。

あくまで想像だが、そんな小物同士の欲の張り合いが、この籠城《ろうじょう》とも監禁ともつかない今の事態につながったのだろう。どこか、老舗《しにせ》の零細企業と新興ベンチャーの間抜けなシェア競争のようだけれど、もちろん笑ってなどいられない。

遅かれ早かれ通用ドアのロックは壊され、半グレの奴らが突入してくる。

玲はまた考えた。

どうしたら巻き込まれずに逃げ出せる？　どうすればサントス家の三人は、この先も無事でいられる？

礼央は玲のすぐ横にいる。マイラは礼央の腕にすがりつき、神に祈りながらぽろぽろと涙をこぼしている。

「シスター、私はどうなってもいいから礼央と乃亜を助けて」

マイラが泣きながらうわ言のように囁《ささや》く。

「だいじょうぶ。きっとみんな無事で家に帰れる」

玲も囁き返し、そして礼央に訊いた。

「あなたはだいじょうぶ？」

「だいじょうぶじゃない。めっちゃくちゃ怖いし、ビビってる」

見張り役の白Tシャツも、デブの命令でどこかに電話をかけはじめた。

その様子を見て、礼央が小さな声で言葉を続ける。

「でも、全然現実っぽくなくて、何かのめっちゃリアルなアトラクションに乗ってるような感じもして、だからどうにか震えずにがまんできてる」

デブ、ガリ、薄毛の眼鏡と同様、白Tシャツも電話で増援を呼ぶことに必死になっている。

「あんたは全然怖くないんだろ」

礼央がいった。

「まさか。ものすごく怖い」

「うそつくなよ。フランスの特殊部隊にいたくせに」

「特殊部隊の経験があったって、怖いものは怖いよ。いつどんな予期せぬことが起きるかもしれないし」

「どうして特殊部隊に入って、長く続けてたのに辞めて日本に戻ってきた？」

「また質問するタイミングを間違えてる」

「逆だろ、今だから聞く意味があると思うけど」

「話したら、私の頼みを聞いてくれる？」

「俺にできることなら。でも、今できることなんてないよ」

「いえ、いつ予期せぬことが起きるかわからない」

玲は話しはじめた。

「私が大学二年のとき、友だちが爆破テロに巻き込まれて殺された。フランスに移ってからはじめてできた、そして唯一の友だちだった。彼女のことを思って半年くらい毎日泣いてたけど、泣く以外のことをしたくなって、警察官を目指すようになった」

「泣く以外って、復讐《ふくしゅう》？」

「そう。正義とか誰かを守りたいとかで、警察に入ったんじゃない。無差別に人を殺すテロ犯たちを殺してやりたくて、特殊部隊員になった」

「辞めたのは復讐が終わったから？」

「違う。二年半前、私の所属していた班が、誘拐された人質の奪還作戦に失敗したのがきっかけ。司令部からは人質を無傷で救出しろと厳命されたけれど、隠れ家の警備が厳重で不可能だった。私は人質のひとりを守ろうとして、背中を二発撃たれた。その守ろうとした二十歳のアフリカ系の男も撃たれ、病院搬送された二週間後に死んだ。結局、人質だった男女四人は全員が殺された」

「その責任を取って辞めさせられた？」

「半分はそうで、半分は違う。あとで聞かされたけど、私が助けようとした男は、アフリカ系移民の有力ギャングを率いている男の二番目の息子だった。公共工事利権を奪われた報復として、中東系ギャングの下部組織の連中が、アフリカ系の中堅幹部と愛人の間にできた子供だと思い込み、そんな大物の家族とは知らずに拉致した。大規模抗争に発展するのを嫌ったパリ警視庁の上級官僚たちが、アフリカ系ギャングのリーダーと交渉し、息子の安全な帰宅を確約して、警察に一任させ、私たちを送り込んだ。もちろん裏ではもっと汚らしい罪状の相殺や金の取引もあった。でも、拉致したのが誰か知り、あとがないと覚悟した中東系の連中に徹底抗戦され、私たちは失敗した。報復としてパリ警視庁の官僚ひとりと、私たちの部隊の班長だった男が、アフリカ系ギャングに殺された」

「それであんたは？」

「副班長だったのに殺されなかった。理由は命がけでギャングのリーダーの息子を守ろうとしたから。結局守りきれなかったけれど、私自身も重傷を負ったその褒美。でも、夫と離婚し、ひとり娘とも別れて、フランスを出ていくようにリーダーからいわれた。私の命を奪う代わりに、家族を奪われる苦しみを与えてやるって」

〈この国から去り、ふたりに二度と近づかなければ、命は助けてやる。生きながらに愛する者と引き裂かれる苦しみを味わえ〉

リーダーが直筆し、血判を押したそんな文面の手紙が、実際に玲のもとに届けられた。

「逆恨みじゃん」

「その通り。でも、命令通りにしなければ、奴らは私の夫と娘を殺したし、私も殺されていた。だから日本に逃げてきた」

あの事件以降、レイ・ノウジョウ・ド・コリニーだった名前からド・コリニーが抜け落ち、玲は能條の姓に戻った。

元夫フレデリク・ド・コリニーと娘のイリスとは直接会うことができない。七月十四日の革命記念日とクリスマスにだけメールを送ることが許されていた。

娘のイリスに離婚と日本への帰国を知らせたときは、怒り、それから号泣した。けれど、何日もかけて少しずつ理由を話してゆくと、当時まだ十歳だったにもかかわらず、最後には自分に降りかかった理不尽で過酷な運命を受け止めてくれた。あの子は私と離れることで、自分だけでなく、あの子の身近な人々すべてが安全になることを理解し、今、スイスの全寮制学校で生活している。

この事件で唯一喜んだのはフレデリクの両親だった。

名家の当主であるフレデリクの父は、下賤《げせん》な日本の女に奪われた次男が自分のもとに帰ってくることを心から喜んでいた。あの人は、玲たちが結婚したときも、「なぜ事実婚制度が充実しているこの国で、わざわざ法的に正式な婚姻関係を結ぶのか」と、東洋の血が家系に組み込まれることを嫌悪していた。

フレデリクの母は、可愛い孫娘のイリスが、自分の望んでいたヨーロッパや中東の良家の子女が集う学校に入学し、しかも費用を全額自分が出せていることに心から満足している。

「パリってヤバい街だな」

「ええ。南米のカラカスやボゴタほどじゃないけど、東京よりは遥《はる》かに治安が悪い。単純計算でパリの窃盗件数は東京の三十倍、殺人件数は八倍だし」

礼央が黙る。

法治国家とは思えないかもしれないが、これがフランスの都市部の真実だ。パリの治安悪化に対する不満と危惧《きぐ》は何十年も前から燻《くすぶ》り続けている。それでもかろうじて爆発せずにいるのは、一般市民の社会とギャングを中心とする非合法社会との間に、見えないボーダーラインが引かれているからだった。移民の犯罪者に支配され、違法薬物販売の拠点となっている公営団地は確かに存在する。だが一般市民は、進んでそこに近づいたり、ドラッグに興味を持ったりしない限りは安全でいられる。ギャングのほうも一般人を拉致し、無理やり薬漬けにして販路を広げるような無茶はしない。そんなことをしなくても、ネットを使えば、いくらでも欲しがっている客を集めることができる。しかも、EUのおかげでフランス一国だけでなく販路はヨーロッパ全体に広がっている。フランスのギャングたちの最大の敵は、警察や以前玲の所属していたGIGNのような特殊部隊ではなく、ビジネスのライバルであるロシアや旧東欧系のマフィアだった。玲たち警察も、ギャングが一般社会の治安を乱さない限り、第一駆除目標とすることはない。それより信念を持って無差別テロを行う宗教系武装集団を、常に最大の敵と定めていた。

ただ、パリの一般人とギャングとの間にある境界が、偶発的に崩れる場合がある。そんなときは決まって、玲とその家族が巻き込まれたような理不尽な悲劇が起きる。

「聞くんじゃなかった?」

玲は黙ったままの礼央にいった。

「ああ。俺から話させておいて悪いけど」

「世界には不条理なことばかりだし、どんな場所にも、考えもしなかった危険が潜んでる。だから私は今もすごく怖い。でも、怖がりながらも、どうにか無事に家に帰れるよう必死で考えてる」

玲は倉庫の天井を見上げた。

「あの火災報知器止められる? プロの意見を聞きたいんだけど」

礼央はまだ見習いとはいえ、電気工事士として働いている。

「止められる。感熱式と煙感知式の二種類、ふたつずつついてるけど、どっちも単独電源で、照明や空調の配電盤とは別系統で接続されてる。たぶんバックアップもついてるから、それぞれ二種類の電源ケーブルを切れば鳴らなくなる」

「時間は?」

「どこに配線が通っているのか探すのに十五分くらい」

「じゃあ切って、お願い。空調のファンも切ってほしい」

「は?」

「どうして特殊部隊に入ったのか、辞めて日本に戻ってきたのか話したら、頼みを聞いてくれるっていったよね」

玲は立ち上がった。

6

「勝手に立つんじゃねえ」

気づいた監視役の白Tシャツが駆けてくる。

「協力してもらえませんか」

玲はいった。

「はぁ？」

玲は右に軽く飛び、白Tシャツの左膝裏を蹴った。バランスを崩し倒れてくる体のうしろに回り込み、首に腕を絡め、暴れない程度に頸《けい》動脈を絞めつつ、隙間から喉元に錆びたカッターの刃を突きつけた。

「何やってんだ、こら」

気づいたデブ、ガリ、薄毛の眼鏡も駆けてくる。

「静かにしてください。外に聞こえます」

玲は三人にいった。

「あ？」

「皆さんがここから逃げるための手伝いができるんじゃないかと思って」

「ふざけんな、こいつ離せ」

デブがいった。

「わかりました」

玲は白Tシャツの首に絡めた腕をほどいた。白Tシャツがその場にへたり込む。

「見てもらった通り、皆さんと私がやりあえば悪くても相打ち、最悪、サントス家のふたりは逃げることができる。外の連中、J&Sコーポレーション配下のベトナム人の半グレですよね。マイラ、礼央、私の三人がおとなしく出ていけば、無傷では済まないとしても、大ケガを負わされるようなことはない。でも、あなたたちヤクザはどうなるかわからない。少なくとも拉致される。その後、浦沢組が勝手をしたあなたたちを切り捨てたら、最悪殺されるかもしれない」

「誰だおめえ？　頭いかれてんのか？」

デブがナイフを手に睨む。

「待てよ」

横から薄毛の眼鏡が口を挟んだ。

「ほんとにおまえ何者だ？　おまわりか？」

「違います」

「じゃあJ&Sの者《もん》か？　勿体《もったい》ぶらずにいえよ」

「そこにいるマイラの友だちで、今は予備校講師をしています。他にどういっていいか、説明しようがないです。そんなことより、待ってもあなた方への増援は来ませんよね？　私の頼みを聞いていただけるなら協力しますが」

「調子乗ってんじゃねえぞ」

　デブが凄む。

「落ち着けよ、もうちょい聞こう。あいつやけに詳しいし、強いのは間違いないだろ？」

「はあ？　あんな女に舐《な》められたままでいろってのか」

　デブが眼鏡の胸元を摑んだ。

　だが、ガリも眼鏡に同調した。

「待てってば。聞くだけはタダだろ。他に手はねえし、あの女の話聞いて、役に立たねえタワ言《ごと》なら張り倒して黙らせりゃいいじゃねえか。まあ、こっちが張り倒されるかもしんないけど」

「ふざけ――」

「そっちの条件は？」

　デブの恫喝《どうかつ》を無視してガリが訊いた。

「サントス家の三人に今後一切関わらないでもらえますか。乃亜くんは本当にもうデータを持っていません。内容も見ていないし、携帯自体も捨てて手元にはありません」

　玲は多少のうそ、いや便宜的な事実改変を交え話を進めてゆく。

「サントス家の三人も私も、この一連のことはすべて忘れます。もし約束を破って、私や礼央くん、乃亜くんが、隠していたデータをどこかに流すことがあったり、この出来事を吹聴《ふいちょう》するようなことがあれば、そのときは、あなた方の好きにしてください。拉致して指を詰めても、それ以上の制裁を加えても結構です。逆にあなたたちが約束を破り、静かに暮らしているサントス家に少しでも危害を加えるようなことがあれば――」

「どうする？」

眼鏡が訊いた。

「目を潰《つぶ》すか、手足を奪うか、とにかく心底後悔するようにします」

「あんたが？　できるのか？」

「はい」

「でも、そんなことすれば、あんたも捕まる」

「捕まらずにやる方法が、いくつかありますから」

「強気だな」

「必死なだけです。早く家に帰りたくて」

「マジで何者？　元自衛官とか？　まさかその体つきで、アメリカの元海兵隊とかじゃないよな」

「まあ似たようなものです」

「冗談だろ。なあ、あんたのいう通りにすれば、間違いなく逃げられるか？」

「外の半グレは何人ですか」

「八人いる」

「たぶん逃げられます」

「たぶん？　頼りねえな」

「ここに籠《こも》って来る当てのない援軍を待っているよりはいいと思います。あのシャッター横のドアの鍵は、もうすぐ開けられる。その前にパネルシャッター自体がこじ開けられるかもしれない。ただ、皆さんのほうにも利点があるはずです。外の半グレたちにははっきりと顔は見られていませんよね。この流通センターの監視カメラにも撮られていないはずです。半グレたちに顔や体格を見られず、今この場をどうにか逃げ切れば、しばらくは身元を特定されずに済む」

「一週間もすればバレるよ」

「その一週間があれば、丸く収まるよう話を進めることも、どうにもならず東京から遠くに逃げることもできますよね。あ、それからデータを盗んだ柴山は今後どうなっても構いません。皆さんの好きになさってください」

「舐めんじゃねえぞ」

デブが黙っていられず凄んだ。

「ちょっと待ってくれ」

ガリがいきり立つデブの説得をはじめた。デブは「信用できるか」と怒っているが、眼鏡も説得に加わった。

白Tシャツの男は朦朧《もうろう》としていた意識がようやく戻ってきたようだ。
振り返ると、礼央もこちらを睨んでいた。ヤクザと協力なんてできるかと憤っている
のだろう。
「手伝ってくれる約束だよね」
玲は彼を見てもう一度いった。
不貞腐《ふてくさ》れながらも礼央は立ち上がり、玲の手から錆びたカッターの刃を受け取ると、
火災報知器の配線の位置を探しはじめた。
外から何かを削るような音が聞こえてきた。半グレの連中、ドアにふたつついている
ディンプルキーの鍵穴をドリルで貫くつもりだ。
玲も動きはじめた。
泣き止まないマイラの肩を抱きながら、積み上がった商品を点検してゆく。
はじめは尿素肥料と希塩酸性のトイレ用洗浄剤を混ぜ、塩化アンモニウムの霧を大量
発生させるつもりだったが、もっといいものが見つかった。点火発煙式の害虫駆除剤。
このほうが早いし湿度も上がらない。それに大量の粉ミルクもある。
「おい」
うしろからデブの声がした。
「約束は絶対守れ」
ガリと眼鏡がどうにか説得したようだ。

「もちろんです」

玲はうなずいた。だが、言葉と裏腹にデブの顔には怒りが浮かんでいる。

「何をすりゃいい？」

「まず、携帯を返してください。それからあなたのライターを貸してもらえますか」

※

ライトを落とした真っ暗な倉庫の中。

玲はマイラと礼央とともに、シャッター近くにある積み上がったダンボールの陰に隠れている。デブをはじめ四人のヤクザたちも、同じように身を隠している。害虫駆除剤の煙でむせないよう、口を覆い、静かに息を続ける。

玲はデブから借りたS.T.デュポンのライターのキャップを開き、試しに点火した。間違いなく着火し、オイルも切れていない。

ドリルの音が止んだ。

すぐにドアが開き、何人もの足音が入ってきた。暗闇の中で携帯のライトの光がうごめく。

「どこ？　どこにいる？」「サントス出てきて。何もしない。助けるよ」

咳《せ》き込みながら呼ぶ声が響く。

誰かが早くもブレーカを上げ、天井のライトを点灯させた。が、暗闇は消えたものの、倉庫内は変わらずわずか先も見えないほどの白い煙に覆われている。

そして甘ったるい匂いも漂っていた。

ライト点灯時の小さなスパークではやはり引火しなかった。

「どこ？　出てこいよ」

ベトナム人半グレたちの声が早くも苛立《いらだ》ちはじめた。

玲は耳をそばだてる。動く足音が、七つから八つに増えた。煙を追い出すため、空調ファンの電源を探して歩き回っているようだ。

玲はデブから借りたS.T.デュポンのライターで、中国の白酒《パイチュウ》の瓶の口に挿した布に火をつけた。そしてすぐに投げる。

パリンと瓶が割れ、高アルコール濃度の白酒に引火し、燃え上がった直後――

爆音が響いた。

害虫駆除剤の煙に乗り充満した粉ミルクに引火、粉塵《ふんじん》爆発を起こし、倉庫全体が揺れる。煙の中で爆風を浴びた半グレたちが倉庫のあちこちに吹き飛ばされてゆく。燃えていた火炎瓶の炎も一瞬で吹き消され、爆風を浴びたパネルシャッターも歪《ゆが》んだ。

GIGNに所属していたころに実験した結果と同じだ。小麦粉やコーンスターチより、脂質やオリゴ糖などを含む粉ミルクのほうが爆発は大きくなる。

白煙の中、礼央とマイラが耳に詰めていたティッシュの栓を抜き、出口へと走り出す。

ヤクザたちも出口に走る。

倒れていた半グレの何人かが立ち上がり、ドアを封鎖しようとふらつきながら走ってゆく。白煙の中、玲は礼央たちの背を追う半グレの足を探り、ついさっき見つけたばかりのフローリングモップの柄で殴った。褐色の肌の男が倉庫の床に転がる。だが、奴らのほうも白煙の中で玲の姿を探り、ナイフで斬りつけてきた。

寸前で避ける。着ているジャケットがわずかに斬られた。足音を聞きつけ、半グレたちが集まってくる。陽動役の玲はまた走り、ダンボールの陰に逃げ込んだ。

が、飛びかかってきた半グレの腕が玲の右足首を摑んだ。左足でそいつの腕と顔を蹴り上げる。別のひとりにうしろから肩も摑まれた。モップの柄を振り回し、肩を摑んだ奴の頭を横から殴る。

シャッターの裂け目や開いたドアから白煙が外へ流れ出してゆく。右足首を摑んでいた手を振りほどき、肩を摑んだ奴の腕を抱えて投げ飛ばした。

しかし、腰に何か刺さった。この感触、テーザー銃の電極だ。

こんなものまで持っていたのか。すぐに腰に激痛が走り、体中が痙攣《けいれん》をはじめる。

思わず「はうっ」と口から息と声が漏れた。でも、耐えられる。三年前まで、こんなテーザー銃の電流に耐える無茶な訓練を、私は定期的にやっていたのだから。

電極を抜き、離れてテーザー銃を握る男の近くまで一気に間を詰める。反撃の余裕を与えず、喉と腹をモップの柄で突いた。

テーザーでなく拳銃《けんじゅう》だったら、腎臓《じんぞう》まで銃弾が達し、すぐに動けなくなっていただろう。こんなときに、またブランクを思い知らされるなんて。

だが――もう九央とマイラ、ヤクザたちは倉庫を抜け出したはずだ。私も逃げないと。爆音を聞いた流通センターの警備員や職員も、すぐにやってくるだろう。

床に這わせておいたロープを引く。積み上がった製品入りのダンボールがガラガラと崩れ落ちてくる。玲の上にも降ってくる。それを避け、ドアへと走りながらさらにロープを引き、ダンボールをまた崩す。

流れ出す白煙とともに倉庫から出ると、玲は流通センター内を駆け、隅田川の岸辺に沿って張られた高いネットを越えた。

7

通話中、鼻血が垂れてきた。

白煙の中で揉み合っているとき、顔も殴られたようだ。服を汚さないよう、顔を上げ、バッグから出したハンカチで拭う。

『どうかしましたか？』

携帯の向こうから乾徳秋参事官が訊いた。

「いえ、だいじょうぶです」

今、玲は礼央、マイラとともに言問《こととい》通りと水戸《みと》街道の交差点近くに立っている。横断歩道を渡った先には言問交番。さらにその先には東京スカイツリーがあり、薄曇りのまだ暗い空の中にぼんやりとシルエットを浮かび上がらせている。

『では、すぐに東向島署に連絡します。私も署に向かいますから』

「乃亜くんの身柄の引き取り、くれぐれもよろしくお願いします」

『必ず兄の礼央くんにも同行してもらいますので。他に私に何かできることはありますか』

「いえ、もう結構です」

『これ以上借りを作るのは嫌ですか』

「はい、怖いですから。頼った分は、いずれ必ず返さなければならないので」

『厳しく取り立てるつもりはありませんよ』

「貸し借りなどない、とはいっていただけないんですね」

『すみません。私は篤志家ではないので。でも、J&Sコーポレーションのほうは、本当にだいじょうぶですか』

「そちらのほうには、私は貸しがあるので」

『ホアン・トゥイ・リェンの件ですね』

「さすが。よくご存じですね」

リェンは両親がベトナム生まれの在日二世で、英語会話学校で講師をしている。彼女とは、玲が日本に戻った直後、語学の講師として働こうと考えていた時期に知り合った。彼女今でも友人で、年前、彼女が知り合いに騙され、本所署に窃盗・詐欺容疑をかけられたときも、玲は弁護士の兄・康平の力を借りながら彼女の無実を証明した。

リェンの実の母の名はホアン・チャウ。J&Sコーポレーションの常務だが、実質的に会社の最高責任者であり、同時に東京の東側で罪を重ねているベトナム人犯罪者や不法就労者を統括する存在だった。

そんな母をリェンは嫌い、関わらないよう距離を取り、英語講師の仕事を続けながら、日本人の夫と息子の瑛太《えいた》と三人で静かに生活している。

『リェンさんとチャウは疎遠だと聞きましたが』

「娘のリェンのほうが一方的に避けているだけです」

『あのときリェンさんを助けた借りを、母親に支払わせるわけですか』

「はい。私も慈善家ではないので。こんな非常時ですし、使えるものは何でも使います」

『気をつけて。何かあったら、遠慮なく連絡ください』

通話を切ると両目に涙をためたマイラ・サントスに抱きしめられた。

玲も彼女を抱きしめる。

「あそこで待っていればいいんだろ」

礼央が通りの向こうの交番を見た。

「ええ。東向島署から車が来る。乾という人と合流して、乃亜くんを迎えに行ってあげて。そのあと聴取を受けるけど、あなたとマイラは今日中に家に帰れるから」

「乃亜は無理か」

「しばらくは帰れない」

「しょうがない。あいつが悪いんだ」

「もしマイラとふたりで家に帰るのが不安なら、乾さんに話して。どこか安全なホテルを手配してくれるから。あなたは今日仕事を休むことになるけど、だいじょうぶ？」

「ああ、一日ぐらいなら。いろいろありがとう」

礼央は母の肩を叩いた。

「行こう」

信号が青になり、礼央とマイラが歩き出す。

ふたりが交番に入ってゆくのを見届けると、玲も水戸街道の歩道を歩き出した。

午前四時半、東の空がほんの少しだけ明るくなってきた。

トラックばかりが走っている車道を見る。この時間、タクシーは捕まりそうにない。

歩道を歩きながら面倒な仕事をかたづけるか。

携帯を取り出す。電話をかけると、相手はすぐに出た。

「お久しぶりです、ホアンさん。こんな時間にすみません」

『レイ、こちらこそ久しぶり』

「まだ早いので留守電に用件を残しておこうと思ったんですが」

『いろいろバタバタしていてね、もう起きて仕事をしていたからだいじょうぶ」

「バタバタしていたのは、ネタ元リストの件ですか？」

『やっぱり。こんな時間に電話なんておかしいと思った』

ホアン・チャウの声色が変わる。

『あなたも何か絡んでいるのね』

「サントス乃亜の兄と母親から助けてほしいと頼まれただけです。乃亜はもうリストのデータを削除しましたし、兄と母親も含めて、今後この件は絶対口外させません。だから――」

『サントス一家には手を出すなって？』

「はい、手短にいえば。大変恐縮ですが、リェンさんが巻き込まれた事件を解決したとき、この恩はいつか必ず返すと約束してくださいましたよね。それを今返していただきたいんです」

『もし断ったら　あなたと私たちは衝突することになる？』

「そうなると思います。残念ながら」

『そう――』

言葉が途切れる。ホアンは考えている。

『ねえ、そのサントスって家族を助けるのは、あなたが信じられないほど優しく、慈悲深いから？　自分の抱えている何かの負い目や傷を埋め合わせようとしているから？　危険な状況に身を置いて、自分が生きていることを感じたいから？　あ、それから本当は自殺願望があるから？』

「どれでしょう？　正直、自分でもよくわからないんです」

いや、本当は深く考えたくないのだと、自分でもわかっている。

携帯からホアン・チャウの笑う声がかすかに聞こえてきた。

『どちらにせよ、今すぐ私に決められることじゃない。知っているだろうけど、うちの下のほうの数人が先走って、それで他と揉め事が起きてしまったの。周りと相談して、今日中にこちらから電話する』

「ありがとうございます。お手数かけてすみません」

『ねえ、リェンや瑛太とは会ってる？』

リェンは彼女の娘、瑛太は孫の名だ。

「はい。二週間前にも一緒にお昼を食べました」

『元気にしてる？』

「ええ。瑛太が来年から使うランドセルをもう買いに行ったそうです。でも、私が今日のこのお願いをしたことをリェンが知ったら、しばらくは会ってくれなくなると思います。電話しても出てくれないでしょう」

『あなたからリェンと瑛太の話が聞けなくなるのか。残念だわ』

通話が切れた。

太陽が昇り、夜が明けてきた。

道を走ってくるタクシーを何台か見かけたが、どれも仕事を終え、帰ってゆく「回送」の表示を出したものばかり。

喉が渇いた。近くのコンビニで飲み物でも買うか。そういえばずっと水分を摂っていなかったな。

「おい」

ふいにうしろから声をかけられ、玲は即座に振り返った。

デブのヤクザが立っている。その右手の内側には隠すようにナイフが握られていた。

少し離れたところには、気まずそうな顔のガリと薄毛の眼鏡もいる。

「メルったく」

いつもの口ぐせが思わずこぼれ出た。

デブが睨みつける。

「つけてきたんですか？　もう会わない約束のはずですが」

「返してもらいに来たんだよ」

「あ――」

玲は気がついた。

「すみませんでした。ありがとうございます」

ポケットを探り、点火用にデブから借りていたS.T.デュポンの高級ライターを差し出した。

デブは受け取ったが、ライターを手にしたまま動かない。

「他に何か？」

「ここで俺が斬りつけたらどうする？」

「逃げます」

「逃げ切れなかったら？」

「早く行こう」とデブのうしろから薄毛の眼鏡がいった。

「見られてるぞ」ガリが言葉を続ける。

コンビニから出てきた客がこちらの様子を見ている。ジャケットにスカートの中年女と、Tシャツの袖から彫物を覗かせた男が、早朝の道で睨み合っているのは、やはり異様な光景なのだろう。他にも犬の散歩をしている老人が遠くから眺めていた。

「俺があの礼央ってガキと、その弟も殺して逃げたらどうする？」

デブは構わず続けた。

「さっき話しましたけれど」

「もう一度、聞きたいんだよ」

「すぐに見つけ出して、あなたが生きているのを後悔するような報復をします」

「殺すのは怖いか？」

「殺すような優しいことはしたくないだけです」

「何者なんだよ、おまえ」

うしろからまたガリと眼鏡が、「いい加減にしろ」「先行くぜ」と声をかける。

「絶対忘れねえからな」

デブがいった。

「私はすぐに忘れます」

デブがまた汚らしい顔で睨んだあと、振り向き、ガリ、眼鏡とともに去ってゆく。その背中が遠くに消えるまで見送ると、玲は交番の前に心配そうな顔で立つ礼央に手を振った。

やっぱりマイリ、乃亜、礼央はこれでもう安全とはならないか。

当分、気を抜けそうにないな。

まだタクシーは見つからない。

玲はまた家に向かって歩道を歩き出した。

※

家に帰ると、姪の莉奈がｉＰａｄを抱えながらソファーに横たわっていた。

「寝なかったの？」

玲は上着を脱ぎながら訊いた。

「動画見たり、ウトウトしたりしてた。今何時？」

「五時十五分。ね、今日ちゃんと学校行ってよ。また私が『おまえのせいで休んだ』ってお兄ちゃんに怒られる」

「今日は出ても出なくてもいい授業ばっかりだから。パパには私からメール送っとく」

「オババは？」

「まだ寝てる」

「珍しい。このごろまた朝が早くなって、いつもはもう起きてる時間なのに」

「オババ昨夜《ゆうべ》遅かったから」

「寝つきが悪くて？　調子悪そうだった？」

「逆。機嫌が良くて、いつもより遅くまで起きてたから。『玲がまだ帰らないなんて珍しいわね』『新しくいい人見つかったのかしら』って」

ニヤつく莉奈を睨みつける。

「オババ期待してたよ」

「それどころじゃなかったのに」

「ね、今度はどんなこと？　かなりヤバかった？」

莉奈がソファーから起き、目を輝かせた。

「待ってて、シャワーが先」

「あとでいいよ」

「だめ。コーヒー淹《い》れて待ってて。すぐ出てくる」

玲はリビングを出て洗面台の前に立ち、大きく息を吐いた。

「ただいま」

自分に話しかける。

今日もとりあえず無事に帰ってきた。少し眠って目を覚ましたら、また何か起きているかもしれないけれど。

でも、あれこれ考える前に、まずは髪を洗おう。害虫駆除剤のかすかな薬品臭と粉ミルクの甘ったるい匂いが髪に絡みつき、自分でも気持ち悪い。

服もクリーニングに出さなくちゃ。

玲はヘアバンドで髪をまとめると、指先に出したクレンジング・ジェルを頰の上で広げた。

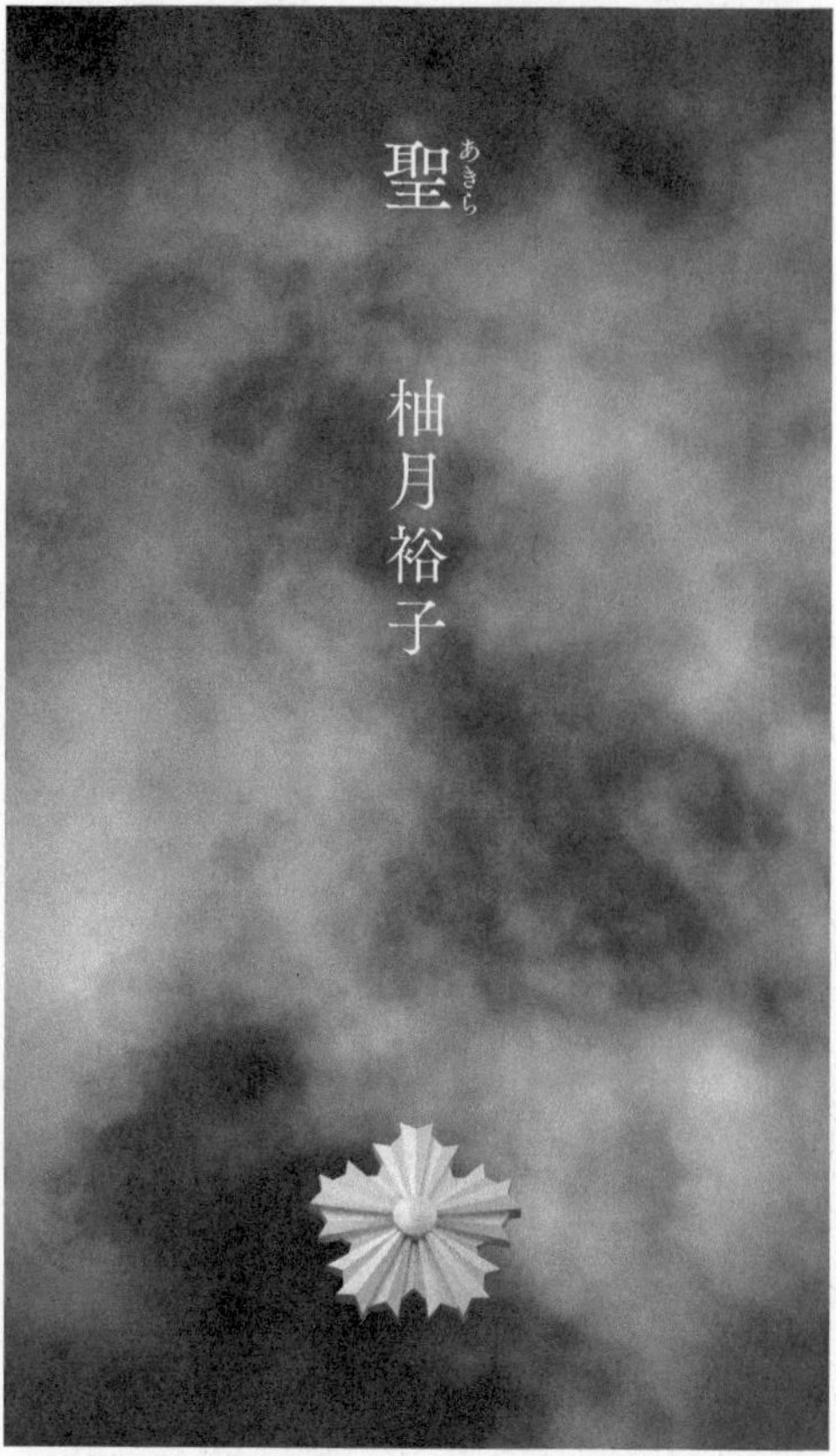
聖《あきら》
柚月裕子

柚月裕子（ゆづき　ゆうこ）

1968年岩手県出身。2008年、『臨床真理』で第7回『このミステリーがすごい！』大賞を受賞しデビュー。13年『検事の本懐』で第15回大藪春彦賞、16年『孤狼の血』で第69回日本推理作家協会賞（長編および連作短編集部門）を受賞。18年『盤上の向日葵』で「本屋大賞」2位。映画化され大ヒットした『孤狼の血』の続編に『凶犬の眼』『暴虎の牙』がある。著書に、『最後の証人』『検事の本懐』『検事の死命』『検事の信義』と続く「佐方貞人」シリーズのほか、『蟻の菜園―アントガーデン―』『パレートの誤算』『朽ちないサクラ』『ウツボカズラの甘い息』『あしたの君へ』『慈雨』『合理的にあり得ない　上水流涼子の解明』『月下のサクラ』『ミカエルの鼓動』『教誨』『合理的にあり得ない2　上水流涼子の究明』などがある。

——平成四年九月

東家《トンチャ》の男が、牌《パイ》を捨てて声を張った。

「リーチ」

千点棒を、場に投げる。

捨て牌から見て、手はそう高くない。親を逃したくないだけだ。

南家《ナンチャ》の聖《あきら》は、山から牌を摘《つま》んだ。二索《リャンソウ》。男の捨て山にある牌だ。手持ちに入れれば平和《ピンフ》の両面《リャンメン》待ちに持っていけるが、そのまま切る。自分はこの席の男から、便所に行くあいだの代打ちを頼まれただけだ。余計なことをせず、スジ追いだけをすればいい。

聖が牌を切ると、西家《シャーチャ》の男が牌を摘んだ。会社帰りのサラリーマンといった感じだ。手の牌を見ながら、眉間《みけん》にしわを寄せている。ポーカーフェイスが苦手なあんちゃんだ。悩んだ挙句、五萬《ウーワン》を切った。

「ロン」

立直《リーチ》をかけた男が、そう言って手牌を晒《さら》した。

やはり役自体は安かった。萬子《ワンズ》の一盃口《イーペーコー》のみ。しかし、立直一発《イッパツ》、裏ドラが乗って四翻《スーファン》だった。

あんちゃんは盛大な舌打ちをくれ、点棒を場に放った。

聖の対面《トイメン》に座っている北家《ペーチャ》のじいが、牌を混ぜながら言う。

「そうカッカすんなや、若いのう」

「なんやと」

あんちゃんは、じじいに凄《すご》んだ。

熱くなった素人はたちが悪い。配牌をしながら、聖はこの席の男が戻ってくるのを願う。

願いが通じたのか、男が便所から帰ってきた。

「はい、ご苦労さん」

男は椅子から立ち上がった聖に、千円札を一枚握らせる。

見計らったように、部屋の隅にいた雀荘《ジャンソウ》の主人が聖に声をかけた。

「聖、来房《らいぼう》さんから電話で、早く戻れやて。出前が入ったらしい」

来房は聖がアルバイトをしている中華料理店だ。時給で皿洗いや出前などを手伝っている。

ここの雀荘にも、出前でよく来ている。今日もそうだ。

客の代打ちをはじめたのは、一年程前だ。まだ高校生の聖が麻雀《マージャン》ができることを知った店の客が、面白がってさせたのがきっかけだった。来房が混んでいない限り、いい小遣い稼ぎになるから頼まれれば引き受けている。

聖がバイトの合間に代打ちをしていると知った店主は、いい顔をしなかった。しかし、店主は雀荘の常連で、主人にも借りがあった。主人から、聖がいると助かるから大目に見てくれ、と言われ、渋々、目をつぶっている。

聖は空の岡持ちを原付バイクの出前機に載せ、来房に戻った。

夕飯時の店は混んでいた。

建物は手前が店舗で、奥が住居になっていた。入り口は狭いが、奥が長い造りだ。戻ったばかりの聖に、店主が鉄製の北京鍋《ペキンなべ》を振りながら叫ぶ。

「そこのを、寺前《てらまえ》さんとこに届けてくれ」

厨房《ちゅうぼう》の真ん中にあるステンレス製の作業台に、ラーメンとチャーハンがふたつずつ置かれている。

店主の声に、聖は心が躍った。

寺前は符丁《ふちょう》だ。神戸《こうべ》市に古くからある宗円寺《そうえんじ》の前だから、そう呼んでいる。本当は暴力団、金坂《かねさか》組の事務所だ。姫路《ひめじ》市に本拠を置く正剛《せいごう》会の二次団体で、来房から原付で十分のところにある。

金坂組は、聖がいつも心待ちにしている出前先だ。時給が安く、人使いが荒いこの店に勤めているのも、金坂組の御用達《ごようたし》だからだ。

聖は持ち帰ったばかりの岡持ちに、料理を入れて裏口を出ようとした。その聖を店主が呼び止める。

「聖、明日《あした》、マリを頼むわ」

マリとは店主の妻——おかみさんが飼っている犬だ。長毛の小型犬で、でっぷりと太っているおかみさんが抱いていると、さらに小さく見える。おかみさんがつけた名前はマリアンヌだが、店主は自分は恥ずかしくて呼べないと略している。

店主とおかみさんは週に一度、マリを一晩、聖に預ける。詳しく聞いたことはないが、店を閉じたあと、おそらく夫婦で朝まで飲み明かすのだろう。

聖はマリが好きではない。媚《こ》びるように鳴く姿が、哀れに思えるからだ。しかし、代打ち同様、ちょっとした小遣い稼ぎになるから引き受けている。夜はどうせひとりだし、文句をいうやつはいない。

それに、どうせ来房は腰かけだ。望みが叶《かな》えばすぐに辞めてやる。

——今日こそ、頼みを聞いてもらう。

聖は岡持ちを原付バイクに取り付け、出前先に向かった。

バイクを止めた聖は、目の前のビルを見上げた。

金坂組の事務所だ。二階建てで、一階が若い衆の詰め所、二階が幹部の部屋になっている。ビルといっても、小さなスナックがふたつ重なったくらいのものだ。

岡持ちを手に入り口を開けた聖は、声を張った。

「毎度、出前です」

入ってすぐのところに、昭二《しょうじ》がいた。事務机の椅子に足を組んで座っている。昭二は聖に向かって凄んだ。

「やかましい、そんなでかい声出さんでも聞こえとるわ」

昭二はこのあいだバッジをもらった若造だ。

「これ、届けに来ました」

聖は注文の品が入っている岡持ちを、軽く掲げた。

昭二は不機嫌そうに、二階へ続く階段を顎《あご》で指した。

「来客中や。失礼な真似するんやないで」

見知らぬ人物は滅多に二階へ入れないが、御用達の店の出前持ちである聖は別だ。前に組員が一階で岡持ちを受け取り二階へ運ぼうとしたが、慣れていないため岡持ちのなかで料理がぐちゃぐちゃになってしまい、それから聖がうえまで運ぶようになった。

昭二はさらに凄む。

「料理が冷めてまうやろ。さっさといけや。アホ」

金坂組の組員になれたばかりで、とにかく威張りたいのだ。理不尽な扱いを受ける聖にとってはいい迷惑だが、気持ちはわかる。自分が昭二だったら、やはり同じようになるだろう。

一階の造りは、窓際に観葉植物があり、フロアに事務机がふたつと三人掛けのソファが置かれている。部屋にいるのが制服姿の者ならば、一般の事務所とそう変わりはない。

聖は椅子やソファに座っている数人の組員に頭をさげながらフロアを横切り、奥にある階段を登った。

二階のドアの前で呼吸を整え、ノックをする。

「毎度、来房です」

ドアがなかから開き、若頭付きの組員が顔を出した。

「おう、そこ、おいてくれや」

組員は部屋のなかを見やった。

二階の部屋は、社長室といった感じだ。突き当りの壁に大きな神棚があり、その手前に大きめの机がある。部屋は衝立《ついたて》でふたつに仕切られていて、半分は来客用のスペースで応接セットが置かれている。

組員がいった、そこ、とは机の前に置かれているテーブルだ。テーブルの周りには、背もたれを倒せばベッドになる簡易ソファがある。

聖は料理をいそいそとテーブルにならべた。

ドアをあけた組員が、代金に色を付けた金額を聖に渡す。

「余りは駄賃や。飴玉《あめだま》でも買え」

ぺこりと頭をさげて部屋を出ようとしたとき、衝立の向こうに人影が見えた。

隙間から、組長の金坂と若頭の伴井《ともい》の顔が見える。

テーブルを挟んだ向かいにいる男に、聖は眉根《まゆね》を寄せた。

グレーのダブルのスーツに、色の濃いサングラスをかけている。髪は短く、身体は大きい。削ったようにこけた頬と、薄い唇が目についた。

全身から漂うきな臭い雰囲気から、堅気ではないだろう。組の関係者か。

視線に気づいたのか、男が聖のほうを見た。

男と視線があったとたん、身体が硬直した。サングラス越しでも眼光が鋭いのがわかる。聖は男から視線を引きはがし、慌てて部屋を出た。

階段を下りたところで、聖は大きく息を吐いた。

あれは誰だ。あの迫力は、下っ端の組員ではない。低くて幹部クラス、もしかしたらどこぞの組長かもしれない。

考え込んだままその場に立ち尽くしている聖を、入り口のそばにいた昭二が呼んだ。

「おい、なにしとるんや。こっちこいや」

我に返った聖は、急いで昭二のもとへ駆け寄る。

聖がそばにやってくると、昭二は椅子から立ち上がり聖の尻《しり》を膝《ひざ》で蹴《け》った。

「お前、なにぼさっとしとるんや。用事、済んだらとっとと帰れ」

聖は直立し、昭二の目をまっすぐに見た。

「頼みます。どうか俺を昭二さんの下にしてください」

昭二は軽く舌打ちをくれた。

「その話は待っとれ言うとるやろ」

「昭二さんがバッジもろたら、俺にももろてくれる約束やったでしょう。だから俺、この一年、昭二さんの小間使いしてました。お願いです。俺を昭二さんの下に――金坂組に入れてください」

昭二はうるさそうに言い返す。

「わかっとる、わかっとる。俺もタイミング見計ろうて――」

ふたりが言い争っていると、一階の奥から先輩格の組員が昭二に怒鳴った。

「昭二、てめえ便所掃除の手ぇ抜きよったな。床が小便でびしょびしょや。やり直せ！」

叱られた昭二は急に態度をかえ、ぺこぺこと怒鳴った組員に頭をさげた。

「すんません、すぐやります」

昭二は聖を振り返りもせず、便所へ駆け込んでいく。

聖はため息をつき、事務所を出た。

バイトを終えた聖が、隣町にあるアパートへ帰ったのは夜の九時を回っていた。

今日は時間どおりにあがれたが、店が混んでいるときは十時を過ぎる日もある。多く働かせた分を、店主はケチだから時給で払わず、まかない料理でチャラにする。飯より金がいいけれど、文句は言えない。言えば辞めろと言われるからだ。出前を理由に金坂組に出入りし、組員にしてもらうまでの辛抱だ。

玄関からすぐの台所に入ると、テーブルのうえに夕飯が準備されていた。母親が置いていったものだ。コロッケときんぴらごぼうがある。どっちも、母親が勤めている食品工場の残りものだ。

テーブルには料理のほかに、郵便物とメモがあった。

メモには母親の字で『ちゃんと学校に行きなさい』と書かれている。

郵便物は、聖が通っている定時制高校からだった。

中身を見ず、メモと一緒にごみ箱に放り込む。

読まなくてもわかる。単位が足りず、このままでは留年になるという知らせだ。

聖は炊飯ジャーから飯を茶碗《ちゃわん》によそい、夕食をかっこんだ。

手早く食器を洗い、部屋の隅に置かれている布団を延べる。着替えもせずに横たわり、天井の蛍光灯を見据えた。

去年、定時制高校に入ったが、聖は卒業するつもりはない。来房同様、金坂組のバッジをもらったらすぐに辞めるつもりだ。

もともと、高校に進学する気はなかった。母親が勝手に奨学金の手続きを済ませ、強引に入学させた。

やる気のない人間が真面目に通学するはずがない。去年も単位が足りず、留年するところだった。

聖はそれでもよかったが母親に泣かれ、気が進まないながらもぎりぎりで進級した。

金坂組の組員になると決めたのは、中学三年生のときだ。

その年の夏、両親が離婚した。

母親から話を聞いた聖は、やっと決めたのか、と思った。

聖の父親は、町のチンピラだった。

ろくな仕事にもつかずヒモのような生活をしていた。

暇さえあれば酒を飲み、なにかと理由をつけて母親に手をあげる。聖が止めても、いうことをきかない。むしろもっと機嫌が悪くなり、幼い聖にまで暴力をふるった。

ふたりは、母親が勤めていたスナックで知り合った。

男ぶりもいいが、金払いもいい。その金は、別の女から巻きあげたものだと知ったのは、婚姻届けを出したあとだった。

婚姻届けを出したとき、腹にすでに聖がいた。

見栄えと人当たりがいい母親は、スナックではかなり稼いでいたらしい。しかし、身重で客商売はできず、スナックを辞めた。

父親の態度が変わったのは、そこからだったという。

出産が近くなり働けなくなった母親に冷たくなり、滅多に家に帰ってこなくなった。

たまに顔を出ししも、博打《ばくち》で勝った金をわずかばかり置いて、すぐにどこかへ出かけてしまう。女物の香水をつけて帰ってくることも多かった。

母親は、子供が生まれたら変わると思ったらしいが、変わるどころか母親への態度はますます悪くなった。床上げが済んで間もない母親を働けと急《せ》かし、まだ首も据わらない聖をさっさと託児所へ預けた。

母親はもともと酒が好きではない。もうスナックに勤めるのは嫌だったが、学歴も手に職もない母親が、一家三人を支えていくためには戻るしかなかった。

聖は母親に、ずっと離婚を勧めていた。

しかし、母親はなかなか別れなかった。あんな父親でも子供にとってはいたほうがいいと思ったのか、まだ未練があったのかはわからない。

なぜあんな男と一緒になったのか、問い詰めたことがある。母親は困惑した様子で言葉を濁した。詳しいことはわからなかったが、小声で語る言葉の端々から、両親と早くに死に別れた母親はひどく寂しかったのだと感じた。

母親が離婚を決意したのは、聖が中学三年生になったばかりのときだ。

アパートのドアを開けると、父親の怒声が耳に飛び込んできた。

当時住んでいたアパートも、いまと同じような造りだった。

玄関を入ってすぐに狭い台所があり、その奥に八畳の茶の間がある。

父親は茶の間のちゃぶ台で、いつものように酒を飲んでいた。

その頃の聖は、父親の醜態から目を背けていた。なにを言っても父親は変わらない。ならば、無関心を決め込み構わなければいい。

聖は父親を無視し、台所のテーブルの椅子に座った。用意されている夕飯を食べはじめる。

パチンコで負けたのか、その日の父親はいつも以上に機嫌が悪かった。聖の態度が気に入らなかったらしく、攻撃の矛先を母親から聖に変えた。

茶の間から台所にやってきて、夕飯を食べている聖に悪態をつく。それでも聖が黙っていると、聖の頭を拳《こぶし》で殴った。

茶の間の隅で繕い物をしていた母親は、血相を変えて父親のところへやってきた。なおも殴ろうとする父親の腕を摑《つか》み、必死に止めた。

しかし、父親はやめない。母親の手を振りほどこうと、腕を振り回す。

その肘《ひじ》が、母親の顔にあたった。母親はよろめき隣の茶の間に倒れこんだ。低く呻《うめ》き、手で顔を覆う。

手を離すと、血がついていた。

鼻血だった。

涙と血でぐしゃぐしゃになった母親の顔を見て、聖のなかのなにかが切れた。

父親のシャツの胸倉を摑みあげ、拳で顔を殴った。

そのときの父親は、聖より身体が大きかった。素面《しらふ》なら敵《かな》わなかったかもしれないが、酒で足元がおぼつかない酔っぱらいは、一発で膝が落ちた。

台所の床に膝をついた父親が、ものすごい形相で聖を睨《にら》む。

聖は台所の流しに置かれていた包丁を摑んだ。

切っ先を父親に向ける。

父親の顔が青ざめた。

母親は驚いた顔で震えている。

聖は包丁を突き出し、父親に突進した。

父親が情けない声をあげて、切っ先をかわす。

こんどこそ外さない。

乱れた息を整え、台所の隅に父親を追い詰めたとき、背後から母親にしがみつかれた。

父親とは別れるからそんなことはやめてくれ、そう泣いて懇願する。その年の夏、母親は離婚し、聖といまのアパートに引っ越した。

かつて住んでいたアパートを出るとき、父親が聖と母親に言い放った言葉を、聖はいまでも忘れない。

——お前ら、死んでまえ。

見つめる蛍光灯に、父親の顔が浮かぶ。

ふたりに詫《わ》びるどころか、最後まで罵倒《ばとう》する父親が憎かった。自分たちに対する罵《のの》りの言葉を聞いたとき、いつかこいつをぶちのめすと心に誓った。

あいつは絶対に許さない。どこまでも追い詰め、自分がしたことを一生後悔させてやる。

それには力が必要だ。腕力だけでなく、あいつが心底震えあがるものが必要だ。

考えた聖がたどり着いた答えが、暴力団員だった。

父親はチンピラだった。表社会で生きる力はなく、裏社会でのし上がる根性もない。中途半端な男だ。

そんな男が、自分を恨んでいる息子がバッジをつけて現れたらどうなるだろう。我が子であろうと暴力団の組員だ。歯向かえば報復が待っている。

金坂組の名前は、前から知っていた。地元では名が知れた組で、ときどき新聞に組員がしょっぴかれた記事が載っていた。

入る組を決めたはいいが、どうすればバッジをもらえるかわからなかった。町中で遭遇した組員に頼み込んでも、見知らぬ小僧に簡単にくれるはずがない。

聖は金坂組の事務所を、それとなく観察した。すると、来房が出前でよく出入りしているのを見つけた。

これだ、と聖は思った。来房で働き、金坂組の組員に顔を覚えられれば、バッジをもらえるチャンスがあるかもしれない。

そこまでは聖の思いのままに事は進んだ。金坂組に出入りしているチンピラの昭二に取り入り、やつがバッジをもらうときに自分も紹介してもらえることになった。

しかし、この昭二が見立て違いだった。いざバッジをもらってものらりくらりと話をはぐらかし、一向に聖との約束を守る気配はない。

どんな小さな約束事でも、守らないやつはだめだ。そう聖は思っている。その考えは、ろくでなしの父親から学んだ。

昭二はあてにならない。あいつは諦《あきら》めて、別のやつを探そう。俺は諦めない。絶対にバッジをもらって、父親に復讐《ふくしゅう》する。

恐怖でゆがむ父親の顔を想像する。泣いて詫びるか、土下座をするか。女子供にしか威張れない小さな男だ。ちょっと大きな声を出したら失禁するかもしれない。

喉《のど》の奥から、笑い声が漏れる。

くぐもった声は次第に大きくなり、やがて哄笑《こうしょう》になった。

腹を抱えてひとしきり笑うと、聖はふたたび天井を睨んだ。

恐怖でゆがむ父親の顔めがけて、拳を突き上げる。

いまどこでどうしているかわからないが、首を洗って待っていろ。俺が息子だったことを後悔させてやる。

胸に熱いものが込み上げる。

聖は灯《あか》りを消すと、昂《たか》ぶった気持ちを抑えながら眠りについた。


皿洗いをすべて終えた聖は、厨房の奥に向かって声を張った。

「店の片付け終わりました」

店舗と住居を仕切っている珠《たま》のれんを分け、おかみさんが奥から出てきた。

「お疲れさん」

腕にマリがいる。舌を出しながら聖を見ている。

おかみさんは、いつもより化粧が濃かった。これからだんなとふたりで出掛けるために、めかしこんだのだろう。

　おかみさんは、マリを聖に抱かせた。

「いつもどおり、頼むわ。エサとおやつはこの袋にあるから。あんたへの駄賃も一緒に入っとるで」

　おかみさんにとって聖にくれてやる金は、犬のエサやおやつと同じようなものなのだ。

　聖はなにも言わずに頭をさげ、マリと袋を受け取った。

　店を出た聖は、マリを自転車のかごに入れて近くの公園へ向かった。

　マリを預かったときは、いつも公園でしばらく遊ばせてから家に連れて帰る。アパートはペット禁止だ。少しでも部屋にいる時間を減らすためだった。

　途中のコンビニで、コーラとスナック菓子を買う。

　夜の公園は、誰もいなかった。

　街灯のあかりが、ぽつんぽつんと灯《とも》っている。

　聖はベンチに腰掛け、マリの首輪を外した。

　マリは楽しそうに、あたりを駆け回る。

「嬉《うれ》しいか、そうやろな。いっつも首輪で繋《つな》がれて、デブのおばはんに抱かれて窮屈やな」

買ってきたコーラとスナック菓子を口にしながらぼんやりしていると、急にマリの姿が見えなくなった。

「マリ、マリどこや」

名を呼びながら、慌てて探す。

はしゃぎすぎて公園から出てしまったか、誰かに連れていかれたか。

マリになにかあったら、ただではすまない。散々叱られ、店も首にされる。

聖はコーラとスナック菓子を放り出し、マリを探した。

どこにもいない。

乱れた息を整えながら、次なる手を考えていると、公園の奥から誰かがこっちに向かってくるのが見えた。

暗闇に目を凝らす。

近づいてきた者の顔を見た聖は、息をのんだ。

昨日、金坂組の事務所にいた男だった。

夜なのに、昨日と同じようにサングラスをかけている。目が合ったのは一瞬だったが、男の危ない感じはしっかりと覚えていた。

男の腕のなかを見た聖は、短い声をあげた。

マリだった。

聖は男に駆け寄った。

「マリ、どこいっとんたんや。心配したやろが」

男はマリを地面におろす。

「こいつ、わしの足にしょんべんひっかけよった」

聖はぎょっとして、急いで詫びた。

「すんません。俺が目を離したばっかりに──」

深々と頭をさげる聖の耳に、男はつぶやいた。

「嘘や」

顔をあげると、男は笑っていた。男はその場にしゃがみ、マリの頭を撫《な》でる。

「ずいぶん人懐っこい犬やな。愛想したら寄ってきよった」

聖は、アルバイト先の犬で預かっている、と説明した。

犬好きなのか、男はずっとマリを撫でている。

聖は口のなかにたまった唾《つば》を、ごくりと飲み込んだ。

これはきっと、なにかのお導きだ。昭二はあてにならない。自分を売り込むチャンスだ。

聖は覚悟を決めて、男に訊《たず》ねた。

「昨日、金坂組の事務所にいましたよね」

男は地面にしゃがんだまま、聖をしたから見上げた。答える代わりに、聖に訊ねる。

「お前、昨日の出前持ちやな」

覚えられていた。

聖は嬉しさのあまり、大きな声を出した。

「そうです。俺、来房で働いていて、昨日、事務所に出前届けたんです。そんときに、あんたを見ました」

聖は男に懇願する。

「お願いです。俺をあんたの子分にしてください。なんでもします。だから、俺にバッジをください」

男は驚いたように口を開け、次の瞬間、声に出して笑った。

「子分か。お前がわしの——こりゃええわ」

男は笑い続ける。

聖は次第に腹が立ってきた。自分はなにもおかしいことは言っていない。

男は立ち上がると、ズボンのポケットに手を突っ込んだ。なかから、煙草とライターを取り出す。ライターはカルティエ、煙草はコイーバだった。

男は煙草に火をつけながら、聖が座っていたベンチを顎で指す。

「座るか」

聖は男に言われるまま、ベンチへ向かった。

バッジをもらうまたとないチャンスだ。ここはなんとしてでも、男と渡りをつけなければならない。

男はベンチに腰を下ろすと、隣に座った聖に訊ねた。

「お前、わしをどこの組の者やと思うとるんや」

ごまかしても仕方がない。正直に答える。

「知りません。せやけど、一廉《ひとかど》の方や思てます」

また男が声に出して笑った。

「一廉――わしがそう見えるか」

聖は頷《うなず》いた。

それにしても、よく笑う男だ。

男は再び訊ねた。

「なんでバッジが欲しいんや」

「言わなあかんでしょうか」

ろくでなしの父親のことなど、口にしたくない。

男は煙草を吸いながら言う。

「この道は、一にも二にも根性や。遊び半分で考えとるなら、やめたほうがええ」

聖は男に向かって膝をただした。

「根性ならあります」

男が聖を見た。目が、それなら質問に答えろ、と言っている。

聖は仕方なく、バッジが欲しい理由を説明した。余計なことは言わなかった。事実だけを言葉少なに語る。

遊び疲れたマリが、足元にうずくまった。

聖はマリを見ながら、誰にともなくつぶやく。

「俺はあいつみたいな中途半端なやつにはならへん。学もこれといった取り柄もあれへんから、表社会での成功は無理や。けど、裏社会なら別や。根性でのし上がってみせる」

男は二本目の煙草に火をつけながら、聖に訊ねた。

「名前は」

「聖です。有田《ありた》聖」

男は難しい顔をした。

「ありたあきら——呼ぶたび口を大きく開けなあかん。呼びづらいな」

自分でも気にしていたことを言われ、聖は少しむっとする。

「しゃあないでしょう。母親が旧姓に戻ってそうなったんですから」

「字はどう書くんや」

バイブル——聖書の聖だと答える。

男の顔がぱっと輝いた。

「そうか。そりゃあええ」

男は嬉しそうに、ひとりで頷いている。

聖の真剣な頼みを面白がっているかのような態度に、聖は腹が立った。男に詰め寄る。

「ちゃんと話を聞いてください。俺は真面目に言うとるんです」

男は顔に笑みを残し、少しうつむいて息を吐いた。

「ああ、聞いとるよ。ちゃあんと聞いとる」

男は腰をかがめ、近づいていたマリの頭を撫でた。

「こいつの面倒を、いつから見とる」

どうでもいいことを訊ねる男に、聖は焦《じ》れた。

「そんなことどうでもええでしょう。それよりバッジを——」

男は腰をかがめたまま、斜《はす》に聖を見あげた。

「ええから答えろ」

聖は身を固くした。

ドスがきいた男の声には、有無《う》を言わせない凄味があった。

聖は怯《おび》えながら答えた。

「半年くらい前からです」

「預かる日は決まっとるんか」

聖は頷く。

「いつも、店が休みの前日です。今日のように夜から預かって、次の日の昼頃に返しに行きます」

男はフィルターだけになった煙草を、地面でもみ消した。

「お前、なんで店主がマリを預けるか知っとるか」

聖は自分の想像を伝える。

「ふたりで飲み歩きたいからでしょう」

男はしばらく黙っていたが、地面からマリを膝に抱き上げると、頭を撫でながら言った。

「お前、こいつを飼う用意しとけ」

「ええ?」

自分でも間抜けと思う声が出た。

「なんでですか。それに、俺んちアパートやから無理ですよ」

「ほな、こいつは保健所行きや。かわいそうに」

聖は混乱した。聖の名前に妙に喜んだり、いきなりマリを飼えと言ってきたり、話がまったく見えない。

男は聖にマリを抱かせると、ベンチから立ち上がった。ズボンのポケットに両手を突っ込み歩き出す。

この場を立ち去ろうとする男を、聖は慌てて引きとめた。

「待ってください。まだ話は終わってません。あんたはどこの組の人ですか」

男は少し先で立ち止まると、聖を振り返った。口元になにか企《たくら》んでいるような笑みを浮かべる。

「そのうちわかる」

そのうちということは、また会えるのか。

続けて問う。

「名前は――」

「それも、そのうちわかる」

もっと訊《き》ねたいことがあった。しかし、なにを訊いても男は答えないだろう。少なくとも、いまはなにを訊いても無駄だ。

男は聖に背を向け、闇の奥へ消えた。


男に会った日から、聖はずっと落ち着かなかった。

なにをしていても、男のことが思い出されて考え込んでしまう。

相変わらず金坂組には出前に行っている。しかし、男の姿はない。

昭二にそれとなく訊ねてみようかと思ったがやめた。なんだか、訊いてはいけないような気がした。

聖が男に会ってから、ちょうど一週間が過ぎていた。

明日が店の定休日だ。

厨房で皿を洗っていると、店主が聖を呼んだ。

「聖」

手を止め、後ろを振り返る。

「今日もマリを頼むな」

聖は頷き、再び皿を洗いはじめる。

手を動かしながら、公園で男が言った言葉を思い出した。

——お前、なんで店主がマリを預けるか知っとるか。

男に言われるまで、店主たちが夫婦そろって飲みに行くためだとばかり思っていた。それまでは別の誰かに預けていたが、何かしらの理由でできなくなった。それで、聖に頼むことにしたのだと考えていた。

しかし、改めて訊かれると、なにか腑《ふ》に落ちない。飲みに行くのはいいとして、半年ものあいだ毎週欠かさずというのはどうか。互いに体調がすぐれないときもあるだろう。実際、思い返してみると、夫婦そろって風邪をひいたときがある。店が休みの前の日だった。明日が休みでよかった、熱が出たら店を臨時休業しなければいけなかった、そう店主は言っていたから確かだ。

熱はなかったとしても、さすがにその日は飲みには行かなかったはずだ。いつも濃い化粧をしているおかみさんが、その日はすっぴんだったからだ。

今日は出かけないはずだから、マリを預かることはないだろう。そう思っていたが、店主はいつものようにマリを聖に頼んだ。一瞬、不思議に思ったが、深くは考えずマリを預かった。

――マリを預けるのは、飲み歩くためやないのか。

聖は動かしていた手を止め、肩越しに振り返った。店主は厨房の椅子で、なんとはなしに煙草をふかしている。

視線に気づいた店主は、怪訝《けげん》そうな顔をした。

「なんや？」

「いいえ」

聖は慌てて顔の向きを元に戻し、手を動かした。

マリを連れて店を出た聖は、公園に向かった。

一週間前、男と会った場所だ。

公園に着きいつものように首輪を外すと、マリは嬉しそうに走り出した。

そばにあるベンチに腰掛け、あたりを見る。

男を探すが、見当たらない。

聖は重い息を吐いた。

――そのうちわかる。

男が口にしたその言葉から、ここに来ればまた会えると思ったが、そんなうまい話はない。自分がそう信じたいだけだ。

聖は、目の前ではしゃいでいるマリにつぶやく。

「なあ、もういっぺんいなくなれよ。あの男を連れて来いや」

マリが答えるはずはない。一心不乱にあたりを駆け回っている。

楽しそうなマリをぼんやりと眺めていると、急にマリが動きを止めた。

四肢《しし》を踏ん張り、遠くを見据える。

「どうした、マリ」

ベンチから立ち上がり、マリのそばへ行こうとすると、マリは遠くに向かって吠《ほ》えはじめた。

牙《きば》をむき、なにかを威嚇するような吠え方だ。

普段、マリは大人しい。こんなマリを見るのははじめてだった。

「どうしたんや、なにかあったんか」

マリの視線の先を見るが、なにもいない。

けたたましい吠え声が、夜の公園に響く。

聖は嫌がるマリを、無理やり腕に抱えた。

「マリ、やめろや。うるさいやろ」

叱っても、マリはやめない。腕のなかで一点を見つめながら、吠え続ける。

「なんや、なんなんや」

困惑する聖の耳に、誰かの話し声が聞こえた。

「それ、ホンマか」

「近くに住んどるやつが言うとるんやから、間違いないて。あたりは大騒ぎやってよ」

声は公園の外の歩道から聞こえてくる。男のふたり連れのようだ。あがっている息から、走りながら話していることが窺《うかが》える。

どこかでなにかあったらしい。事故か、喧嘩《けんか》か。

次に聞こえてきた男の声に、聖は息を止めた。

「俺、来房、時々行っとったんやけどな。もう店、閉めるかもな」

――来房。

もしかして、騒ぎは来房で起こっているのか。まさか、そんな。

聖ははっとして、腕のなかで吠え続けているマリを見た。

マリが見つめて吠えている方角は、来房があるほうだった。

聖はマリに首輪をつけると、置いていた自転車のかごに乗せ、漕《こ》ぎだした。

――来房でなにがあったんや。あたりは大騒ぎって、もう店を閉めるかもって、いったいなにが起こったんや。

店が近くなるにつれ、路上に人が増えてきた。ぶつからないよう、人のあいだを縫いながら自転車を走らせる。

店のそばまで来た聖は、荒い息を吐きながら自転車を止めた。

建物の周りには、野次馬の人垣ができていた。みんなつま先立ちで、店のほうをみやっている。

聖はマリを胸に抱き、人垣のなかに割って入った。

「ちょ、ちょっとすんません。通してください」

やっとの思いで人垣の前に出た聖は、目の前の光景に愕然《がくぜん》とした。

店を、盾を持った警官たちが取り囲んでいた。

警官たちのバリケードのなかから、怒声が聞こえてくる。威嚇や脅し、罵声といったものだ。

なおも吠え続けるマリを抱きながら、聖はふらふらと前に出る。

聖に気づいた警官が、盾で止めた。

「危ないから、下がっていなさい」

警官に、聖は訊ねた。

「いったい、なにがあったんですか」

「いいから下がって」

警官は答えない。盾で聖を押し戻そうとする。

「俺、ここで働いてて――この犬はここの犬で、だから――」

頭が混乱していて、自分でもなにを言っているのかわからない。

警官が怖い顔でなにかを言いかけたとき、店の奥が一段と騒がしくなった。

大勢の怒鳴り声が、近づいてくる。

「離さんかい、ボケ！」

「こんな真似して、ただで済むと思うなよ！」

「黙らんかい！」

警官のバリケードが勢いよく左右に割れ、店の入り口から人が出てきた。二十人はいるだろうか。金坂組の組員や地元のチンピラ、商店街にあるスナックのマスターたちだった。来房の店主やおかみさんもいる。みな、手錠をかけられていた。

いったいなにがあったのか。どうして店主やおかみさんが警察に連行されているのか。マリを抱いたままその場に立っていると、少し遅れて奥から見覚えのある男が出てきた。

公園で会った男だ。

やはり、サングラスをかけている。男も連行されるのだろうか。

歩いてくる男を眺める聖は、いや、と思い直した。

男は両手をズボンのポケットに入れていた。手錠はされていない。

聖はますます混乱した。

どうして男がここにいるのか。手錠をされていないところをみると、逮捕者ではないのか。

男が聖に近づいたとき、ひとりの警官が男に駆け寄った。男の前で直立し、声を張る。

「現場にいた者、全員、連行しました。千手《せんじゅ》巡査部長」

警官が呼んだ男の名前に、聖は耳を疑った。

いま警官は、男を巡査部長と呼んだ。聞き違いだろうか。いや、そうではない。警官ははっきりとそう呼んだ。

——まさか、男が警察やったなんて。

マリを抱いたまま口を開けていると、男が聖に気づいた。反射的に身を固くする。

男はにやりと笑い、目の前を通りすぎた。

逮捕者を乗せたパトカーが、赤色灯をつけて走り出す。

聖の後ろで、野次馬の声がした。

「まさか、店の奥が賭場《とば》になっとったなんてな」

「どうやら毎週、開かれてたらしいで」

すべてのパトカーがいなくなると、野次馬も立ち去った。

あれほど吠えていたマリは、大人しくなっていた。

——お前、こいつを飼う用意しとけ。

公園でそう言った男の声が、耳の奥で蘇《よみがえ》る。

男はあのときすでに、店がガサ入れされるとわかっていたのだ。店主とおかみさんは逮捕される。マリの面倒を見ることができなくなるから、聖にそう言ったのだ。

マリが聖を見上げ、寂しそうに鼻を鳴らす。

聖は、腕のなかにいるマリを抱きしめた。

公園についた聖は、マリの首輪を外した。

マリは嬉しそうに、あたりを駆け回る。

夜の公園は、ひっそりと静まり返っていた。

聖はいつも座っているベンチに腰を下ろすと、手にしていた求人情報誌を開いた。駅のコンコースに無料で置かれているものだ。

ページをパラパラとめくるが、中身が頭に入ってこない。

聖は重い息を吐き、冊子をベンチに置いた。

来房にガサ入れがあった日から三日が過ぎた。

経営者が逮捕された店は閉じられたままになっている。

来房のガサ入れは、翌日の新聞で大きく取り上げられた。

記事によると、警察はかねて来房が金坂組が関与している賭場ではないかと睨み、捜査を続けていた。あたりをつけて踏み込んだところ、警察の読みどおりだった。建物の奥にある二間続きの和室で、違法賭博が行われていた。

聖はベンチの背もたれに身を預け、空を見上げた。

もらう予定だった今月分のバイト代は、諦めるしかない。ただ働きをさせられたうえに、バイト先を失った。挙句に、犬の面倒まで見る羽目になるなど、踏んだり蹴ったりだ。

それだけでも落ち込むが、聖がなにより気落ちしているのは、抱いていた野望を叶えられなかったからだ。

来房にガサ入れがあったあと、金坂組にも警察の捜査が入った。来房での逮捕者のなかには、金坂組の組員もいた。それをとっかかりに、どんな微罪でもいいから令状をとり、ひとりでも多くの組員をしょっ引く算段だ。

もしかしたら、来房のガサ入れはきっかけづくりにすぎず、本当の目的は金坂組事務所の捜査だったのかもしれない。

聖は目を閉じた。

そんなことはどうでもいい。これから自分は、なにを目指せばいいのか。

また、来房のような店を探すか。いや、暴力団の事務所に出前をしている店など、そうない。それに、この土地で事務所を構えている暴力団を、聖は金坂組しか知らない。探せば小さなところはあるのかもしれないが、そんなところはいやだ。つけるなら、でかい組のバッジでなければ意味がない。そうでなければ、父親への報復にならない。

――これからどうすればええんやろ。

途方に暮れていると、どこからか足音が聞こえた。

足音は、ゆっくりと聖に近づいてくる。

目を開けると、聖の前にあの男がいた。警官が千手巡査部長と呼んでいた男だ。両手をズボンのポケットに突っ込み、サングラス越しに聖を見ている。

「よう」

千手はにっと笑い、聖の隣に腰を下ろした。

「どないした、元気ないな」

千手は面白そうに聖を見ている。

マリが千手の足にじゃれた。自分の飼い主を逮捕したやつにしっぽをふるなど、賢くない犬だ。

「おお、お前は元気やな。よしよし」

千手はマリの頭を撫でる。

聖は不貞腐《ふてくさ》れながら、千手に訊ねた。

「なんで黙ってたんや」

「ああ?」

千手は語尾を大きくあげた。

「なんのことや」

白をきる千手に腹が立つ。

「ふざけんなや。あんた、警察やったんやろうが。俺はてっきり組の関係者やと思てたのに、騙《だま》しよって」

千手は笑った。

「お前が勝手に勘違いしたんやろうが」

千手の言うとおりだが、それにしても腹の虫がおさまらない。食って掛かる。

「せやからいうて、黙っとることないやろ。それに、そんな形《ナリ》しとったら誰かて勘違いするわ」

千手はズボンのポケットから、煙草とライターを取り出した。前と同じ、カルティエとコイーバだ。

千手は煙草に火をつけ言う。

「まあ、似たようなもんや。バッジが組の紋かお日さまかの違いだけや」

「あんた、何者なんや」

千手はうえに向かって、煙を吐いた。

「兵庫県警刑事部組織犯罪対策課の千手光隆《みつたか》。階級は巡査部長や」

組織犯罪対策課――通称マル暴の刑事か。

「刑事がなんで金坂組の事務所におんねん」

千手はそのときのことを思い出すように、ああ、と気の抜けた声を出した。

「まあ、なんや。こっちにもいろいろ事情があってな」

内偵といったところか。

「俺が運んだラーメンとチャーハン、どっちか食ったんやろ。刑事が暴力団と馴《な》れ合いか」

千手は口角を引き上げた。

「馴れ合いやない。持ちつ持たれつぃうやつや」

詭弁《きべん》だ。

「俺も利用したんか」

聖は千手を睨んだ。

いまになれば、店主がマリを聖に預けていた理由がわかる。

いくらマリが人懐こくても、見知らぬ人間がぞろぞろ家に上がり込んだら、驚いて吠えまくらないとも限らない。どこかの部屋に閉じ込めても、気配で騒ぐ可能性がある。だから、賭場が開かれる夜は、マリを聖に預けていた。そこに千手が気づき、聖に探りを入れたのだ。

食って掛かる聖を、千手は声に出して笑った。

こいつはよく笑う。笑い上戸なのかもしれない。

千手はマリの頭を両手で揉《も》むように撫でながら言う。

「利用はしてへん。聞き取りをしたんや」

聖は言い返さなかった。なにを言っても、こいつは理屈をこねて相手を丸め込む。言うだけ無駄だ。

マリが千手のところから、聖のもとへやってきた。

聖の足元に座り、スニーカーを甘噛《あまが》みする。

マリのしたいようにさせながら、聖は訊ねた。

「親父さんとおかみさん、どないしてる」

警察に連行されたあと、ふたりが店に戻った形跡はない。

千手は深く煙草を吸う。

「今日、検察へ身柄付きで送致した。やつら、情報をたんまり握っとる。検察もそう簡単には解放せんやろ。おそらく勾留《こうりゅう》期間いっぱい——二十日、拘置所に入るやろな。そのあと起訴されて、公判に入る。被告人は裁判のあいだも拘束されるから、かなりのあいだ出て来られへん」

聖はがっくりと肩を落とす。

店を再開するのは難しいとは思っていたが、これで確定だ。ひと月以上も拘束され、裁判で有罪になったやつの店に誰が来るか。少なくとも、あの場所で続けるのは無理だ。

聖は舌打ちをくれた。

「まったく、なんで賭場なんかしたんや」

店はそこそこ繁盛していた。食うには困らなかっただろう。真面目に商売をしていればふたりが逮捕されることはなく、聖もこんな目に遭わずに済んだ。どうして危ない橋を渡ったのか。

千手の話によると、来房が賭場として使われたのは、半年くらい前からだという。ちょうど聖がマリを預かりはじめたころだ。

「場所を提供するかわりに、売り上げの何割かもらってた。来房での賭場を開帳してたのは金坂組やけど、ふたりは金坂組から脅されてしかたなく場所を貸したと言うてる。せやけど、こっちの捜査でそんなんはうそっぱちやとわかっとる」

あの夫婦はかなりのギャンブル好きだ。麻雀、パチンコ、競馬で飽き足らず、金坂組の話にのったのだろう。場所代が手に入るうえに、博打を楽しめるとなれば頷かないわけがない、そう千手は言う。

「まあ、これからみっちり調べがはいる。あの夫婦がほんまのことを白状するんも時間の問題や。その供述から、このあいだいなかった賭場の客も、芋づる式に出てくるやろな。そのなかには、金坂組の組員もおる。これで金坂組の勢力は大きく削《そ》がれる」

聖の頭に、昭二が浮かんだ。

昭二に、事務所に出入りしている男に公園で会った、と話していたら、昭二はガサ入れがあると察しただろうか。気づいた昭二が幹部に話していたら、摘発を受けることはなかったのか。

そう言うと、千手は鼻で笑った。

「あいつにそんな頭あるか。まあ、もし気づいたとしても、どうってことない。警察はありとあらゆる動きを想定しとる。今回、見送っても、次の機会を狙うだけや。いっぺんしっぽを摑んだら、なにがあっても放さん」

聖は千手の話を、どこか遠くで聞いていた。

最初から、自分が金坂組のバッジをもらうことはなかったのだ。

聖はうえを見た。

雲がかかっているのか、星は見えない。これからの自分と同じだ。先が見えない。

ぼんやりと空を見ていると、千手の真面目な声がした。

「なあ、お前、警察官にならんか」

突拍子もない言葉に、聖は驚いて千手を見た。

「いきなりなに言い出すんや。俺みたいなのがなれるわけないやろ。中学でも勉強はできへんかったし、いま行ってる学校は定時制や。そこかてろくに行けてない」

千手は煙草をうまそうに吸う。

「学歴は関係ない。身長や体重などの条件はあるけど、それさえクリアしてれば誰でも試験を受けられる。せやけど、学歴はあってじゃまになるもんやない。せっかく通ってるんや。がんばって卒業しろ」

聖はうつむいた。

自分が警察官になるなんて、考えたこともなかった。

千手は聖をさらに煽《あお》る。

「親父に復讐するとか言っとったけど、それならなおさらおまわりがええ。バッジもんは、どんなに力があっても日陰の身や。おまわりやったら正々堂々、でかい顔ができる。なんなら、適当な罪状つけて親父に手錠《ワッパ》もかけられる。どうや、痛快やろう」

たしかに痛快だが、適当に罪状をつけるのは問題があると思う。それに、あまりに唐突な話過ぎて、すぐには考えがまとまらない。

いつのまにか、マリは足元で寝ていた。

黙っていると、千手はさきほどまでのおちゃらけた口調を改め、真面目な声で言った。

「そのほうが、おふくろさんも喜ぶ」

聖は千手を見た。

千手はさきほどの聖のように、空を見ていた。

うえを見ながら千手が言う。

「さんざん男で泣かされたんや。お前まで泣かせるなよ」

聖は台所のテーブルにあった母親のメモを思い出した。白い紙に、ちゃんと学校に行きなさい、と書かれていた。

千手がベンチから勢いよく立ち上がった。聖の前に立ち、両手をズボンのポケットに突っ込む。

「わしら、ええコンビになるで」

「はあ？」

間抜けな声が出た。

千手は嬉しそうに話を続ける。

「わしは、お前の名前を聞いたときから、わしらはええコンビになる思てたんや」

聖という名前だと、どうして千手といいコンビになるのか。

千手は芝居がかった咳《せき》ばらいをし、胸を張った。

「お前、観音様《かんのん》て知っとるやろ。寺に祀《まつ》られとるあれや。そのなかに千手観音《せんじゅ》ておるやろ。そう、わしの千手や。ほんで、お前の名前の観音様もおる。聖観音《しょう》や」

そこまで言って、千手は腰をかがめ聖に顔を近づけた。にやりと笑う。

「千手に聖、観音コンビや」

聖はあきれながらため息をついた。

詭弁、屁理屈《へりくつ》、こじつけは千手の得意技らしい。

千手は体勢を元に戻し、遠くを見てぼやく。

「最近入ってくるやつは、頭はええかもしれんけど根性がない。くそ真面目なやつばかりで、融通がきかへん。なにかっちゅうと、すぐにそれは規則違反やとか、課長に言うとかいちゃもんばかりたれる。その点――」

千手は嬉しそうに聖を見た。

「お前は根性がある。ええ刑事になるで」

千手は聖の肩を、勢いよく叩《たた》いた。

「ええか、真面目に高校卒業して、試験、受けろ。ヤマはわしが教えたる。心配するな」

千手は言いたいことだけ言って、聖の返事も聞かずこの場を立ち去った。

聖は千手が消えたほうを、見つめた。

勝手なことを言ってくれる。

暴力団の組員を目指していたやつに、まったく逆の道を進めるやつの気が知れない。

俺なんかがおまわりになれるはずがないだろう。なにが観音コンビや。勝手に言うてろ。

ベンチから立ち上がり、寝ているマリを腕に抱く。

歩き出した聖の耳に、千手の声が蘇った。

——そのほうが、おふくろさんも喜ぶ。

聖は足を止めて、座っていたベンチを振り返った。

口角を引き上げて笑う、千手の顔が浮かぶ。

俺なんかが、警察官になれるわけない。

もう一度、心でそうつぶやき、聖は踵《きびす》を返した。


アパートのそばまできて、自分の部屋を見た聖は眉根を寄せた。

灯りがついている。

この時間は、母親は夜勤でいないはずだ。

鍵《かぎ》を開けてドアを開けると、母親の声がした。

「お帰り」

母親は台所で料理を作っていた。

どうして家にいるのか。

母親は、煮物をかき混ぜながら言う。

「急に夜勤が交代になったんや」

　聖はなにも言わず、マリを床におろした。

　マリは母親のそばに行くと、しっぽを振った。

「はいはい、おなか空《す》いたね」

　マリのエサを入れる皿は、台所の隅に置いてある。母親は流しの下からドッグフードを取り出し、中身を皿に入れた。

　よほど腹が減っていたのか、マリは母親がエサを入れているそばから皿に口を突っ込んだ。

　母親はドッグフードの袋を閉じながら聖に言う。

「あんたもおなか空いとるやろ。久しぶりに料理つくったんや。食べ」

　聖は無言で、テーブルの椅子に座った。

　テーブルに、煮物と漬物、味噌汁《みそしる》が置かれる。

　茶碗に飯をよそいながら、マリを見た。

「この子どうしようかね。ここはペット禁止やし、せやかというて引き取り手もおらへんし。動物の世話するのはじめてやけど、大変やね。散歩もあるしエサ代もかかるし。まったく厄介なものを背負《しょ》い込んだよ。でも、懐かれると悪い気はせんわ」

　聖は母親が差し出した茶碗を受け取り、飯を口のなかにかっこんだ。

　母親が、聖の向かいの椅子に腰を下ろす。

聖は箸《はし》を動かしながら、母親を盗み見た。

母親は疲れた顔で、味噌汁をすすっている。

思えば母親が笑っている顔を、聖は数えるほどしか見ていない。多くは泣き顔か、沈んでいる顔だ。

聖はぼそりと言う。

「もし俺が、警察官になったらどないする」

母親は手を止めて聖を見た。驚いたような顔をし、やがて、あきれたように笑った。

「高校もろくに行けてへんやつが、なれるわけないやろ」

聖はそれ以上なにも言わず、煮物を口にする。

母親も、再び箸を動かした。

無言の時間が過ぎる。

ひと足早く食べ終えた母親が、済んだ器を流しに運んだ。

洗いながら、思い出したように小さくつぶやく。

「でも、かっこええと思うよ」

聖は母親を見た。

母親が肩越しに聖を振り返る。

微笑んでいた。

聖は視線をもとに戻し、再び箸を動かしはじめた。

胸に熱いものが込み上げてくる。それは、いままでとは違うものだった。

解説

西上《にしがみ》心太《しんた》（文芸評論家）

アンソロジーには、編者（アンソロジスト）が、テーマに適《かな》う作品をこれまで書かれた膨大な作品の中から選別するものと、主に出版社の編集者が提示したテーマで作家に依頼するものの二種類がある。前者はあらゆるジャンルを俯瞰《ふかん》できる膨大な読書量が必要だ。後者はこのテーマであればこの作家という具合に、作家を選別する眼力が問われるだろう。もちろんどちらのタイプのアンソロジーでも、携わる者の斬新な企画力と広範な知識、そして作品・作家選びのセンスが問われることは共通している。

本書はタイトルから自明だが「警官」をテーマにという依頼で書き下ろされた、後者のタイプのアンソロジーの文庫化である。はじめに二〇二一年十二月という親本の刊行に留意されたい。これから逆算すると、新型コロナウイルスが蔓延《まんえん》していた時期と、執筆の時期が重なっていることが想像できる。その影響を取り入れた作品もあり、はからずも時代性がにじみ出ることになったのは、思わぬ効用であったかもしれない。

さて本アンソロジーの特徴の第一は、前述したように「警官」に関わる作品であること。

第二がいずれもミステリー新人賞を受賞して本格的にデビューした、およそ十年から二十年というキャリアを持つ作家が選ばれていることだ。最もデビューが早かったのが、深町秋生《ふかまちあきお》の二〇〇五年。最もキャリアが浅いのが二〇一五年デビューの呉勝浩《ごかつひろ》である。各作家の紹介は各編の扉の次ページに記されているのでここでは触れないが、受賞した年と新人賞名を挙げておく。

二〇〇四年　深町秋生　第三回『このミステリーがすごい！』大賞
二〇〇八年　柚月裕子《づきゆうこ》　第七回『このミステリーがすごい！』大賞
二〇〇九年　中山七里《かやましちり》　第八回『このミステリーがすごい！』大賞
二〇一一年　長浦京《がうらきょう》　第六回小説現代長編新人賞
二〇一三年　葉真《ま》中顕《なかあき》　第十六回日本ミステリー文学大賞新人賞
二〇一四年　下村敦史《もむらあつし》　第六十回江戸川乱歩賞
二〇一五年　呉勝浩　第六十一回江戸川乱歩賞

年齢も四十歳代四人、五十歳代二人、六十歳代一人という具合に、円熟期を迎えようとしている作家ばかりである。さらに日本推理作家協会賞を始めとする各種文学賞を受賞している者も多い。つまりこのメンバーは、常に面白い作品を提供し続けている人気作家であり、これからいくつも文学賞を受賞するであろう、将来を嘱望された作家であり、良きライバル関係にある作家であるのだ。

この企画を依頼され、参加するメンバーを聞いたとき、誰しもが皆に負けない作品を書こうという決意を固めたことであろう。そして各々の意気込みが伝わる素晴らしいアンソロジーになったのだ。

葉真中顕の「上級国民」に登場する警官は、N県警の警備部所属の公安刑事の渡会《わたらい》である。渡会はひき逃げに遭い死亡した老人の遺族に関する極秘調査を上司から命じられる。加害者は県知事の甥《おい》で、翌年に引退する現知事の後釜《あとがま》と目されていた。遺族の弱みを握り、交渉を有利に進め、なんとか起訴を逃れようという目論見《もくろみ》があったのだ。渡会は警察を私物化する者たちに憤りを感じながら任務を遂行していく。

作者の頭には、二〇一九年に東京の池袋で起きた暴走事故があったに違いない。十一人も死傷させながら、運転していたのが元高級官僚ということから、後に有罪になったとはいえ、逮捕もされず在宅起訴という処置が下された。それに対して警察や検察に批判が集まったことはニュースなどでご存じだろう。

加害者である〈上級国民〉の対極にいる被害者側のしたたかさが浮かび上がる、二段構えのツイストは切れ味抜群だ。自分の正義感と汚い仕事とのギャップに悩む渡会の性格も、プロットに巧みに生かされている。七編中、もっとも驚かされた作品である。

中山七里の「許されざる者」には、シリーズキャラクターである警視庁捜査一課の犬養隼人《いぬかいはやと》刑事が登場する。東京オリンピック開会式の日に、八王子《はちおうじ》の森で有名な演出家の他殺体が発見される。彼は閉会式の演出チームの中心人物だった。

七編中、もっとも現実に則した作品だ。新型コロナウイルスも収まらない中、多くの反対を押し切り強行されたのがあのオリンピックだった。開幕前にもいくつもスキャンダルがあり、終了後は贈賄による逮捕者も出るなど、腐臭が漂った大会だった。犬養は一枚の写真から手がかりをつかむのだが、そこから浮かび上がる身勝手な強者の驕《おご》りというテーマは、酷暑とコロナ禍の下で実施されたオリンピックを象徴しているように思えてならない。

呉勝浩の「Vに捧げる行進」はストレートな警察小説の対極にある異色作だ。この作品もコロナ禍の現在を切り取っている。舞台となるのはコロナ禍による自粛生活が続くどこかの町だ。寂れた商店街のシャッターに、黄色と赤のペンキで円の中にV字を描く落書きがくり返される。現場に駆けつける交番勤務のモルオは、その度に被害者である商店主の怒りの矢面に立つ。

〈自粛警察〉なる言葉を頻繁に耳にしたことも記憶に新しい。犯人の意図はなんであるのか。コロナ禍におけるヒステリックな世相を背景に、七編中もっともシュールな展開が待ち構えている。

深町秋生の「クローゼット」の主人公は、上野《うえの》警察署の捜査一係の刑事荻野大成《おぎのたいせい》である。上野の荒神と恐れられる武闘派の強面《こわもて》刑事だが、誰にも言えない秘密がある。自分が同性愛者（ゲイ）であることだ。しかもコンビを組む相棒の中澤祐一《なかざわゆういち》に惚《ほ》れているのだ。そんな二人が関わったのが、ゲイが集まるサウナの近くで起きた傷害事件だった。被害者は特殊警棒で殴られただけでなく、性的暴行も受けていた。ゲイ同士の痴情のもつれと思われた事件は意外な展開を見せていく。

警察という、多様性を認める職場とはいいがたい組織の中で、ゲイ絡みの事件を追う荻野の苦悩はつのっていく。七編中もっとも、この後の主人公の物語を読んでみたいと思わせる作品だ。

下村敦史の「見えない刃」は、本アンソロジーの中で唯一女性警察官が主人公として登場する作品である。所轄署の刑事明澄祥子《あずみしょうこ》は上司から性犯罪専従を命じられ、性犯罪捜査のベテラン東堂《とうどう》とコンビを組む。初めて担当したのは二十二歳の女性が被害者になった事件だった。彼女は夜の公園で襲われたのだ。彼女は事件から二週間後に被害を届けたが、その後に睡眠薬を飲んで自殺を計り、今も意識不明の状態が続いていた。深町作品と同様に、セクハラに無頓着《むとんちゃく》で、性犯罪被害者にも配慮が足らない、旧態依然とした警察の体質も描かれる。性犯罪に対する取扱いの難しさ、セカンドレイプへの対処などが作品の中で問われていく。七編中もっとも自分自身のあり方を問い直したくなる作品だ。

長浦京の「シスター・レイ」は、このアンソロジーのテーマを少し外したオフビートな作品だ。語学教師をしながら、母親の介護をするフランス帰りのバツイチ女性が能條《のうじょう》玲《れい》である。母親のヘルパーである友人のフィリピン出身の女性から、特殊詐欺の共犯の疑いをかけられて行方がわからなくなった息子の救出を頼まれる。本作でもアジア系の外国人に対して差別的な扱いをする警察の実態が描かれる。フィリピン人から〈シスター〉と呼ばれる玲は警察嫌いの一面を持つ。彼女の正体が明らかになったとき、本作がテーマから外れていないことが判明する。七編中もっともアクションシーンと、ヒロインの格好良さに痺《しび》れた作品だった。

柚月裕子の「聖」の主人公は、町の中華料理店で出前持ちのバイトをする高校生の有《あり》田聖《たあきら》である。定時制高校に通う聖は母と二人暮らし。母と自分に暴力を振るうチンピラだった父へ復讐《ふくしゅう》するため、ヤクザになりたくてしかたがない少年だ。ある日、ヤクザ事務所に出前を届けた聖は、貫禄《かんろく》たっぷりの男を見かけるが……。

ヤクザに憧《あこが》れる少年と謎めいた男の交流。テーマのこともあり、読み慣れた者なら男の正体に意外性は感じないが、この作品の魅力はそこではない。作者の人気シリーズのスピンオフでもあり、七編中もっとも人情噺《にんじょうばなし》度数が高い作品であった。

以上七編からなる〈警官〉がテーマのアンソロジー。ストレートあり、変化球ありの競演をお楽しみいただけただろうか。

また、なじみのない作家がいたら、この出会いをきっかけに各作家の作品に触れてみてはいかがだろうか。それまで知らなかった作家を知り、読書の幅を広げる。それもまたアンソロジーを読む楽しみであり、効能なのであるから。

本書は、二〇二一年十二月に小社より刊行された単行本を加筆修正し、文庫化したものです。

すべての物語はフィクションであり、実在の個人・団体とはいっさい関係ありません。

目次・扉デザイン／片岡忠彦

警官《けいかん》の道《みち》

呉《ご》 勝浩《かつひろ》／下村《しもむら》敦史《あつし》／長浦《ながうら》 京《きょう》
中山《なかやま》七里《しちり》／葉真中《はまなか》 顕《あき》／深町《ふかまち》秋生《あきお》／柚月《ゆづき》裕子《ゆうこ》

令和５年 12月25日　初版発行
令和６年 １月25日　再版発行

発行者●山下直久

発行●株式会社KADOKAWA
〒102-8177　東京都千代田区富士見2-13-3
電話　0570-002-301(ナビダイヤル)

角川文庫 23939

印刷所●株式会社KADOKAWA
製本所●株式会社KADOKAWA

表紙画●和田三造

●お問い合わせ
https://www.kadokawa.co.jp/（「お問い合わせ」へお進みください）
※内容によっては、お答えできない場合があります。
※サポートは日本国内のみとさせていただきます。
※Japanese text only

ISBN 978-4-04-114085-7　C0193

◆◇◇

角川文庫発刊に際して

角川源義

第二次世界大戦の敗北は、軍事力の敗北であった以上に、私たちの若い文化力の敗退であった。私たちの文化が戦争に対して如何に無力であり、単なるあだ花に過ぎなかったかを、私たちは身を以て体験し痛感した。西洋近代文化の摂取にとって、明治以後八十年の歳月は決して短かすぎたとは言えない。にもかかわらず、近代文化の伝統を確立し、自由な批判と柔軟な良識に富む文化層として自らを形成することに私たちは失敗して来た。そしてこれは、各層への文化の普及滲透を任務とする出版人の責任でもあった。

一九四五年以来、私たちは再び振出しに戻り、第一歩から踏み出すことを余儀なくされた。これは大きな不幸ではあるが、反面、これまでの混沌・未熟・歪曲の中にあった我が国の文化に秩序と確たる基礎を齎らすためには絶好の機会でもある。角川書店は、このような祖国の文化的危機にあたり、微力をも顧みず再建の礎石たるべき抱負と決意とをもって出発したが、ここに創立以来の念願を果すべく角川文庫を発刊する。これまで刊行されたあらゆる全集叢書文庫類の長所と短所とを検討し、古今東西の不朽の典籍を、良心的編集のもとに、廉価に、そして書架にふさわしい美本として、多くのひとびとに提供しようとする。しかし私たちは徒らに百科全書的な知識のジレッタントを作ることを目的とせず、あくまで祖国の文化に秩序と再建への道を示し、この文庫を角川書店の栄ある事業として、今後永久に継続発展せしめ、学芸と教養との殿堂として大成せんことを期したい。多くの読書子の愛情ある忠言と支持とによって、この希望と抱負とを完遂せしめられんことを願う。

一九四九年五月三日

角川文庫ベストセラー

ライオン・ブルー　呉　勝浩

田舎町の交番に異動した耀司は、失踪した同期・長原の行方を探っていく。やがて町のゴミ屋敷から出火し、家主・毛利の遺体が見つかる。耀司は長原が失踪直前に毛利宅に巡回していたことを摑むが……。

スワン　呉　勝浩

ショッピングモール「スワン」で銃撃テロが発生した。生き延びた女子高生のいずみは、同級生の告発によって心ない非難にさらされる。彼女のもとに1通の招待状が届いたことで、事件が再び動き出す……。

真実の檻　下村敦史

亡き母は、他の人を愛していた。その相手こそが僕の本当の父、そして、殺人犯。しかし逮捕時の状況には謎が残っていた――。『闇に香る嘘』の著者が放つ渾身のリーガルミステリ。

サハラの薔薇　下村敦史

エジプトで発掘調査を行う考古学者・峰の乗るパリ行き飛行機が墜落。機内から脱出するとそこはサハラ砂漠だった。生存者のうち6名はオアシスを目指して砂漠を進み始めるが食料や進路を巡る争いが生じ!?

コープス・ハント　下村敦史

8人の女性が殺害された猟奇殺人事件。真相を追う女刑事と、ある噂をもとに「遺体捜し」をする動画配信者の少年たち、2つの物語が交差する時、歪んだ真実が浮かび上がる――。衝撃のサスペンス・ミステリ。

角川文庫ベストセラー

アンダードッグス　長浦　京

1996年、中国返還直前の香港――。裏金作りに巻き込まれ全てを失った古葉慶太は、再起と復讐のため、イタリア人富豪の手で集められた「負け犬」チームに加わり、世界を揺るがす国家機密の奪取に挑む！

切り裂きジャックの告白　刑事犬養隼人　中山七里

臓器をすべてくり抜かれた死体が発見された。やがてテレビ局に犯人から声明文が届く。いったい犯人の狙いは何か。さらに第二の事件が起こり……警視庁捜査一課の犬養が執念の捜査に乗り出す！

七色の毒　刑事犬養隼人　中山七里

次々と襲いかかるどんでん返しの嵐！『切り裂きジャックの告白』の犬養隼人刑事が、"色"にまつわる7つの怪事件に挑む。人間の悪意をえぐり出した、傑作ミステリ集！

ハーメルンの誘拐魔　刑事犬養隼人　中山七里

少女を狙った前代未聞の連続誘拐事件。身代金は合計70億円。捜査を進めるうちに、子宮頸がんワクチンにまつわる医療業界の闇が次第に明らかになっていき――。孤高の刑事が完全犯罪に挑む！

ドクター・デスの遺産　刑事犬養隼人　中山七里

死ぬ権利を与えてくれ――。安らかな死をもたらす白衣の訪問者は、聖人か、悪魔か。警視庁VS闇の医師、極限の頭脳戦が幕を開ける。安楽死の闇と向き合った警察医療ミステリ！

角川文庫ベストセラー

天国の修羅たち　深町秋生

高名なジャーナリストが惨殺された。警視庁の神野真里亜は、捜査線上に信じられない人物が浮かび上がったことを知る。独自に捜査を進めるうち、真里亜は警視庁を揺るがす陰謀に巻き込まれていた。

孤狼《ころう》の血　柚月裕子

広島県内の所轄署に配属された新人の日岡はマル暴刑事・大上とコンビを組み金融会社社員失踪事件を追う。やがて複雑に絡み合う陰謀が明らかになっていき……男たちの生き様を克明に描いた、圧巻の警察小説。

最後の証人　柚月裕子

弁護士・佐方貞人がホテル刺殺事件を担当することに。被告人の有罪が濃厚だと思われたが、佐方は事件の裏に隠された真相を手繰り寄せていく。やがて7年前に起きたある交通事故との関連が明らかになり……。

検事の本懐　柚月裕子

連続放火事件に隠された真実を追究する「樹を見る」、東京地検特捜部を舞台にした「拳を握る」ほか、正義感あふれる執念の検事・佐方貞人が活躍する、司法ミステリ第2弾。第15回大藪春彦賞受賞作。

検事の死命　柚月裕子

電車内で痴漢を働いたとして会社員が現行犯逮捕された。容疑者は県内有数の資産家一族の婿だった。担当検事・佐方貞人に対し不起訴にするよう圧力がかかるが……。正義感あふれる男の執念を描いた、傑作ミステリー。

角川文庫ベストセラー

蟻の菜園
―アントガーデン―
柚月裕子

結婚詐欺容疑で介護士の冬香が逮捕された。婚活サイトで知り合った複数の男性が亡くなっていたのだ。美貌の冬香に関心を抱いたライターの由美が事件を追うと、冬香の意外な過去と素顔が明らかになり……。

臨床真理
柚月裕子

臨床心理士・佐久間美帆が担当した青年・藤木司は、人の感情が色でわかる「共感覚」を持っていた……美帆は友人の警察官と共に、少女の死の真相に迫る！著者のすべてが詰まった鮮烈なデビュー作！

凶犬の眼
柚月裕子

マル暴刑事・大上章吾の血を受け継いだ日岡秀一。広島の県北の駐在所で牙を研ぐ日岡の前に現れた最後の任侠・国光寛郎の狙いとは？ 日本最大の暴力団抗争に巻き込まれた日岡の運命は？『孤狼の血』続編！

検事の信義
柚月裕子

検事・佐方貞人は、介護していた母親を殺害した罪で逮捕された息子の裁判を担当することになった。事件発生から逮捕まで「空白の2時間」があることに不審を抱いた佐方は、独自に動きはじめるが……。

暴虎の牙 (上)(下)
柚月裕子

広島のマル暴刑事・大上章吾の前に現れた、最凶の敵。ヤクザをも恐れぬ愚連隊「呉寅会」を束ねる沖虎彦の暴走を止められるのか？ 著者の人気を決定づけた警察小説「孤狼の血」シリーズ、ついに完結！

角川文庫ベストセラー

小説 孤狼の血 LEVEL2
原作／柚月裕子
映画脚本／池上純哉
ノベライズ／豊田美加

呉原東署の刑事・大上の遺志を継ぎ広島の裏社会を治める刑事・日岡秀一。だが出所した五十子会の〝悪魔〟上林により再び抗争の火種が。完全オリジナルストーリーの映画「孤狼の血 LEVEL2」ノベライズ。

らんぼう 新装版
大沢在昌

巨漢のウラと、小柄のイケの刑事コンビは、腕は立つがキレやすく素行不良、やくざのみならず署内でも恐れられている。だが、その傍若無人な捜査が、時に誰かを幸せに……？ 笑いと涙の痛快刑事小説！

ジャングルの儀式 新装版
大沢在昌

ハワイから日本へ来た青年・桐生傀の目的は一つ、父を殺した花木達治への復讐。赤いジャガーを操る美女に導かれ花木を見つけた傀は、権力に守られた真の敵を知り、戦いという名のジャングルに身を投じる！

夏からの長い旅 新装版
大沢在昌

充実した仕事、付き合いたての恋人・久邇子との甘い逢瀬……工業デザイナー・木島の平和な日々は、放火事件を皮切りに、何者かによって壊され始めた。一体誰が、なぜ？ 全ての鍵は、1枚の写真にあった。

ニッポン泥棒 (上)(下)
大沢在昌

失業して妻にも去られた64歳の尾津。ある日訪れた見知らぬ青年から、自分が恐るべき機能を秘めた未来予測ソフトウェアの解錠鍵だと告げられる。陰謀に巻き込まれた尾津は交渉術を駆使して対抗するが——。

角川文庫ベストセラー

魔物 (上)(下) 新装版　大沢在昌

麻薬取締官の大塚はロシアマフィアの取引の現場をおさえるが、運び屋のロシア人は重傷を負いながらも警官2名を素手で殺害、逃走する。ありえない現実に戸惑う大塚。やがてその力の源泉を突き止めるが——。

B・D・T［掟の街］新装版　大沢在昌

不法滞在外国人問題が深刻化する近未来東京。急増する身寄りのない混血児「ホープレス・チャイルド」が犯罪者となり無法地帯となった街で、失踪人を捜す私立探偵ヨヨギ・ケンの前に巨大な敵が立ちはだかる！

深夜曲馬団《ミッドナイト・サーカス》 新装版　大沢在昌

作品への手応えを失いつつあるフォトライターが出会ったのは、廃業寸前の殺し屋だった——。「鏡の顔」他、4編を収録した、初期大沢ハードボイルドの金字塔。日本冒険小説協会最優秀短編賞受賞作品集。

天使の牙 (上)(下) 新装版　大沢在昌

麻薬組織の独裁者の愛人・はつみが警察に保護を求めてきた。極秘指令を受けた女性刑事・明日香がはつみと接触するが、2人は銃撃を受け瀕死の重体に。しかし、奇跡は起こった——。冒険小説の新たな地平！

天使の爪 (上)(下) 新装版　大沢在昌

麻薬密売組織「クライン」のボス・君国の愛人の身体に脳を移植された女性刑事・アスカ。過去を捨て、麻薬取締官として活躍するアスカの前に、もうひとりの脳移植者が敵として立ちはだかる。